テクストの対話

フォークナーとウェルティの小説を読む

本村浩二

MOTOMURA Koji

論創社

吉田廸子先生（一九三六―二〇一一）のご冥福を祈り、本書をささげる。

目次

本文中の略記号

フォークナーのテクスト略記号

AA=*Absalom, Absalom!*
AILD=*As I Lay Dying*
CS=*Collected Stories of William Faulkner*
FD=*Flags in the Dust*
FU=*Faulkner in the University*
GDM=*Go Down, Moses*
H=*The Hamlet*
LA=*Light in August*
LG=*Lion in the Garden: Interviews with William Faulkner, 1926-62*
M=*The Mansion*
MS=*Mosquitoes*
PF=*The Portable Faulkner*
SF=*The Sound and the Fury*
T=*The Town*
U=*The Unvanquished*
US=*Uncollected Stories of William Faulkner*

ウェルティのテクスト略記号

CEW=*Conversations with Eudora Welty*
CSEW=*The Collected Stories of Eudora Welty*
DW=*Delta Wedding*
ES=*The Eye of the Story: Selected Essays and Reviews*
GA=*The Golden Apples*
LB=*Losing Battles*
MCEW=*More Conversations with Eudora Welty*
OD=*The Optimist's Daughter*
OWB=*One Writer's Beginnings*
OWF=*On William Faulkner*
PH=*The Ponder Heart*
RB=*The Robber Bridegroom*

序章　二重の権威——作者とテクスト

一

二〇世紀アメリカ文学を代表する作家であるウィリアム・フォークナーは、自身の小説（『蚊』（1927））の登場人物のひとりに、「本は、作家の隠された人生、つまり、人間の、闇の片割れ（the dark twin）である。両者［本と作家］を和解させることはできない」（*MS* 251）と発言させている。この比喩的発言が意味しているのは何か。それは、文芸批評の場で従来から言われているような、家族の縦軸（親子）――生みの親としての作者、および子としてのテクスト――の関係ではない。ここで示唆されているのは、横軸（きょうだい）の、より水平的・対等的な関係である。そして、そのきょうだい同士は、「和解」が不可能なほどの闘争関係に置かれている。[1]

発話主体（作者）と言語表現（テクスト）の複雑微妙な関係。このむずかしい問題を考察するうえで、フィリップ・M・ワインスタインの批評スタンスに触れておくことは、今後の議論の争点の明確化に役立つ。アメリカのスワースモア大学の英文学教授である彼は、誰しもが認める第一流のフォークナリアンである。ポストモダニズムの批評家としても名高い彼の斬新な論考は、しばしばわれわれ読者の知性を刺激し、有益な議論を引き起こし続けている。彼の最近の業績としては、フォークナーの批評的伝記『フォークナーになる――ウィリアム・フォークナーの芸術と人生』（2010）が高く評価されている。

だがワインスタインの代表的な書と言えば、『フォークナーの主体――誰も所有していない小宇宙《コスモス》』（1992）であろう。この本は、フォークナーの主要テクストをジェンダー、人種、主体性、文化という切り口から、ポスト構造主義、精神分析、イデオロギーなどの多様な理論を援用して読み直したものである。その副題が暗示しているのは、ヨクナパトーファという架空の王国が「私だけの小宇宙《コスモス》」（*LG* 255）であるというフォークナー自身の主張（もしくは、願望）に逆らい、彼個人の手を離れて、独り歩きしている様相である――「フォークナーが所有している《小宇宙《コスモス》》は、彼が完全に所有することのできない言語の内部においてでしか表現されることができないのである……」（Weinstein［1992］8）。言うまでもなく、この書におけるワインスタインの関心は、作者フォークナーと彼を取り巻く世界の間に必然的に介入してくる言語の不透明な働きに向けられている。彼がジャック・デリダの言葉を引いて説明しているように、「その媒介物の権威を受け入れなければ、いかなる意味作用（signification）も生じないのである……」（Weinstein［1992］6）。このような言語観が、われわれに作者の失墜（作者の権威の喪失）の可能性を意識させることは容易である。

文学理論の分野において、ロシア・フォルマリスムから、チェコおよびフランスの構造主義を経て、一九六〇年代のロラン・バルト、ミシェル・フーコー、デリダらによって実践されるポスト構造主義へといたる思想的影響のもとで、はっきりと宣言される「作者の死」。特に、バルトの衝撃的な論文「作者の死」（1968）は、作者に与えるべき地位の問題について、大論争を巻き起こす導火線のような役割を果たしたと言える。

この問題にたいするワインスタインの見解は、彼の執筆した批評書において端的に示されている。興味深いことに、『フォークナーの主体』と『フォークナーになる』では、彼の、テクストにたいするアプローチが大きく異なっている。すなわち、前者は、言語内における発話主体の分裂を前提にし、テクストが織り成す広大無辺の世界が誰にも所有されることがないことを強調している。それにたいし、後者は、あたかも近代的な言語観に回帰したかのように、ミメーシス的なものを重視している。すなわち、それは、作家の人生の物語と彼の作品が「同類の感情的揺れ（a kindred turbulence）」（Weinstein [2010] 5）を共有しているという前提に立ち、この二つの物語の関係を弁証法的に論じることを目的にしている。なるほど、両書の間には二〇年近い時間的な開きがある。時間の経過とともに、批評家の読解および執筆の方法が変わるのはごく自然なことであるのかもしれない。

しかしながら、ワインスタインの、テクストへのアプローチは必ずしも時間の力で変化したとは言い切れない。というのも、『フォークナーにおける人種の試練』(1996) のわずか四年後に出版される『愛の他に何が？──フォークナーとモリスンにおける』のなかに、すでに『フォークナーになる』に通ずる要素が確認できるからだ。この書については、強調すべき点が少なくとも二つある。まず一つは、テクストが作者との関係のなかでつねに論じられている点である。よって、媒介存在としての言語の不透明性は問題にされることがほとんどない。もう一つは、考察の対象がフォークナー、モリスン、彼らの小説内の登場人物のみならず、著者自身も含んでいる点である。つまり、ワインスタインは南部人──彼はテネシー州メンフィス出身の白人男性である──としての自身の伝記の一部を、本文中に書き込むことに躊躇していないのである。彼自身のプライベートな黒人体験の赤裸々な記述からはじまる（Weinstein［1996］3-10）、フォークナーとモリソンの比較研究の書。それは、発話主体（＝ワインスタイン、フォークナー、モリスン）と言語表現（＝テクスト）の連関を前提にしなければまったく意味を成さないという点で、『フォークナーになる』の確かな兆しとなっている。

ワインスタインの『フォークナーの主体』における、ミメーシスにたいする記号作用の優位の論考（事実、彼はその論考にしたがい、自身の書の所有を求めることの困難さを率直に認めている（Weinstein［1992］154））。および、『愛の他に何が?』や『フォークナーになる』に見られる作者還元主義的な批評。彼の批評書には、作者の権威を明らかに認めているものもあれば、そうでないものもある。かくして、彼は、作者をめぐる論争の両極端の立場をともに取るようなふるまいを見せている。

よく知られているように、思想界におけるこの論争においては、テクストがしばしば作者の対立概念として引き合いに出される。つまり、一つの確固たる人格を持つ作者（he or she）に取って代わり、非人称のテクスト（it）に、その構造に、その無名性に光が当てられるのだ。そして、テクストの内部には唯一の原初の意味（作者の意図）など存在しないという理由から、意味を作り出す能動的な存在としての読者の役割が重視される。原初の意味を持たぬテクストは、引用文の織物として理解されるようになり、「間テクスト性」の概念が声高に唱えられる。

他方、伝統的な作者中心主義の読解、もしくは作者還元主義的な批評は、文学理論からのこうした激しい攻撃を受けながらも、現代にいたるまで持ちこたえている。本を読むことはその作者との対話に他ならないという考え方は、いまだに受け入れられている。作者の権威か、あるいはテクストの権威か。このような問いかけは、しばしばわれわれを明白な結論の出ぬ、二者択一の陥穽に誘い込む。

二

本書におけるキー概念は、テクストの権威と密接に結びついているかのように見える「間テクスト性（intertextuality）」である。一九六六年にジュリア・クリステヴァが、師であるバルトのセミナーで創出したと言われているこの概念。われわれは、文学理論の領域でそれをめぐる議論の展開を概観する際、作者をめぐっての論争を視野から外すわけにはいかないだろう。

通常「作者の死」の説と言えば、バルト、フーコー、デリダといったフランスの多様な思想家たちの名前がすぐにわれわれの頭に浮かぶ。ただ、本章では紙面の都合上、彼らのうち、クリステヴァが規定した「間テクスト性」の問題を明白な形で共有している、バルトの論考に焦点を絞ることにしたい。彼の著書における主たる関心が、主体の「喪失」の問題に向けられていることに間違いはない。彼がクリステヴァらとともに好んで使っている「意義作用」（significance）なるものは、「意味作用とは異なり、伝達、表明、表現に還元されるわけにはいかない。それは、（書いている、または読んでいる）主体を、テクストのなかに入れるのだが、投射としてではなく、幻想によるものとしてでさえなく……《喪失》として入れるのである……」（Barthes［1981］38）。テクスト内で失われてしまう主体。単一の主体はもはや安定した位置を確保できずに溶解する。

かつてフォークナーは、まるでエリオット流の詩作の哲理——「詩は……いわば個性からの逃避である」(Eliot 43)——を積極的に実践するかのように、「『アブサロム、アブサロム！』だけでなく、自身のすべての小説において、ある種の劇的な没個性(a sort of dramatic impersonality)を目指す」(Cowley 17-18)という趣旨の発言をしたことがある(もちろん、エリオットの言っている「没個性」の手法が、結果として、個人的・自伝的な要素の抹消化ではなく、むしろ逆にその要素の表現化に貢献するものであることは付言しておく)。だが、バルトの先の主体論にしたがうなら、テクストは、文字どおり、作者の「没個性」化、つまり彼の個性の「喪失」を必然的に成し遂げている。

今でこそ「間テクスト性」は、文学・文化研究の幅広い分野で多様に解釈され、さまざまな異なる定義が施されているが、「この用語は、もともとポスト構造主義の理論家と評論家が、安定した意味と客観的な解釈という概念を粉砕するために使用したものである」(Allen 3)。したがって、本来それは作者(確固たる人間性の象徴)の存在と両立し難いのだ。別言すれば、それは「作者の死」から出てきたものなのである(Compagnon 32)。

ただし、概念なるものは記号の一つであるがゆえに、それが創出され、書き記された場を超えて、価値観の異なる数多くの読み手によって絶えず意味を変えられていく。「フレンチ・セオリー」の場合も例外ではない。アメリカにおけるその読解が、フランスの思想家たちを元の文脈から切り離し私物化し、現代アメリカ文化の社会的・政治的論争において彼らにしばしば重要な役割を与えているというのは、フランソワ・キュセの指摘するところである[2](Cusset 7)。

アメリカにおけるこのような脱フランス化(脱文脈化)の事情は、「間テクスト性」の受容においてもはっきりと認められる。スーザン・スタンフォード・フリードマンの見解によると、「フランスでの間テクスト性の思想は作者の死と絡み合わさっているけれども、アメリカでのそれはこの絡み合いの必然性に反逆している」(Friedman [1991] 159)。その実、アメリカの思想界に「間テクスト性」をいち早く取り入れたとされるジョナサン・カラーにとっても、「作者の死」は「間テクスト性」の必須条件ではなかったという(Friedman [1991] 156)。

アメリカでは、「作者の死」にたいして明らかな抵抗・批判を示している理論家さえいる。批評における作者の中心性を主張し、「間テクスト性」をヒューマニズムに繋留させるという強い使命感を持っている人物としておそらくもっとも重要なのが、ハロルド・ブルームであろう。彼はアメリカにおいて脱構築主義をいち早く受容したグループ「イエール学派」のひとりで、彼の代表書は、言わずと知れた「影響三部作」である。これらの書で彼のことを知ったという読者さえいるはずだ。「間テクスト性」の論説のなかで彼の名前がしばしば出てくるのは、彼がテクストなど存在せず、あるのはテクスト間の関係だけである(Bloom 3)というドグマを持っているからである。とはいえ、彼は「……影響は主体中心の、人対人の関係性にとどまるものであり、言語の問題に還元されるものではない」(Bloom 77)と断じてもいる。作者をテクストの表面から消し去ることなしに、「影響」の問題を取り上げる彼が、クリステヴァやバルトと一線を画していることは明らかであろう。

フォークナー批評の流れで言えば、一九八〇年代に入ると、フォークナーのテクストとフランス、スペイン、日本、ラテンアメリカなどのさまざまな作家のテクストを比較する研究が盛んになる（「フォークナー――国際的パースペクティヴ」をテーマにした、一九八二年のヨクナパトーファ会議〔於ミシシッピ大学〕が、その隆盛の火つけ役となったことは想像に難くない）。こうした研究動向のなかで、一九八五年に論文集『フォークナーにおける間テクスト性』が発刊される。この書は、全体として、フォークナーの、他の作家との間テクスト的な関係、あるいは彼の、自身の作品を間テクストとして書く能力に関心を寄せている。つまり、それは、そのイントロダクションのタイトル――「テクスト間のフォークナー（Faulkner between the Texts）」――に示唆されているように、基本的に作者の権威を否定せずに「間テクスト性」の意義を考察しており、ブルーム流の批評スタンスを感じさせる論文が少なくない。

主に男性作家たちによる文学の正典《カノン》の存在を前提にした伝統感覚を明らかにする、ブルームの家父長流文学理論。それに少なからぬ反感を抱きつつも、作者の排除にたいし異議を申し立てるという点ではブルームと利害をともにしているのが、ガイノ・クリティシズム（gynocriticism）の実践者たちである。ちなみに、ガイノ・クリティシズムとは、ひとことで言うなら、「独自の文学的伝統として女性作家を歴史的に研究することである」（Friedman［1998］18）。だが、女性の経験に基づくその批評方法は、本質主義に堕する危険性があるとして、一部のフェミニストたち（主に構築主義的フェミニズムの運動家たち）から批判視されている。

このガイノ・クリティシズムの立場から、「作者の死」の説にたいする強い抵抗感を示しているのが、ナンシー・K・ミラーである。彼女が批判の矛先を向けているのは、執筆の主体の性差の違いに関心を払えなくする、一般化・普遍化された見方にたいしてである。彼女のような理論家にとっては、女性の読み書きの経験が男性のそれと同一視される形で説明されてはならないのである。ポスト構造主義者たちが「誰が書くか?」という重要な問題を素どおりしている点について、彼女はこう言っている――「作者を消し去ることは、原作者の概念を修正する余地を作るのではなく、さまざまな修辞上の手立てで、（新たな）一枚岩的な匿名のテクスト性……を支持して、著述のアイデンティティについて議論することを抑圧し、禁じてしまうのである」（Miller 104）。この発言は、作者間に存在する性差だけでなく、人種、階級、国籍などにおける差異もテクストの読解において不可欠なものであることを示唆していて、意義深い。

「著述のアイデンティティについて議論すること」。それはポストコロニアル理論の提唱者たちにとっても必要なことである。たとえば、パレスチナ系アメリカ人の比較文学研究者として知られるエドワード・W・サイードは、主著となる『オリエンタリズム』（1978）の「序説」で、オリエンタリズムのような言説的形態を構成するテクストの集合体のうえには、個々の作家を特徴づける決定的な刻印が押されているという旨の発言をしている（Said 23）。彼は、東洋にたいする西洋の思考様式についての彼の一連の歴史的考察が、フーコーの言説概念に多くを負っている点を明らかにしつつも、「作者の死」の説についてはフーコーとの間に明白な一線を画している。(3) そうしなければ、彼は、オリエンタリズムの言説の形成およびその伝播において、個々の作者が責任の一端を担っているという見方を取ることができなくなってしまうからである。

ブルーム、ミラー、サイードの各々の独自の見解をざっと見たうえで、ここで今一度フォークナー批評の現場に立ち戻りたい。二〇〇二年に出版された、フォークナーとラテンアメリカ文学の関係をとらえ直すことを目指した研究書のなかで、著者のヘレン・オークリーは、ブルームやミラーらの批判的思考を巧みに取り込みながら、フランス生まれの「間テクスト性」の概念に重要な修正を施している。その修正とは、「間テクスト性の言説のなかに作者の機能を再記入すること（reinscribing）」（Oakley 4）である。そうすることで「アメリカの文化的アイデンティティとラテンアメリカのそれを縛りつけている、問題の結び目が解かれやすくなる」（Oakley 4）と考える彼女は、自身の書のなかで、作者の存在にこだわりながら――つまり、作者の主体を維持したまま――テクスト間の複雑多彩な対応関係を探っている。

三

むろん、「作者の死」の説と正面から対峙し、その問題点を具体的に提起しているのは、アメリカの論客たちに限定されるわけではない。似たような問題提起はフランスにおいても近年、顕著に見られるようになっている。『作者の死と復活――バルト、フーコー、デリダにおける批評と主観性』（1992）の第一章「読者の誕生」のなかで、バルトの批評の総体世界には「作者の復活」の余地が残されている点を明らかにし、バルトが「作者の死」の絶対的な――如何なる例外も認めぬ――主唱者ではないことを主張する、小説家かつ文芸評論家のショーン・バーク[4]（Burke 19-59）。『文学、理論、そして常識』（仏語の原題は『理論の魔（力）――文学と常識』（1998））の第二章「作者」のなかで、「比較断章法（the method of parallel passages）」――あるテクストの難解な一節を解明するために、別の作者よりも、同じ作者の別の一節を使う技法――を放棄した批評家がひとりもいないように見える」（Compagnon 54）ことを理由に、極端な反意図主義者の限界を証明する、フランス文学研究の専門家アントワーヌ・コンパニョン。フランスの知の領域から発信されている、彼らの議論と結論には妥当性と説得力が充分にあるように思われる。

さらに付け加えておくならば、「作者の死」の説の問題は、わが国（日本）の文壇においても取り上げられるようになっている。バークやコンパニョンとはおよそ異なる角度からその問題を論じているのが、文芸評論家の加藤典洋である。彼は『テクストから遠く離れて』（2004）において、いわゆる「テクスト論」の、価値の決定不可能性――つまり、「文学批評理論としてあの作品Aがこの作品Bよりもすぐれているという価値づけを、行えない」（加藤 一九七）こと――を致命的な欠陥としてとらえている。彼は、それを正すべく、従来の作者還元主義批評にたいする、ありうべき否定の論としての「脱テクスト論」（＝「ポスト・テクスト主義批評」）の地平を切り開いている――「テクストの言表行為において、わたし達が作品を読み、テクストから、作者の意図ないし意図の空白を感じるという時、わたし達は、テクストを『作者の像』との連関で受け止めている。……テクストから存在しない『作者の像』を受け取りつつ読むこと、それが『作者の死』を宣告し、現実の作者を切断して多義的に読むということと並んでの、テクストを不可疑的に読むということ、つまり、テクストを読むということのもう一つ忘れてはならない側面なのである」（加藤 五二、傍点部は原文）。このように、彼は言表行為のなかで「作者の像」をとらえ、受け取る必要性を述べる（そうすることで、自分には「こうとしか読めない」という不可疑な読みが、ひいては作品の価値決定が、根拠づけられるというのだ）。彼が探り当てているのは、テクストの意味が読者によって解釈されることと、テクストを解釈するうえで作者を想定し、作者の意図を論じることが矛盾しない点である。

以上のように、作者とテクストの間に対話の回路を見出そうとする近年の議論のなかには、作者の存在の単なる再主張にとどまらず、新たな批評の地平の開拓を模索しているものさえある。こうした議論がわれわれに教えてくれるのは何か。それは、主体についての実存主義的な物言いが困難な現代においてでさえ、デジタル・テクノロジーの急激な発展により誕生したハイパーテクスト（コンピューターを利用した、「間テクスト性」の複雑なネットワーク）が日常に浸透し、起源なき複製が全面化しつつある今の時代においてでさえ、「主体の喪失」や「作者の死」という考え方だけでは完全に説明されえぬ、それだけでは充分に納得できぬ、多種多様な物語の世界のうちにわれわれが生きているという生の実感である。作者かテクストかではなく、作者とテクスト。本文脈においては、前者（作者）を人間の主体性、後者（テクスト）を「間テクスト性」と読み変えてもいい。

おそらく、作者（もしくは作者の意図）を想定してテクストを読むか否かは、あくまでも個々人の批評方式の選択に基づく問題であり、テクストの一般的真理についての問題に論点がすりかえられるべきではないのだろう。コンパニョンは先の書の第二章を、以下の印象深い言葉で締めくくっている——「……われわれはテクストか作者かという偽りの二者択一から抜け出さなくてはならない。一方だけの方法では不充分なのだ」(Compagnon 68)。コンパニョンのひそみに倣って、筆者が本書において思い描いているのは、作家主義にも、テクスト主義にも一方的に与せずに、両者を二重の権威としてとらえる視座であり、ワインスタインの批評スタンスの相違・矛盾を難なく受け入れることができる、おおらかな構えである。そのような視座と構えを実際的に取ることは、結局のところ、オークリーが提案している「間テクスト性」の概念を採択することに帰着する。

四

本章でこれまで問題にしてきた「間テクスト性」に関して言えば、『盗賊のおむこさん』(1942)や『黄金の林檎』(1949)などのユードラ・ウェルティの小説についても少しは触れておかねばなるまい。幾つかのインタビューの場での作者ウェルティのコメントをあえて持ち出すまでもなく、これらの小説は、数多くの先行作家のテクストを強力に意識したうえで書き上げられているからである。フェミニズムの批評家レベッカ・マークが「インター・セクシュアリティ」(傍点部は筆者)という名称で呼んでいる、ウェルティのフェミニスト的な間テクスト性《インター・テクスチャリティ》(Mark 12)。その語呂合わせ的な名称からは、

『黄金の林檎』でアイルランドの詩人ウィリアム・バトラー・イェイツの詩が如何に改訂され、挑戦されているかを例証した論文（1984）における、パトリシア・S・イェガーの次のような見解を読み取ることができる――「書き手である女性たちは、父権社会の意味が《植民している》神話、類型、思考、イメージを盗用することができるだけでなく、男性の神話体系に自分たちの意図と意味を絶え間なく賦与しているのである」（Yaeger 955）。

ウェルティはインタビューの席で「書くことは性別の外にある職業です」（*CEW* 36）、あるいは「小説執筆において、想像力は性別に先んずると思います」（*CEW* 54）と述べている。だがこのような発言を、われわれは真に受けてはならない。というのも、彼女の「間テクスト性」の扱いを、性別不問の、中立的なものとしてとらえることは、この作家のテクストが提示するフェミニスト的なヴィジョンを理解しそこねることにつながるからである。リチャード・グレイが端的にまとめて言っているように、ウェルティ文学においては、「手短に言えば、女性を中心とするナラティヴが家父長制のそれと対話するように、論争さえするように配置されている」（Gray 151）のである。

もちろん、ウェルティはフェミニストではないし、彼女のテクストには性差の問題性がはっきりと感じ取れないものも確かにある。だが、『黄金の林檎』のような彼女の文学を代表するテクストを読む場合、マークやイェガーの優れた論考が明らかにしているように、「インター・セクシュアリティ」的な視点は欠かせぬものとなっている。

ウェルティのフォークナーとの関係について考えるうえでも、この視点は重要である。周知のように、両作家ともアメリカ深南部ミシシッピ州生まれである（ちなみに、ウェルティはフォークナーよりも一二歳若い）。かつて彼女は彼の作家としての圧倒的な存在をミシシッピ州にそびえる「巨大な山（a big mountain）」に喩えたことがある（*CEW* 80）。ノエル・ポークはフォークナーとウェルティについての既発表の論文をまとめ上げた書――『フォークナーとウェルティと南部の文学的伝統』（2008）――のイントロダクションのところで、その巧みな比喩に触れ、彼女が「もう一つの山（another mountain）」（Polk [2008] 6）になっていると言う。だが、筆者の個人的なイメージでは、彼女は狩猟などを思い起こさせる「山」というよりも、むしろ「湖」の方に近い。同じ一つのルールに則って、フォークナーと表立って競い合うような男性的な「山」ではなく、ハンター・コールが言っているような、彼の「山」のそばにある「深い湖（a deep lake）」（Cole 11）だ。この「湖」のイメージは、彼女のテクストにおいて「水（water）」がしばしば綿密に描き出され、さまざまな象徴性と暗示性――たとえば、女性らしさ《フェミニン》や再生《リニューアル》や危険性など――を帯びていることからきているように思われる。(5)

驚異的な高さを誇る「山」と同じくらい印象的な、底知れぬ深さを持つ「湖」。どちらもミシシッピ州の文学的風景の欠かせぬ一部となっている。概して、後者のテクストは、主として田舎町に生きる人々のごく平凡な日常生活の光景を素材にしている。それは、前者のテクストに劣らず複雑で、多様な魅力に満ちており、多彩な研究の磁場となっている。

さて、本書は筆者がこの一〇年と少し（一九九九年から二〇一一年まで）の間に書いてきた一〇編の論文を整理し、まとめ上げたものである。したがって、それはフォークナーとウェルティの、初期から晩年までの作家としてのキャリアの全貌を明らかにすること、あるいは、南部作家なるものの全体像の輪郭を描くこと、を目的としているわけではない。各々の論文は筆者の個人的な興味・関心に応じて単発的に書かれており、各章は基本的に独立している。

各章を繋ぎ合わせ、一冊の書籍としての緊密度を高めているものがあるとすれば、おそらくそれは、テクストa対テクストb（または、テクストa対コンテクスト）といった枠内での論述法であろう。総じて、多くの章が二つの異なるテクスト間の関係に限定したうえで、議論を展開している（ちなみに、クリステヴァが前提にしていた「間テクスト性」の概念モデルも、単一テクストa対単一テクストbであった）。ただ、そのような議論が、土田知則の主張する、二項的な関係の枠内に制限されない、「複数（もしくは無数）のテクストが複雑に錯綜する《カーニヴァル》的な作用を目指す」、より動態的な「間テクスト性」の概念（土田 四〇）に則ったものでないことは、ひとこと言い添えておかねばならない。

本書は三部に分かれている。第一部ではフォークナー文学におけるテクスト間の反響性の問題を取り上げている。彼の文学世界内部における「間テクスト性」の高さは、田中久男がすでに『ウィリアム・フォークナーの世界――自己増殖の世界』（1997）のなかで強調している点であるが（田中 一〇）、第一章〜四章の論文はその具体的な例になっていると考えていい。この第一部の各論文は、個々のテクストが単独では持ちえない「間テクスト性」の共鳴を作り出している点に注目している。

ウェルティ文学における「間テクスト性」の問題にまで考察の対象を広げているのが、第二部の論文である。第五章の論文は、彼女の文学世界における、テクストの相互浸透的な対話を読み取ることを試みている。第六章と七章の論文は、フォークナーとウェルティの代表的な小説をそれぞれ一編ずつ取り上げ、表現手法やテーマなどを比較対照することで、各々の作家の特徴を浮き彫りにすることを目指している。

第三部の論文は、テクストと外部コンテクストの連関に重点を移し、それに大きな光を当てている。ここでのコンテクストとは、テクストが生み出された、もしくはそれが主要舞台として設定している、南部の特異な歴史的、文化的、社会的な事情を指している。第八章〜一〇章の各論文は、当時のコンテクストに充分な注意を払いつつテクストを読み解くという研究姿勢で書かれたものである。

本書において筆者は、基本的にテクストの背後に作者（フォークナー、もしくはウェルティ）の個人像を想定している。そのような想定のもとで、さまざまなテクストを論じている。これらの論述において、テクスト間の対話から生み出される新しい読みや解釈を提示することができれば幸いである。

【注】

（1）作者とテクストの間に想定される階層的な親子関係のイメージは、西洋文化において作者概念が定着している一九世紀前半においてすでに確認することができる。たとえば、『フランケンシュタイン』（1818）の作者メアリー・シェリーは、第三版に付した「イントロダクション」（1831）のなかで、その小説を「私の忌まわしい子孫（my hideous progeny）」（Shelly 173）と呼んでいる。このようなイメージはその後も根強く生きながらえ、二〇世紀に入っても完全に払拭されずに残存することになる。

（2）その結果、「……フレンチ・セオリーは加工された輸入品以上のもの、アメリカで作られたまったく新しい構成物となり、それだけその影響は深く長続きするものになった」（Cusset 26）のである。

（3）実際、彼は次のように書いている――「フーコーは、一般に個々のテクストや作家個人にはさしたる重要性がないと信じている。しかし私は、これまでの経験からオリエンタリズムの場合には（おそらくこの場合にかぎって）それではないと考えている」（Said 23）。

（4）バークの議論をここでもう少し詳しく確認しておきたい。バルトの「作者の死」の説に関して、バークは、その永続的な二つの原則が言語の道具主義的な考え方の拒否と「読者の誕生」の約束である点を指摘している（Burke 45）。すなわち、バルトのテクストにおいては、この二原則に抵触しないかぎり、作者は復活することが許されているのである。バークによると、「ロラン・バルトが最初から話しているのは、作者の死ではなく、表象の閉鎖（the closure of representation）である」（Burke 45）。「表象の閉鎖」とは、ミメーシスの非自然化を意味している。それは言語の現実準拠的機能を否定することである。それこそ彼が生涯をかけて挑み続けたものであるというのだ。反作家主義がしばしば反表象の詩学に連座しているため誤解を生じやすいのであるが、バルトは必ずしもあらゆる形の作者作用を抹殺しようとしているわけではないというのである。事実、バルトは『サド、フーリエ、ロヨラ』（1971）のなかでその タイトルの三人を「ロゴテート（Logothetes）」と称される「言語設立者（founders of languages）」に見たてることに躊躇していないし（Barthes［1977］3）、『テクストの快楽』（1973）では、作者を欲する気持ちを吐露してさえいる（Barthes［1976］27）。

（5）ポークは、ウェルティの小説世界における「水」が、「われわれがそれと関係づけるようになっているあらゆる原型的な意味を担っており、……彼女の作品における旅のモチーフとも明らかに多くの関連性を持っている」と述べたあとで、それが「母体《マトリックス》」、「われわれの栄養」、「われわれの生命の源」であることだけでなく、神秘的で危険をはらんでもいることも指摘している（Polk［1979］96）。

第一部　ヨクナパトーファの「小宇宙《コスモス》」

——フォークナーのテクスト間の反響・共振

「……人は、自分が生まれた土地から教え込まれたように行動する他はないのだろう」

ウィリアム・フォークナー『八月の光』

第一章　『土埃にまみれた旗』と『征服されざる者たち』

神話とアポクリファ――サートリス家の男たちとサザン・マスキュリニティ

一

一九三九年に、ジョージ・マリオン・オドーネルは、雑誌『ケニヨン・レヴュー』で論文「フォークナーの神話《ミソロジー》」を発表し、そのなかでフォークナーの小説を、総じて、伝統的なサートリス家の世界と現代的なスノープス家のそれとの対立・葛藤として読んだ。それ以来、サートリス家に関する研究では、多少なりとも神話の概念に依拠することが一般的慣例になっている。

この一家の、神話的要素の実体を探求する一連の研究のなかで特に目を引くのが、ジョーゼフ・R・アーゴーの、神話（myth）の概念とアポクリファ（apocrypha）のそれを区別する、批評上の方法論である。本論のスペースには、主に一九四〇年代から五〇年代にかけての、フォークナーの後期小説を緻密に論じるアーゴーの『フォークナーのアポクリファ――寓話、スノープス、そして人間の反逆精神』（1989）の議論の中身を充分に検討する余地がないものの、アーゴーの使用している方法論がヨクナパトーファ年代記のなかのサートリス家にたいするフォークナーの理解の仕方を分析するうえで、非常に有益であることだけはここで指摘しておきたい。

アーゴーによれば、「神話は、物事の起源を説明する。つまり、それはわれわれが如何にしてここにいたったたか、なぜ物事が現在あるようにしてあるのかを教えてくれる」（Urgo 14）。他方、アポクリファは「権威として、公式として、あるいは真正として、通例受け入れられているものにたいし、その代替となるものを提供することにより、実在への挑戦として存在する」(Urgo 14、傍点部は原文イタリクス)。アーゴーがこのように定義する両概念を、サートリス家の事情に当てはめて考えるとき、神話は彼らの起源を説明し、彼らの現在の状況の正当化に使われ、他方、さまざまな矛盾を孕んだ観点を支持するアポクリファは、その家族史のオーソドックスな説明にたいする「挑戦として存在する」、と言うことができる。この区別が重要であるのは、それがわれわれに批評上の新たな出発点を与えてくれるだけでなく、議論の全体的な枠組みも提供してくれるからである。

さて、フォークナーは長期にわたる執筆活動の中で数多くの戦争小説を書いているが、本論で取り上げたいのは、サートリス家の人たちを主に扱っている二編――第一次世界大戦直後の物語である『土埃にまみれた旗』(一九二九年に出版されたときのタイトルは『サートリス』)と南北戦争時代を背景にして物語が展開する『征服されざる者たち』(1938)――である。本論では最初に、『土埃にまみれた旗』において、ミス・ジェニーが――フォールズ老人とともに――如何にしてサートリス家の神話を語り、構築し、最終的にそれを正当化・永続化しているのかを見ておく。そして次に、『征服されざる者たち』に話を移し、そのはじめの六つの物語において、南部の土地に根ざした自身の家族の神話をほぼ無条件に受け入れているベイヤード・サートリスが、最後の物語で、その神話を疑問視するようになり、それを解体しようとしている点に注目する。(1) かくして、フォークナーが「アクチュアルなものをアポクリファルなものに昇華する」(*LG* 255) 観点に立ち、この両小説のなかで、サザン・マンフッドやサザン・マスキュリニティの問題への探究を試みていることを論証したいと思う。

二

まずは、サートリス家の神話が、南部史における「失われた大義の期間（the Lost-Cause period）」（1865-1913）に創り上げられた公の神話に依拠しているのを確認することからはじめたい。その神話の中心的存在は、誇り高い、勇敢なキャバリアたる人物である。興味深いことに、『土埃にまみれた旗』では二人の主要なナレーターの物語の中核に、肩書きのある英雄的な男がそれぞれ配置されている。ミス・ジェニーはジョン・サートリス大佐の弟（ベイヤードI世）のふるまいを思い起こすなかで、ジェブ・スチュアート将軍の魅力に触れないではいられないし、フォールズ老人はしばしばジョン大佐の思い出話に耽り、彼の功績を顕彰し続けている。

リッチー・デボン・ワトソン・ジュニアは、『南部文学への手引き』（2002）の「キャバリア」の項目で次のように書いている――「南北戦争後の何年かは、南部人たちが自分たちの文化の騎士道的貴族社会の権化といえる、南軍の偉大な司令官ロバート・E・リーに崇拝の眼差しを向けた時期である。そして南部の作家たちは、この崇められた将軍の基本線に沿って、南軍の英雄たちを嬉々として創り上げていったのである」（Watson［2002］132）。言うまでもなく、ワトソンはここでW・J・キャッシュが『南部の精神』（1941）において「南軍の兵士にたいする感傷的な崇拝（the sentimental cult）」（Cash 124）と呼んだものについての説明を反復している。キャッシュとワトソンのいずれも、一八六〇年代後半における「失われた大義」という反動主義的な社会思潮が生じるにいたった複雑な状況の説明において、フォークナーの存在に言及していないが、『土埃にまみれた旗』の二人のナレーターと「南軍の兵士にたいする感傷的な崇拝」の繋がりは、ワトソンの言うところの「南部の作家たち」の仲間に、フォークナーが加わる可能性を暗示している。彼のような偉大な作家でさえも、南軍兵士にたいする、南部人の敬意・称賛の大きな波動に飲み込まれていないとは言い切れないのである。だが、彼が「失われた大義」の時代のその他の大勢の「南部の作家たち」と決定的に異なる点が一つある。それは、彼がキャバリアの神話のポジティヴな一面だけでなく、そのネガティヴな一面にも注意を払うことを怠っていない点である。

南北戦争終了後の南部白人のメンタリティについて考えるとき、われわれは、なぜ彼らが執拗なまでにキャバリア的人物を取り囲むようにして団結することを好んだのか、そしてなぜ彼らがそのような人物を自分たちの文化のイコンとして必死になって定着させようとしたのか、不思議に思わざるをえない。ワトソンによると、旧南西部は一八一五年から六五年にかけて、「深遠で、神秘的な社会的再編成」を経験する。つまり、その文化的英雄が気高い自作農《ヨーマン》――民主主義と一般大衆の擁護者として知られるアンドリュー・ジャクソンがその代表例である――から、貴族的なキャバリアへと変化を遂げるのである（Watson［1993］163)。ワトソンは、キャバリアの神話が「ヴァージニア州に輸入され、そこで奴隷制度によって育まれ、支持されるようになった、血統と遺伝的な特権の概念に基づく旧世界の神話であった」のにたいし、「自由、平等、無限の機会という支配的なアメリカの神話」が自作農《ヨーマン》の人物像をめぐって展開された（Watson［1993］164）点にも注目している。われわれはその点を考慮に入れるとき、旧南西部一帯における英雄像の変化が、南北戦争に向けて人種問題が徐々に前景化してくる歴史の必然の成り行きであったことに気づくに違いない。なぜなら、キャバリアの概念は、人間の不平等を受け入れる父権主義的な社会秩序、つまり、黒人を私有財産として定めるカースト制度を前提にしているからである。

もし南部人がその制度を墨守するために北部人と交戦するにいたったとするなら、そして、もし彼らの根本的な考え方、価値観、世界観などが敗戦後においても変わらずに保持されていたとするなら、彼らが己の立場を正当化し、己の自尊心を保つために、南軍の英雄たちに纏わるキャバリアの神話に拘泥した理由がよく分かるであろう。(2) しかも、彼らはその神話を歴史的な真実として受け入れることを望んだのである。その結果、神話が真実の仮面を被ることになる。フォークナーが、ミス・ジェニーと同様、冷淡な事実よりも南軍の熱き真実の方を好んでいたことはよく知られているが、そのような真実が白人主体の、男性中心主義的なイデオロギーをひそかに内包していることは否めない。

たとえば、『土埃にまみれた旗』の二人のナレーターについて言うなら、両者とも、歴史的真実という言葉のもとに、サザン・マスキュリニティのシンボルともいえる人物たちをこれ見よがしに誇示している。そうすることで、彼らは、自分たちと北部人たちの差異を明らかにし、南北戦争以前の社会——すなわち、二極化されたジェンダーの掟が人種と階級のそれと密接に結びついて確立されている伝統的な父権社会——の秩序を理想化しているのである。彼らが意識的に、もしくは無意識的に支持し、サートリス家の末裔にたいし遵守することを要求しているのは、まさしくそのような厳格なジェンダーの掟に他ならない。意義深いことに、『土埃にまみれた旗』においては、その掟に匹敵しうる別個の価値体系が提示されることもなければ、それに真正面から戦いを挑む男の姿が描き出されることもない。

三

では、『土埃にまみれた旗』においてサートリス家の神話生成に貢献している二人のナレーターについてもう少し詳しく見ることにしよう。ジョン大佐の戦時中の武勇伝について語るフォールズ老人の描写は、以下のとおりである——「彼はしばらくの間、煙草をかみながら、静かに当時を思い出すように、あの勇ましくも苦しかった日々のことを……眼前によみがえらせるのであった」（*FD* 252）。彼の語りの主たる目的は、亡くなったジョン大佐の、傲慢で馴染み深い勇姿を「喚起し、いけにえとして捧げ、保存する」（*FD* 262）こと、そして戦時中の南部にたいするノスタルジアに耽ることである。彼はジョン大佐の部隊の生存者で、大佐の勇敢な行動を幾度となく見ているため、それをまるでわがことのように誇り高く感じているのである。『アブサロム、アブサロム！』（1936）においてウォッシュ・ジョーンズが農園主トマス・サトペンの姿を見て感じているのと同様の代理的な自負の念がここにはある。

フォールズ老人と同じく、ミス・ジェニーも懐古的、賛美的な語り口を大きな特徴にしている。すぐれた言語運用能力を持つ彼女は、正確な事実よりも、生き生きとしたロマンスを愛好する人物として描かれている。特に注目すべきは、彼女の、物語を脚色し、空想化し、修正する非凡な能力である。戦時中の留守宅を守り抜いた彼女はベイヤードⅠ世のアンチョビ獲得のための襲撃の話を幾度も繰り返しているが、その昔話は、彼女が年を取るにつれて、次第に豊かな色合いが加わり、「ワインのような柔らかな輝き」(*FD* 14)を帯びていくのである。(3)

サートリス家のキャバリアの神話がその一家の末裔の心に深く刷り込まれていくのは、こうした両者の語りの力による。明らかに、オールド・ベイヤードと彼の双子の孫息子は、そのような末裔として描き出されている。彼らの心のなかには一家の神話が絶えず息づいているからだ。だが、それを心から受け入れることは、現在のあらゆる経験を過去の観点から限定的に読み取ること、つまり、今を生きる彼らのアイデンティティを先祖のそれから遡及的に決定づけることを意味する。かくして、ジョニー(ヤング・ベイヤードの弟)の向こう見ずな、命知らずの行動によって示唆される、サートリス家のアイデンティティに彼らのそれが宿命的に結びつけられるとき、魅惑的であると同時に、きわめて悲惨な結果が生じざるをえない。

ナレーターのミス・ジェニーが南北戦争の逸話を語りはじめるのはいつ頃か。それは一八六九年のクリスマスの日である(*FD* 15)。そのとき、オールド・ベイヤードはすでに青年(二〇歳)になっており、一家の絶対的な神話をやがて相対化するのに充分な時間的距離が確保されていることは、さしあたり確認しておきたい（ただ、彼とその神話との闘争の様相については、本章の第四節で具体的な検討を加えるので、ここでは現在におけるその神話の保持の役が、サートリス銀行の事務所の一室で彼を相手にしばしば昔話に興じるフォールズ老人に任されていることを指摘するにとどめておく）。

他方、ヤング・ベイヤードの場合は、はるかに破壊的、致命的な事態に発展している。死にたいする彼のオブセッションは「陰気な（bleak）」顔によって暗示されているが、それは彼の身体に流れるサートリス家の血による遺伝的なものであると考えてはならない。それは第一次世界大戦における彼の飛行体験によるものであるという考え方も説得力に乏しい。ミス・ジェニーの、家系の血という解釈（*FD* 15）とクリアンス・ブルックスの「戦時の航空兵としての体験」（Brooks 103）という説明のいずれも納得がゆくものではない。なぜなら、両者とも、キャバリアの神話がヤング・ベイヤードに一つの規範として要求しているものを彼が充分に満たすことができないという、彼自身の根深い不安を考慮に入れていないからである。確かに、第一次世界大戦は彼にとって、武勇の誉れを勝ち取るための絶好の機会となるはずであった。だが、彼は戦場において自身を満足させるような英雄的行動を起こすことができずに、ジェファソンの町に帰還している。その後の、彼の一連の危険な行動は、彼のひそかな不安によって突き動かされていると考えていい。

ヤング・ベイヤードは、南部の土地が、そしてそこにずっしりと根付いている名門一家が、彼に期待している役割を演じきることができないこと、よってその一家の伝説上の男たちの一員に加わることができないことを意識し、深く恥じている。おそらく、彼にとっての最大の問題は、彼が南北戦争という過去の、神話生成的なコンテクストのなかではなく、第一次世界大戦後の世界に生存していることであろう。南北戦争がそのようなコンテクストを有するようになったのは、ドン・H・ドイルによれば、戦闘の理由が「奴隷制度という狭い物的利害と、白人至上主義という幅広く共有されていた価値観を超え、男の名誉と白人女性のウーマンフッドの神聖さに根ざしたアイデンティティの、より基本的な根元に依拠するようになった」(Doyle 190) ときである。言うまでもなく、第一次世界大戦のコンテクストは、それとはほど遠い性質のものである。その神話生成に貢献するナレーター(観客)もいなければ、それを魅力的なものにさせ、それにかかわった軍人たちを社会全体で崇拝するような空気を作り出す人々もいない。その結果、彼は、祖先の男たちの模倣者のような役柄を、不本意ながらも引き受けざるをえなくなる。[4] 彼はサートリス家の一員にふさわしく、死を恐れずに勇ましく生きようと努めるかぎり、そのような生き方を欲しているかぎり、模倣者の役柄を放棄するわけにはいかないのである。

　過去の不完全な反復とも言える行動を取り続けることを宿命づけられたサートリス家の後進人物たち。[5] 彼らは、まるで「待ち舞台のそでのところで立っている俳優」(*FD* 61) のように見える。というのも、彼らには、観客――この物語においては、サートリス家の女性、子供、老人、そして黒人――に向かって、魅力的なパフォーマンスを披露することが期待されているからだ。ナーシサ(ヤング・ベイヤードの妻)が口にする比喩的表現――空中で一瞬だけ光り輝き、そして消え去るロケット(*FD* 410)――が示唆しているのは、そのパフォーマンスの危険性・致死性である。しかしながら、幼い時期から、キャバリアの神話の土壌で育てられてきた彼らの多くは、台本に記されている社会的アイデンティティ――それに自らを重ね合わせることは結果的に先人にたいし、劣等感を持ってしまうことになるのであるが――に反抗する可能性が完全に奪い取られている。

ところで、『土埃にまみれた旗』の執筆面に関して、強調しておきたい点が少なくとも二つある。その一つは、フォークナーが演劇的な舞台のイメージにしたがって構想している点である。以下は、エッセイ「『サートリス』の創作について」における彼の比較的よく知られた発言である――「……私は神様の改良をしたのです。神様は劇的なことをしますが、劇場感覚を全然持ち合わせていないので」（"Composition" 119）。なるほど、ミシェル・グレッセが指摘しているように、「この本の構成は、実質的に五幕の悲劇となっている」（Gresset 118）。もう一つは、作者がまるで母親にでもなったかのような寛大な気持ちで自身の「俳優」のふるまい、もしくは「自身の駒（his pawns）」（*FD* 432）の動きを見守っている点である。先のエッセイにおける "reproduction" や "the female principle" などの用語の使用（"Composition" 119）が暗示する、彼の、自身の創造物にたいする母親的な心境。それは、ミス・ジェニーの人物像に具現化されている。

『土埃にまみれた旗』における演劇的な舞台設定を思い浮かべるとき、次のような疑問に突き当たる読者はおそらく少なくないであろう。なぜ舞台に上がるのがつねにサートリス家の男たちであり、サートリス家の女たちや黒人たちであってはならないのか。そして、なぜ彼らがしばしばユーモアあふれる語りのなかで表象されなくてはならないのか。

一八八〇年代から第一次世界大戦にいたるまでの期間、従来の、女性の身体を前景化してきた感傷的な表現形式が、白人男性の身体を前景化するそれに取って代わっていったことを明らかにする、イブ・コゾフスキー・セジウィックの先駆的な文化論『クローゼットの認識論』（1990）を踏まえつつ、キャロライン・ゲブハードは、旧南部のもっとも誠実な――よって、もっとも潤色の少ない――擁護者の作品においてでさえも、南北戦争後のキャバリアの化身としての「大佐（the Colonel）」の表象の多くが、度を越した、仰々しい性格のものであることに注目し、「大佐」の身体に感傷的なスポットライトを当てることが、多くの南部人にとって心地よかっただけでなく、撹乱的でもあったと論じている（Gebhard 133-35）。なぜなら「そのような位置と場面に置かれる男たちは、去勢の脅威を喚起し、ジェンダーと人種の相違の、慣習的な了解に揺さぶりをかけるからである」（Gebhard 135）。このようなゲブハードの議論において重要なのは、「如何に〔再建時代《リコンストラクション》以降の〕作家たちがユーモアを使って、男性が感傷的な同一化の対象として、女性や奴隷の立場に置かれるときに生じる去勢の脅威をそらそうとしたのか」（Gebhard 136）ということである。

　そのことを考慮に入れるとき、われわれは「大佐」の身体にスポットが当てられるありさまはフォークナーにとっても撹乱的であり、したがって、彼もまたユーモア、あるいはアイロニーを使い、彼自身の、キャバリアの化身の身体を表現している、と結論づけることができるだろう。アンチョビを取りに北軍の野営地を襲撃するベイヤードI世――もちろん、彼は「大佐」の身分ではないが、軍の英雄のレベルにまで高められている――に関して語るミス・ジェニー。そして、屋敷内に侵入してきた北軍の派遣隊から逃れるために策略を使うジョン大佐について語るフォールズ老人。この二人の語り手は、フォークナーのユーモアやアイロニーの感覚を顕著に表現している人物でもある。

実際、『土埃にまみれた旗』のユニークなところは、そこに登場するサートリス家の男性たちの口数が極端に少なく、しかも彼らの所作があまりに特異に見えるので、読者にとって、彼らの内面を推し量り、彼らと感傷的な一体化を経験するのがむずかしい点である。だが、この点はやがて大幅に修正されることになる。なぜなら、『征服されざる者たち』において、フォークナーは自らをオールド・ベイヤードの立場へと置き直し、彼とサートリス家の神話の闘いをドラマタイズしているからである。

それでは、ここでフォークナーの母親的な心情がミス・ジェニーの人物像に具現化されているという議論へと立ち戻ることにしたい。その具現化がはっきりと感じ取れるのは、『土埃にまみれた旗』の結びの章である。この章において、中立的・客観的な視点を持っているはずの、作者の語りが、サートリス家の四世代にわたる物語に枠付けを行う作業のなかで、ミス・ジェニーのきわめて主観的な語りと密接に織り交ざっているように思われるからである。まるで作者が彼女を通じて――極端な言い方をすれば、彼女に取って代わって――話をしているように見えるのだ。すなわち、彼は彼女の語りを全面的に信頼し、彼女に相当な権力と管理力を与えているのである。

両者の、語りの混合がもっとも顕著であるのは、サートリス家の男たちの誰よりも長生きした彼女が、ヤング・ベイヤードの自殺的な事故死のあと、自身の先祖や親族の眠る墓地を訪問し、彼らの人生について熟考をはじめる場面である。この場面において、彼女は、すべての出来事や事件を取りまとめ、一家の伝統にたいする両面的な感情——魅惑と疲労、尊敬と拒絶、崇拝と苦悩など——を表現するパースペクティヴをえている。要するに、フォークナーは、彼女のユーモラスかつアイロニックな視点を使い、さらにはそのような視点に立つことを読者にも強要することにより、サートリス家の男たちの身に実際に起こったことの深刻さ・重大さを緩和しているのである。

『征服されざる者たち』におけるミス・ジェニーの、サートリス一家にたいする権威的なヴィジョンが、その約一〇年後、『征服されざる者たち』におけるオールド・ベイヤードのアポクリファルなヴィジョンによって疑義を差しはさまれ、否定されることになるのは意義深い。マイケル・ミルゲイトは、その他の多くの批評家と同様、七つの短編から構成される長編『征服されざる者たち』をマイナーな小説、つまり、一般大衆の市場を意識して巧妙に書き上げられたロマンチックな「トール・テール」であると見なしている（Millgate 170）。だが、彼は、長編の帰結部として書き起こされた短編「ヴァビーナの香り」の潜在的な転覆力、あるいは破壊力を見落としている。雑誌『サタデイ・イヴニング・ポスト』に掲載されていない唯一の物語であるその短編は、「トール・テール」のレッテル以上の意味を内包しているからだ。

この短編のなかのミス・ジェニーは、『土埃にまみれた旗』のときと比べると登場回数がはるかに少なく、責任のある語りの地位・立場から一歩退いている。しかも、彼女は、オールド・ベイヤードの、父親のあだ討ちをしないという、サザン・マスキュリニティに反するような決断を支持するようになっている。彼女の語りにおけるこのような権威の喪失が暗示しているのは何か。それは、『土埃にまみれた旗』において南北戦争のレンズを通して構築されたキャバリアの神話が、アポクリファルなものへと進展する可能性である。

四

今や、われわれは『征服されざる者たち』の内容分析にようやく入れる段階にある。だがその前に、『土埃にまみれた旗』においてオールド・ベイヤードが如何に描かれているかをごく簡単に見ておきたい。

サートリス家に関するこの最初の物語において、オールド・ベイヤードの個人史についての記述はほぼ皆無である。彼はあたかも「自身の聾という、高い壁をはりめぐらした塔のなかに閉じこもっている」（*FD* 41）かのように、むっつりと押し黙っていると記されているが、その理由ははっきりと説明されていない。ミス・ジェニーには充分すぎるほどの語りの力が付与されているにもかかわらず、彼には――彼の孫息子であるヤング・ベイヤードにおいてもそうであるが――言葉の力がほとんど付与されていないのである。自身の家族が引き継いでいる血、すなわち、サートリス家の貴族の血の存在を信じ込んでいるミス・ジェニーによれば、彼はその正当な伝統からの逸脱に他ならない――「彼女は運命が何というたずらをしたものかと思った。彼〔オールド・ベイヤード〕は蛮勇をふるう機会も与えられず、彼のために虚栄を作り出してくれるはずの男たちの手で埋葬してもらう特権も与えられなかったのだ」（*FD* 427）。彼にたいする、彼女の評価がどれほど偏見や先入主に満ちたものであるにせよ、それがどれほど誤ったものであるにせよ、読者はそれを完全に無視するわけにはいかないであろう。というのも、彼女は彼の保護者かつ世話人であり、彼のメンタリティをもっとも良く知る人物として描き出されているからだ。このように、フォークナーは『土埃にまみれた旗』において、オールド・ベイヤードを寡黙の世界に完全に閉じ込めることにより、読者が、「自身の名前の呪いにたいする、彼のたゆまぬ、そして望みのない闘い」（*FD* 360）を理解し、それに同情を感じるのを困難にしているのである。

しかしながら、『征服されざる者たち』になると、このような語りの戦略に大きな変化が生じている。フォークナーは、ここでオールド・ベイヤードに、サートリス家の一員としての、自身の複雑で両面的な感情を表現する機会を与えているからだ。われわれは、この小説を『土埃にまみれた旗』との繋がりを重視して読むとき、それがオールド・ベイヤードの一人称の語りによる回想録となっていることを、すなわち、彼の内的世界が探究されている小説であることを意識しないわけにはいかない。

オールド・ベイヤードが社会的義務と個人の信条の間で引き裂かれる様相は、「ヴァビーナの香り」において詳しく描き出されている。短編集の形式を取るこの長編のはじめの六編は、多かれ少なかれ、キャバリアの神話に満ちたサートリス家のピクチャレスクな冒険談となっている。だが、すでに示唆したように、最後の短編だけはその神話の拒絶を描いている点において異彩を放っている。スーザン・V・ドナルドソンが的確に指摘しているように、「この最後の話は、その前の物語群について、つまり、リンゴーとベイヤードとグラニー・ミラードの冒険とそのすべての話の背後にある、名誉、栄光、復讐といった厳格なサートリス家の掟の読み方について、深刻な疑問を引き起こしている」（Donaldson 187）のである。

実際に、『征服されざる者たち』におけるオールド・ベイヤードの、一家の神話にたいする、受容と挑戦のドラマを見てみることにしよう。小説全体の語り手を務める、成人となっている彼は、父が騎兵隊の英雄というよりも、サートリス農園で「土地を耕したり、柵を修理したり、燻製にするために家畜を殺したりする」（*U* 95）月並みの人物であることに気づいているが、第一章「待ち伏せ」において父が、当時一二歳の彼にとって、「大きく（big）」見えたことを率直に認めている。父が息子の目に「大きく」見えたのはなぜか。それは、父が「自分の体よりも大きなことをしている」（*U* 10）ように息子には感じられたからである。第二章「退却」でサートリス農園が焼かれるのを目撃し、第三章「急襲」では没収されたラバ、銀貨、奴隷を探しに連邦軍を追跡し、さらに第四章「反撃」では北軍の侵略にたいする抵抗としてグラニーの、ラバを騙し取る計略の手助けをし、オールド・ベイヤードは徐々に南部社会への参入を果たしていく。そして、第五章「ヴァンデー」において一五歳になった彼は、あたかも「大きな」父のふるまいを意識して真似るかのように、「子供に必要とされている以上のことを成し遂げる」（*U* 221）。つまり、旧南部社会における「目には目を」の掟にしたがい、彼は、遊び友だちの黒人リンゴーの助けを借りて、グランビーの居場所を突きとめ、殺されたグラニーのあだを討つのである。かくして、彼は社会の、そして家族の期待に応えるのである。彼のふるまいにたいいする周囲の賞賛は、たとえば、以下のアンクル・バックの発言によって示唆されている――「俺は奴がサートリス家の息子だって言わなかったか。おい。言ったよな」(*U* 186)。

しかしながら、これまで南部のマスキュリニティの掟に無批判にしたがってきたオールド・ベイヤードが、それにたいし「ノー」を言う――否、言わなくてはならない――時期がやがてやってくる。最終章「ヴァビーナの香り」において、二四歳になっている彼は、父の死後、サートリス家の主になっており、いかなる状況下であっても、たとえ立派な目的成就のためであっても、暴力を使うことは許されるべきではないことを心得ている(彼が如何にしてそのことを学んだかについての具体的な説明はないものの、彼がそのことを自身の信条にしていることに間違いはない)。社会の期待に沿うか、あるいは自身の信条を守り通すか。その二者択一を迫られたとき、彼は、『墓地への侵入者』のチック・マリソンや「納屋を燃やす」のサーティ・スノープスといった、フォークナーの若き、真の意味で――サートリス的な意味ではなく――「英雄」と呼ぶにふさわしい人物たちと同様、人生のある決定的な局面において自身が道徳的に正しいと感じたことをしなければ、その後死ぬまで自分自身を受け入れて生きることができないと思うのである。彼が選択するのは、父を殺した宿敵レッドモンドへの復讐を拒否すること、つまり、非武装でレッドモンドとの決着の場に向かうことである。

バートラム・ワイアット＝ブラウンによれば、暴力は、旧南部の「上流階級においてでさえ社会秩序の一部」(Wyatt-Brown 352-53)であった。さらに、それは、ドゥルー・ギルピン・ファウストによると、「旧南部のイデオロギーにおいて男性性を反映していた」(Faust 63)。したがって、オールド・ベイヤードの最終的な、暴力の行使（復讐）の拒否という決断は、当時の社会秩序に逆らう行為であるだけでなく、紛争の決着において女性的な態度を選び取ることを意味している。同時に、それは、父の掟を破り、サートリス家の精神的遺産を引き継がないという点において、その一家の旧来のアイデンティティを解体することも意味している。このような意味の含蓄をすべて理解したうえで、彼は決断を下している。

かくして、彼が『土埃にまみれた旗』において、彼の「血統の消滅の、信頼できる目撃者」（*FD* 108）として唯一生き延びている理由が、『征服されざる者たち』の最後の物語から説明されうる。彼だけが、サートリス家の神話の虚妄を暴き、演劇の舞台俳優の如きふるまいを拒む方途を見つけることができたからである。別言すれば、彼だけが、「血と育ちと経歴にそむいてまでも一つの主義に固執すること」（*U* 217）ができたからである。

好奇心の強い読者であれば、この物語のあと、オールド・ベイヤードが如何なる人生行路をたどっていったのか、気になるに違いない。だが、読者にはそれを知る由がない。なぜなら作者が、『征服されざる者たち』と『土埃にまみれた旗』のいずれの物語内容においても、彼の人生の成熟期と円熟期の様子を省いているからである。

それにもかかわらず、『土埃にまみれた旗』を『征服されざる者たち』の観点から読み直すとき、われわれは少なくとも彼の沈黙の理由を幾つか推測することができる。たとえば、それは、彼の若い時分の偶像破壊的な行為がさほど有益な結果を生み出すことができなかったこと、つまり、わずか一度の主体的な決断と挑戦的なふるまいだけでは強力な一家の神話の呪縛力から自らを解放することができなかったことを暗示しているのかも知れない。あるいは、それは、彼が厳重にジェンダー化された社会のなかで割り当てられた役割分担を放棄し、その外で自己を定義づけることができなかったことを暗示しているのかも知れない。(6) 要するに、それは、ミス・ジェニーが苦々しく言っているように、彼が「サートリス家の一員であることを申し訳なく思っている」(*FD* 108)ことの表現であるのかも知れない。

このようなオールド・ベイヤードの人物造形を見るかぎり、『土埃にまみれた旗』における彼のアポクリファルな反逆精神は、豊かな文学の金鉱を探り当て、自身の小宇宙《コスモス》を創造したばかりのフォークナーにとって、まだ未開発・未発展のままであったと結論づけていいだろう。この小説に登場する老齢のオールド・ベイヤードは、あまりに無力で、あまりに冷笑的であるため、アポクリファリズムの模範例としての自己の生き方を上手く表現できずにいる。その結果、彼はサートリス家の宿命的な、破壊的なアイデンティティのくびきから孫息子たちを自由にさせることができないのである。

五

『土埃にまみれた旗』から『征服されざる者たち』へといたる物語の流れは、フォークナーの創作の力点が、神話からアポクリファへと移行していることを示している。『土埃にまみれた旗』において彼は、ミス・ジェニーとフォールズ老人に「失われた大義の期間」に創造されたキャバリアの像を想起させるサートリス家の神話を構築させ、それを保持させている。したがって、この小説では、サートリス家の男たちの、彼らの思考と行動を縛り上げている神話にたいする抵抗や反逆の様相が描き出されることはないのである。

読者がそのような描写の一片を見出すことができるのは、『征服されざる者たち』の小説世界のなかである。そのなかで、フォークナーは『土埃にまみれた旗』において永続化された神話の解体の任務を、主人公オールド・ベイヤードに託しているからだ。なかんずく、本論がスポットを当てたのは「ヴァビーナの香り」である。なぜなら、文化的な制度としてのサザン・マスキュリニティの問題性への対処を試みているこの短編は、フォークナーのアポクリファルなヴィジョンをはっきりと提示しているからである。

あらためて言うまでもなく、『土埃にまみれた旗』はヨクナパトーファ小説の源泉であり、フォークナーの神話の世界の土台・基盤になっている。ただ、もしそれが、作者がインタビューの席で言っているように、「私のアポクリファの萌芽（the germ of my apocrypha）を含む」（*FU* 285）小説であるとするなら、サートリス家にたいするさまざまな、矛盾対立する視点を容認することのできる彼は、『征服されざる者たち』の最終の物語において、自身のアポクリファルなヴィジョンの芽を見事に開花させているといっていいだろう。(7)

【注】

(1) この点については、「ヴァビーナの香り」において、フォークナーがサートリス家の伝説にたいし「ある種の矯正策 (a kind of corrective)」を提供しているという旨の、ルーシンダ・ハードウィック・マッケサンの言葉 (MacKethan 162-63) から示唆を受けたことを付記しておく。

(2) 南部人の不変的な心のあり方は、『アブサロム、アブサロム!』(1936) においてウォッシュが帰還後の主人に向かって吐く言葉——「……やつらはおらたちをずいぶん殺しやがったが、まだおらたちは打ち負かされちゃいないですよ。そうでしょうが?」(*AA* 150, 223、なお 152 にも類似文) ——によっても明示されている。なお、「……《失われた大儀》の精神は……実際、軍事上の悲劇的な敗北を大いなる道徳的勝利に変えた」(Cobb 62) と言われる。とすると、彼らの不変性は、構築されたその道徳性によって支えられるようになったと考えることもできるだろう。

(3) 田中敬子は、サートリス家の男たちの運命にしたがって行動する強迫観念を聞き手に植えつける、ミス・ジェニーの語りのなかに、「行動を初めから否定されて語り手に甘んじることを余儀なくされた女性の、無益な誇りに満ちた男たちに対する無意識の復讐」(田中 一一七) を読み取っている。

(4) ウェルティの『デルタの結婚式』(1946) の主要登場人物のひとりであるシェリーは、すべての男たちのふるまいが「他の男たちの真似 (imitation of other men)」にすぎないのではないかという推測を立てている (*DW* 196)。ヤング・ベイヤードは彼女の推測の正しさを示しうる格好の一例になっているとも言える。

(5) ヤング・ベイヤードに代表される後進人物が陥っている「二重拘束」についての、平石貴樹の以下の発言は傾聴に値する――「……生の享受は先達人物の死にたいする裏切りであるが、かといって安易な自殺は先達人物の生命力にたいする裏切りとなる。そこで後進人物たちは、先達人物の勇気を賞賛すればするほど、死ぬことも生きることもできず、唯一可能な苦肉の策として、死をもとめる生、死のなかの生を開始するほかない」（平石八九）。

（6）なお、本論の主張とは逆に、オールド・ベイヤードは、暴力の行使ではなく、その拒絶という手段で、南部の階級組織における特権的な場（男性的権威の位置）に、より効果的に参入していると言う批評家（Jones 32）もいる。

（7）厳密に言えば、フォークナーは削除版の『サートリス』を指してこの表現を使っている。

「……正義なんかじゃない。おら［ミンク］はそんなものは求めていない。ただフェアであることを求めているだけだ。それだけだ」

ウィリアム・フォークナー『館』（傍点は原文イタリクス）

第二章　「ウォッシュ」と『アブサロム、アブサロム！』

プア・ホワイトの階級闘争の表象——暴力の正当化と権力の正統性

一

「ウォッシュ」は雑誌に発表した短編を創造的に拡大し、長編のなかに組み込んでいくという、フォークナー独特の創作技法の一例である。フォークナーは一九三三年の夏に「ウォッシュ」を書き上げ、翌年二月にそれを『ハーパーズ・マガジン』で発表し、その数ヵ月後に『ドクター・マーティノ、他』(1934)に収録している。さらにその二年後には、それに大幅な修正・変更を加えて、彼のマスターピースである『アブサロム、アブサロム!』(1936、以下、本章においては『アブサロム』と記す)のなかに組み込んでいる。

この短編が彼のその他の短編と比べて特殊であるのは、それがその後もさまざまな形式の作品集——一九四六年の『ポータブル・フォークナー』、一九五〇年の『フォークナー短編集』、そして一九五三年の『フォークナー・リーダー』——に再録されている点である。従来問題視されているのが『フォークナー短編集』のケースである。ハンス・H・シェイに言わせれば、これは非常に「奇妙な」ことである(Skei 207)。というのも長編で反復利用されかつ短編としてここに収録されているのは、ウォッシュとサトペンに関するこの物語しかないからである。なるほど、『村』(1940)で反復利用されている「猟犬」、「斑馬」、「ジャムシードの中庭の蜥蜴」などの短編は確かにそこから外されている。

この「奇妙な」出版事情の裏には、『フォークナー短編集』が単なる短編の寄せ集めではなく、全体の構成を意識して編集されたものであり、「ウォッシュ」がその統一のメカニズムに合致する——より具体的に言うなら、舞台別に六つのセクションに分けた一つ、「中景（THE MIDDLE GROUND）」に収録するに値する――性格の物語であるという作者の理解を読み取ることができるだろう。加えて、その裏には、この短編にたいする彼の執着や愛情、あるいは、ジェイムズ・B・キャロザーズの推測にあるように、「それが同じ出来事を記述している長編版とはかなり異なっているという彼の認識《アウェアネス》」（Carothers 34）も読み取ることができるだろう。キャロザーズのこの推測にしたがうとき、重要となるのは、「ウォッシュ」と『アブサロム』の間に散見する不整合や不一致である。すなわち、前者の、後者のなかで吸収・消化されずに、そのまま取り残されている要素や、たとえうまく吸収・消化されているように見えるにせよ、不自然な変更が加えられている部分である。そしてさらに重要となるのは、これらの相違点についての、作者の「認識《アウェアネス》」の内実である。

さて、本論の目的は、アメリカの大不況期（一九三〇年代）に出版されたこの二編の小説を主に階級闘争の視点から読み比べることであるが、それらを同じ俎上に載せる際に生じてしまう批評上のディレンマがある。それは『アブサロム』の文学的完成度の高さと深くかかわっている。つまり、「ウォッシュ」を『アブサロム』の胚種の一つにすぎないという見方をすると、前者の独立性が脅かされてしまうし、かといって、その独立性を強調しすぎると、今度は逆に後者との関係性が見えにくくなってしまうことである。本論はこうしたディレンマを意識しつつ、両小説の密接な関係性のなかに前者の独立性を見出す可能性を模索する。具体的な作業としては、ウォッシュ・ジョーンズとトマス・サトペンの人物像に光を当てながら、フォークナーがプア・ホワイトの闘争を如何に描写しているかを検討することで、「ウォッシュ」が『アブサロム』と相互排除的な関係に位置づけられるべきではない、自主独立した物語であることを証明したい。

二

「ウォッシュ」と『アブサロム』の両小説の類似と相違を探るうえで、まず確認しておきたいのが語りの形式の問題である。「ウォッシュ」は、そのタイトルからも容易に想像がつくように、ウォッシュを主人公に立て、彼の心情の揺れ動きに焦点を当てている。この短編では、農園主サトペンにたいする憧憬から幻滅、そして挑戦へといたる、彼の心理の微妙な変化が三人称の全知的な語り手によって描き出されている。それにたいし、全編さまざまな人物によって語られる『アブサロム』は、サトペン家の興亡の歴史を物語の中核に据えており、その物語が徐々に構築されてゆく過程そのものを劇化している。その意味で、この長編においては、語られるサトペンの物語と、そのもっとも重要な語り手であるクエンティンの物語の境界線が曖昧になっており、二つの物語が巧みに絡み合って展開している。(1)

こうした、きわめて複雑な物語構成をとる『アブサロム』において、サトペンの心理は――彼自身の内的告白の場面が挿入されているにもかかわらず、彼の自己理解には限界があるため――不明慮の点を多く残しており、クエンティンを含む複数の登場人物たちが各々の立場から推測・想像する対象になっている。ここでのウォッシュは、ミス・ローザによって「人事全般を取り締まる……あの正義というものの残忍な手先」（*AA* 107）、あるいは、シュリーヴによって「芝居の幕を開け、やがてはそれを閉じることにもなる忠実な墓堀り人」（*AA* 225）に喩えられているように、主役というよりも脇役的な、副次的な役割を任されている。

概して、「ウォッシュ」の物語内容は『アブサロム』の第六、七章に組み込まれているが、その大部分は第七章の終わりに確認できる。ちなみに、第七章というのは、ハーバード大学の寮の一室でサトペン自身が祖父に語った話を父から聞いたクエンティンが、その話をシュリーヴに伝える場面の続きで、彼の語りには、“Father said” という表現や “Maybe” という副詞が繰り返し使われている。このような形式でウォッシュとサトペンの主従関係の物語を提示することで、作者はその物語の歴史性や間接性を現前化し強調しているのである。これは現前の生々しい事実として語られる「ウォッシュ」の直接性と鮮やかな対照をなしている。

語りの形式のこのような違いを見たうえで、次に物語内容の比較検討へと移ることにしよう。『アブサロム』においても「ウォッシュ」においても、ウォッシュがサトペンを弑するのに草刈り用の「大鎌（scythe）」を使うという設定は同じである。『アブサロム』でシュリーヴによって「皇帝の勝利を象徴する月桂冠」（*AA* 145）と揶揄される「大鎌」。デイヴィド・ポール・レーガンの注釈によれば、サトペンの殺害に使われるこの道具は「時の翁（Father Time）」と「死神（the Grim Reaper）」の象徴である（Ragan 74）。長編の場合、南北戦争から帰還するやいなや、強固な意志で荘園再建に取りかかるサトペンの最大の気がかりが自身の余命で、最大の敵が「時間」であったことを重視するとき、サトペンは最終的に「時」と「死」を象徴する「大鎌」の力に敗れ、その前で倒れるというような読み方が可能になる。(2)しかし、このような読解は――先のミス・ローザやシュリーヴの喩えをそのまま受け入れてしまうことにも言えることだが――ウォッシュの、象徴的意味の担い手としての役割を強調するあまり、彼の個人としての心的葛藤をなおざりにしてしまう危険性をつねにはらんでいる。短編はサトペンの「時間」との熾烈な戦いに関する記述が盛り込まれていない分だけ、それが伏せられている分だけ、そのような危険性から免れている。

「ウォッシュ」で伏せられている内容は他にも多くあるが、とりわけ気になるのはサトペンの人生のバック・グラウンドに関する情報である。この短編にはサトペンの少年時代の話はおろか、彼の大規模な「デザイン」への言及も見られない。つまり、彼は南北戦争後の一介の没落貴族に成り下がっている。こうしたサトペン像は、長編において農園継承者(息子)を必要とするあまり、そのような目的を胸の内に潜め、ウォッシュの一五歳の孫娘ミリーに接近する人物と大きく隔たっている。当然のことながら、短編には初老のサトペンがミリーに接近する三年前に同じような目的で別の女性(ミス・ローザ)に求愛し、拒絶された事件についての言及も見られない。よって、サトペンはウォッシュを嘲って自らを殺させたというシュリーヴの発言を根拠にした、ダーク・カイクの次のような刺激的な読みも短編には適用することができない――「ミリーが女の子を産むと、自分にはもう子を作る力がないと思っているサトペンは、デザインの実現が絶対に不可能であると考えるのである。そこで彼は最終目標を定め、どうにかこうにかそれを達成するのである。つまり、彼はウォッシュに自らを殺させるのだ」[3]（Kuyk 86-87）。

サトペンの「デザイン」への言及の有無は、物語の展開方法にも大きな変化を及ぼしている。リーサ・パドックが言うように、短編の「物語は主人公の危機的状況ではじまり、フラッシュバックの手法でそのような状況にいたる出来事を伝え、それから物語のクライマックスへと一回りするように戻っていく」（Paddock 100）。したがって、ここではその冒頭においてウォッシュが早朝に赤ん坊の様子を見に来たサトペンに向かって「大佐、女の子ですよ」と直接告げる箇所が見られるように（*CS* 544）、赤ん坊が「娘」であることがあらかじめ読者に提示されている。だが、長編ではそのような箇所が故意に削除されており、まるで赤ん坊の性別が物語の最大の関心事であるかのように隠されている。作者は第七章のまさに最後の数行でサトペンとミリーの間に生まれたのが「男の子ではなく、女の子だったんだ」（*AA* 234）という真相を明らかにすることで、サスペンスを盛りあげ、スリルを高める方策を取っているのだ。

さしあたり簡単なまとめとして言えるのは、「ウォッシュ」がサトペンとウォッシュの間に堅固な階級の壁を打ち立てることで、両者の階級間の差異を固定的に描いているのにたいし、『アブサロム』はサトペンの、プア・ホワイトから貴族へと成り上がるための「デザイン」が明示しているように、あるいは彼の、ウォッシュとの連結を想起させるヴァナキュラァな言葉遣いの拒絶・放棄が暗示しているように[4]、階級を縦断的に描いていることである。別言すれば、「ウォッシュ」は貴族対プア・ホワイトの二項対立の構図のなかにサトペンとウォッシュの対立関係をそのまま取り込むことで、二人の相違を強調する傾向があるが、『アブサロム』では彼らの出自が同一であることが記され、彼らが「ダブル」(Ferguson 162) の関係にある同質の人物であることが、つまり、ウォッシュが「若いころのサトペンのレプリカ」(Carr 84) であることが、明らかにされているのである。

「ウォッシュ」と『アブサロム』の相違について、ジョアン・V・クライトンは、独立した短編を長編のなかに統合していくフォークナーの「改変《リヴィジョン》」の技巧について論じた名著 (1977) のなかで、以下のような印象深い言葉を残している――「ウォッシュの視点から話される短編は階級闘争の線にそって描かれている。……しかし、長編ではウォッシュが気づかぬうちに自身と同類の人間に裏切られるので、階級闘争は沈静化している (muted)」(Creighton 13)。だが、『アブサロム』における階級闘争は本当に「沈静化している」のだろうか。その闘争の模様に従来よりも強い光を当てて『アブサロム』を読むことはできないだろうか。

ウェズリー・モリスとバーバラ・アルヴァーソン・モリスは、シルヴィア・ジェンキンズ・クックによる「ウォッシュ」の分析を引いて、その短編の中心的テーマが「プア・ホワイトの目覚めつつある階級意識」であることに同意している (Morris and Morris 16)。他方、『アブサロム』について言えば、フィリップ・M・ワインスタインが鋭く指摘しているように、もし人種が主要なテーマ (悲劇の原動力) であるとするならば、「階級がその小説の表象の焦点を決定している」(Weinstein [1996] 51)。これらの批評家たちの読みは、両小説がテーマ性もしくは「表象の焦点」において、プア・ホワイトのきわめ

て個人的な階級闘争を描く一面をそなえていることを、われわれに強く意識させる。(5)
冒頭でも述べたように、本論の目的はそのような一面を剔抉し、考究することである。もちろん、それによって『アブサロム』がサトペンとウォッシュの人物像の類似を強調している小説であるという事実が打ち消されることはない。というのも、両者の類似は階級闘争が「沈静化している」原因・理由としてではなく、それが別様に描かれる目的・可能性として考えることができるからだ。

三

『アブサロム』はなんとも複雑怪奇な小説である。なぜならそれはサトペンとウォッシュの類似を提示する一方で、その類似から生じる決定的なずれをも表現することで、かえってこの二人の相違も際立たせているからである。そこで、この長編におけるサトペンとウォッシュの具体的な類似点を指摘しつつ、両者が同一の出発点からどのように分離していくのか、その大まかな過程を追ってみることにする。

『アブサロム』はウエスト・ヴァージニアの山間に生まれたサトペンが「スコットランド系イギリス人の血をひくプア・ホワイト」(AA 307) であることを明らかにし、過去や伝統を重んじるジェファソンの厳格なピューリータン社会における名門——コンプソン家やコールドフィールド家など——の人たちと彼を峻別して描き出している。殺害された者（サトペン）と殺害した者（ウォッシュ）が死後の世界において「時間や天候の変化にわずらわされることなく、落ちつき、楽しんでいる」という、一見ありえないような事態がクエンティンによって想像されているのも（*AA* 152）、両者が同じ血脈に属しているという確信があるためだろう。こうした死後の世界における両者の和合の描写は、「ウォッシュ」には見られず、実際それにそぐわないことは言うまでもない。

サトペンとウォッシュの類似点と言えば、この二人は年齢が一日たがわず同じであるだけでなく、死去する日も同じである。さらに言えば、内面についても似通ったところがある。たとえば、『アブサロム』において付加された記述によれば、「彼［ウォッシュ］のモラリティは、サトペンのそれと実によく似ていて、事実や慣例やその他のすべてのものを突きつけられても、お前は正しいと彼に教えていた」（*AA* 230）。

両者は「イノセント」であるという点でも共通している。[6] クリアンス・ブルックスが「彼［サトペン］の悲劇の意味を理解したいと思うなら、われわれが理解しなければならないのは彼のイノセンスの特質である」（Brooks 296）と大胆に言い切り、彼の精神面における「イノセンス」の重要性を指摘して以来、それをめぐって従来膨大な議論が寄せられている。[7] 他方、ウォッシュに関して言えば、彼の性格描写に「イノセンス」という用語が直接使われているわけではない。しかしながら、彼は「六〇歳でありながら、子供の心を持っている」（Volpe 196）、彼は「イノセンスの強烈な喪失を経験する」（Ferguson 62）などと言う批評家たちがいるように、「イノセンス」は彼の、盲目的なまでのサトペン崇拝を引き起こす大きな要因になっている。

ここで思い起こしておきたいのが、両者とも黒人に門前払いを食らわせられるという屈辱的な体験をしていることである。サトペンは少年時代に父親の使いでメッセージをとどけるために大農園屋敷の玄関のドアをたたくが、出てきた黒人の従僕に「裏へ回れ」と命じられる。彼はこのときの体験を激しい衝撃とともに受け止め、それを一つのシンボル――"the boy symbol"（*AA* 210）――にして、記憶の奥底にとどめている。これと対照的な受け止め方をしているのが、ウォッシュである。サトペン荘園の朽ち果てた魚釣り小屋に勝手に住みついている彼は、サトペンが南北戦争で出征しているとき、台所の踏み段から屋敷のなかに入ろうとするが、黒人の女中（長編ではクライティになっている）によってはね返される（*AA* 226）。彼は台所に入ることさえ許されていないのである。だが、サトペンに直接頼んだらいつでも許可がもらえると信じ込んでいるため、彼女の言葉をそれほど真剣に聞き入れていない。

興味深いことに、ウォッシュにとって、彼の存在の根を揺がし、彼の人生を一変させる啓示的瞬間は、黒人の抑止の言葉によってではなく、農園主サトペンの、彼の孫娘と生まれてきた赤ん坊にたいする非情な言葉――「なあ、ミリー、お前が雌馬でなくて本当に残念だ。もし雌馬だったら、厩の立派な部屋をくれてやるんだが」（*AA* 229）――によってもたらされることになる。この瞬間、彼は自身がサトペンの野望の手駒のような存在に貶められている現実に気づくのである。

ちなみに、サトペンのその非情さは彼の狡猾さに起因している。そう考えるとき、われわれは『アブサロム』の第七章において、農園主の地位にまで登りつめた彼がクエンティンの祖父の事務所で自身の生い立ちについて語っている場面に注意を払わなくてはならない。というのも、彼はそこで彼のようなプア・ホワイトが富者になるには勇ましくかつ狡猾であることが必要不可欠で、前者は彼に先天的にそなえられており、後者は教育によって身につくものであると自白しているからだ（*AA* 195, 197, 215）。もしこの自己分析が正しく、彼には二つの資質があったとするならば、ウォッシュは彼の一方の勇ましさに魅了され、もう一方の狡猾さに盲目になっていたと言える。

サトペンを神格化し、盲信していたことの愚かさに気づき、怒りと絶望の混沌の淵に追いやられるウォッシュ。他方、生まれ故郷とはおよそ異なるタイドウォーター地域の、階級差別の現実をまのあたりにし、混乱状態に陥るサトペン少年。その後の自己省察は、南部特有の社会関係のなかでの二人の生き方（そして死に方）を決定的に分離する機会となる。ここで重要なのは、われわれがウォッシュの思考の延長線上にサトペン少年のそれを見据えることができる点である。

ウォッシュの場合、糾弾の対象はサトペン個人から、やがて「サトペンと同類の男たち」（*AA* 232）にまで拡大化・一般化され、実は彼らが彼の「賞賛と希望……のシンボルであり、絶望と悲哀の手先にもなっている」（*AA* 232）という茫漠たる現実認識のところで思考が停止する。だが、サトペン少年はそこからさらに一歩踏み込み、支配階級の人々の背後で働いている力の感知にまでいたっている――「……それ［彼のイノセンス］があいつ（he or him）という代わりにあいつら（them）と言ったとき、午後の間じゅう靴を脱いでハンモックで寝ていられる、太陽の下にいる、あらゆる取るに足らない、死ぬべき運命にある人間たち以上のもの（more than all the human puny mortals）を意味していた」（*AA* 192、傍点部は原文イタリクス）。この一文に関して、ジョーゼフ・R・アーゴーとノエル・ポークは『アブサロム』の最新の注釈本（2010）のなかで、「《それがあいつらと言ったとき》というフレーズは、これが個人の間の闘争ではなく、階級の問題（a class matter）であることをわれわれに想起させる」（Urgo and Polk 124）と述べている。この発言からも分かるように、「人間たち以上のもの」とは、階級社会というシステム――そのなかでは「階級の問題」が人種およびジェンダーの問題と複雑に絡み合って存在している――を暗示している。

敵視する対象が異なれば、当然、戦闘の手段も異なる。サトペン少年は、黒人の従僕に「裏へ回れ」と命じられたあと、森の小さな洞穴に入り込み、そこで自問自答を繰り返す。このとき、彼の人格の一部が農園主ペティボーンを射殺するという暴力行為を二度提案するが、彼の人格の別の一部がその提案を二度とも却下している点は見逃せない。

> だが、おれには奴を撃つことができる、彼が自分に言うと、もう一人の自分が、だめだ、そんなことをしても何の益にもならない、と言い、すると最初の自分が、じゃあ、どうしたらいいんだ、と言い、するともう一人が、分からない、と言う。最初の自分が、だが、おれには奴を撃つことができる。おれは藪のなかを抜けてあそこへ忍び込み、奴が出てきてハンモックのなかに横になるまで待って、それから奴を撃つんだ、と言うと、もう一人が、だめだ、そんなことをしても何の益にもならない、と言い、すると最初の自分が、じゃあ、どうしたらいいんだ、と言い、する

ともう一人が、分からない、と言ったんだ（*AA* 190、傍点部は原文イタリクス）。

この内的対話のなかで、最終的に彼は「もしも立派な小銃を持っている連中と戦おうとするなら、最初にしなければならないのは、借りるにしろ盗むにしろ作るにしろ、自分自身もできるだけ立派な小銃を手に入れることだ」（*AA* 192）という考えに達する。そして、敵視の対象である社会システムについて学習し、その大胆な模倣とも言えるサトペン荘園の建設をもくろみ、それが可能な場所、すなわち「貧しい男たちが……金持ちになれる」（*AA* 195）西インド諸島へ出かけるのである。つまり、「一種の帝国主義的な冒険」（Duck 34）と見なされるべきものに乗り出すのである。

このように、サトペン少年は個人の暴力だけでは共同体の大きな力に対抗しがたいのを一瞬のレッスンで感得すると、社会的権力の確保のための第一歩を踏み出すのである。その第一歩とは「土地と黒ん坊と立派な家」（*AA* 192）の獲得である。この三つの財産項目のなかに、黒人奴隷（「黒ん坊」）が入っているのは、彼らが白人農園主のアイデンティティの一部を形成する重要な存在であると考えられるからだ。(8)

ただ、サトペンが私有財産の獲得という手段によって追い求める権力には、究極的に必要とされるものがある。それは正統性という考え方である。そのために、彼はコンプソン将軍やコールドフィールド氏の庇護を受け、白人共同体の支持をえられるような家系を構築しなくてはならないのである。言うまでもなく、そのような家系の継続には白人の純血性の保持が要求される。そこには黒人の血が一滴でも入ることは許されない。黒人はあくまでも彼の社会的アイデンティティを基礎づける一部であり、それを継承しうる存在では決してないからだ。われわれは、彼の「デザイン」が潰える最大の要因が人種混淆であると想定するとき、ウォルター・ベン・マイケルズの「フォークナーは……サトペンの階級上昇の野望をレイシャライズすることで打ち砕いている」（Michaels 147）という言説の的確性を再確認しないわけにはいかないだろう。

サトペン少年の歩む人生の最大の皮肉とは何か。それは、彼の突きすすむ道の行く末が、本来の目的であるはずの、アンフェアな社会システムの解体ではなく、むしろ逆にその反復に見えてしまうことである。[9] サトペンの死後に発動される権力機構（保安官たち）が、彼の「ダブル」・「レプリカ」であるウォッシュの暴力的抵抗を抑え込んでしまうことも、皮肉なめぐり合わせと言う他ないだろう。

他方、ウォッシュの戦闘は、サトペン少年のそれと比べると、はるかに直接的、明示的である。彼の戦闘は、短編「納屋を燃やす」（1939）におけるプア・ホワイト、アブのふるまいをわれわれに想起させるが、妬み深い憤怒から農園主の納屋を火で破壊し続けるアブの行為にはそれ相応の冷徹な計画性が認められるのにたいし、ウォッシュの暴力は高ぶる感情の波に身をゆだねた結果であると言っていい。小作人としての独自の道徳基準に拠って生きる前者がしばしば "without heat"（CS 8, 11）という表現で特徴づけられるのにたいし、人生に絶望し、世をはかなみながら、周囲の人間をすべて抹殺するかのような超法規的な手段に出る後者には、人間的な「熱さ」が感じ取れるのだ。

ウォッシュは、「あの人の仲間も、おらの仲間も、この世に生まれてこなければよかったんだ。もうひとりのウォッシュ・ジョーンズが一生をめちゃくちゃにされて、乾いたとうもろこしの皮みたいに火にくべられるのを見るくらいなら、おらたちはひとり残らずこの地上から吹き飛ばされていなくなる方がいいんだ」（*AA* 233、傍点は原文イタリクス）と断じ、暴力をふるうことを正当化する。彼は暴力の行使を合理化できる論拠が「イノセント」な被害者である自分にはあると信じている。憎悪や悪意というよりも、むしろその信憑が彼の幻滅感と結びつき、自己破滅的な戦闘を発生させている。

老齢の彼がサトペン少年のように戦闘を計画的に延期しようとしないのはなぜか。彼には時間的、精神的な余裕が無いからだけではない。ケヴィン・レイリーが言うように、彼はプア・ホワイトでありながら、「人類の、不変のヒエアルキー」に基づくパターナリズムのイデオロギーを受け入れている（Railey 123）。つまり、彼は階級上の区分の固定性を認めているのである。したがって、彼は一九世紀のアメリカ南部においてパターナリズムの対立概念として流布していた、リベラリズムのイデオロギー――「すべての人間は平等に造られ、自分の実力を示す機会を与えられるべきである」（Railey 114）という意識――にしたがって行動することができないのだ。彼にとって自らの社会的地位とは、たとえそれがどれほど理不尽な偶然の結果であれ、絶対的に決められた変更不可能なものに他ならないのである。

彼は未来に向かっての自身の生き方をイメージすることができず、逃げるという選択肢さえも捨て去る。そして、サトペンの仲間たちが彼を捕まえに来るのを窓際でじっと待ちながら、彼らがやって来ると、孫娘と赤ん坊を殺害し、自身の家系をこの世から抹消したあと、彼らのなかに「大鎌」を振りかざしながら単身飛び込んでゆく。かくして、彼は公共の権力にたいし、個人の暴力で抵抗・抗議するのである。

四

本論が注目したのは、『アブサロム』においてフォークナーがサトペン少年とウォッシュに、彼らのプア・ホワイトとしての人生の分岐点で、異なる戦闘手段——権力と暴力——を選択させ、異なる道をすすませている様相である。すなわち、暴力の手段を選択するウォッシュの物語はサトペン少年にとってありえたかもしれない道——つまり、彼が熟慮の末、放棄するにいたった道——を、逆の言い方をすれば、権力を志向するサトペン少年の物語はウォッシュが想像さえしなかった道を、それぞれ追究しているものとして位置づけられる。

この、権力と暴力の二概念は、ドイツ出身の、アメリカの政治哲学者であるハンナ・アーレントの『暴力について』（1969）によれば、次のように注意深く区分される——「実際権力と暴力との最も明白なる相違点の一つは、権力はつねに数を必要とするのにたいして、暴力は機器に依存するがゆえにある点までは数がなくてもなんとかやっていけるという点にある。……権力の極端な形態とは、全員が一人に敵対するものであり、暴力の極端な形態とは、一人が全員に敵対するものである。」（アーレント一三〇—三一）。すなわち、権力は「集団に属するものであり、集団が集団として維持されているかぎりにおいてのみ存在しつづける」のにたいし、暴力は「道具を用いるという特徴によって識別される」のである（アーレント　一三三、一三五）。アーレントが主に政治思想の文脈で暴力の問題を検討するうえで明確にしているこの区分をフォークナーの小説に当てはめて考えるとき、われわれはサトペン少年の目指す権力の確保がジェファソンの社会の仲間たち（「数」、「集団」）の認知と協力がなければ不可能であったことや、ウォッシュの、自己の「イノセンス」にたいする信憑と人生にたいする幻滅感から発生している暴力には大鎌（「機器」、「道具」）が不可欠であったことを思い起こすに違いない。

さらにアーレントの区分を続けるなら、「暴力は、あらゆる手段がそうであるように、追求する目的による導きと正当化をつねに必要とする。……権力は政治的共同体そのものにほんらい備わっているものであるから、いささかの正当化（justification）も必要としない。権力が必要とするのは正統性（legitimacy）である」（アーレント　一四〇－四一）。サトペン少年の権力には正統性が、そしてウォッシュの暴力には正当化が必要とされたことはすでに指摘したとおりである。

大胆に推測するなら、フォークナーの胸の内のどこかに、『アブサロム』に組み込まれたエピソードだけではプア・ホワイトの個人的な戦闘を複眼的な視点からとらえきれていない、つまり暴力の手段を選び取る男のすさまじい生きざまを主体的に、実体的に、そして芸術的に描き出せていないという「認識《アウェアネス》」があったのではないか。だからこそ彼は『フォークナー短編集』を含むさまざまな形式の作品集のなかで「ウォッシュ」を再発表することに躊躇せず、『アブサロム』との間に相互補完的な関係を再構築し続けたのではないか。

繰り返しになるが、『アブサロム』においてクエンティンらによって織り上げられる想像の物語の中心人物はあくまでもサトペンであり、彼の壮大な人生のドラマに焦点と比重が置かれている。たとえば、この長編において作者が短編のエンディングの場面におけるウォッシュの放火の記述（CS 550）をあえて削除しているのも、彼の関心がウォッシュの絶望的行動を劇的に、印象深く描き出すことではなく、サトペンの赤ん坊の性別を推理小説的に提示することにあったからであろう。

「ウォッシュ」は、一つの完結した、独立した物語として読むことができる。だが、同時にそれは、ヨクナパトーファの物語世界の大きな枠組みのなかに位置づけて読むこともでき、その頂点に立つ『アブサロム』との関係性を階級闘争の観点から見るとき、われわれがややもすれば想定しがちな位階（「ウォッシュ」を『アブサロム』の下におくという優劣）関係に反し、非常に重要な意義を持っているのである。

【注】

（1）林文代は、『アブサロム』がサトペンの物語であると同時にクエンティンの物語でもある点を強調し、この二つの物語が「バランスのとれた緊張関係にある」ことを指摘している（林 二一七）。

（2）この種の読み方が行き着くのは、おそらくリチャード・H・キングの次のような結論であろう――「サトペンの過ちは、時間にたいする誤った認識、時間を否定しようと試みたことにある」（King 124）。

（3）アーゴーとポークもサトペンの死を自殺と見なしている（Urgo and Polk 153）。

(4) ウォッシュとサトペンの各々のヴァナキュラァな声の表象については、ワインスタインを参照（Weinstein [1992] 136-37)。

(5) ところが、レイリーはフォークナー小説における階級問題についてこう言っている――「フォークナーは南部支配階級の内部の闘争に関心があった。マルクス主義批評の多くは支配者階級と労働者階級の間の、つまり支配的イデオロギーと抑圧的イデオロギーの間の闘争を分析しているが、この闘争はフォークナー小説において重要でない……」（Railey "Preface:Xi"、傍点部は原文イタリクス）。このような発言はフォークナー小説の一般的性格を言い当てているのかもしれないが、「ウォッシュ」の個別性（特殊性）と『アブサロム』の複雑性を度外視していると言わざるをえない。

(6) サトペンとウォッシュの「イノセンス」の微妙な相違に注目している批評家もいる。『アブサロム』において二つのレベルでとらえられる「イノセンス」の概念について、ジョン・ロッドンは、サトペンが一四歳のときの屈辱を契機に第一の「無垢」から第二の「無知《イグノランス》」のレベルへと移行していくのにたいし、ウォッシュは生涯第一のレベルにとどまり続ける、と言っている（Rodden 26-27)。ロッドンの解釈では、サトペンの「イノセンス」は「頑なに冷たく、超合理的な、ほとんど悪魔的な、無知の一形態」であるのにたいし、ウォッシュのそれは「どんなに曖昧で混乱していても、人間味を感じさせる、生まれながらのもの」とされている（Rodden 36)。

(7) 近年では、諏訪部浩一の議論（諏訪部 三七九―八五）が総括的で有益。

(8) ウォルター・ジョンソンによれば、「奴隷所有者たちは、自分たちの奴隷に言及することで、お互いに自己を表現し合うことが頻繁にあった」という（Johnson 13）。

（9）なぜそのようなことになってしまったのか。この疑問について考えるとき、われわれはサトペンの自己規定の出発点にまで遡る必要がある。彼の階級闘争的思考は、「あいつら」と自分という二項対立からはじまっている。その対立軸が彼の人生において消えることはない。そこで問題となるのは、彼が郡における有力な農園主のひとりとなり、富を収奪できる側に回ったときにでさえ、あたかも個人的な損得勘定の帳尻を合わせるかのように、これまで自分が不当に収奪されてきたものの奪還に精を出し続けていることである。その奮闘努力には、終止符が打たれる気配が感じられない。結果的に、彼は社会的フェアネスの実現に配慮することができないように見えてしまうのである。

「われわれの将来は、この［開拓者たる白い自由民の］人種血統のピュリティを保つことにかかっている」

トマス・ディクソン・ジュニア『クランズマン』

「ピュリティの幻想はおぞましいものである。それは健全ではない」

フィリップ・ロス『ヒューマン・ステイン』

第三章　「昔の民族」と「熊」と「デルタの秋」

「白人の血」という檻——アイザック・マッキャスリンの人種的思考

一

アメリカ連邦最高裁判所が「ラビング対バージニア」訴訟（1967）で、異人種間結婚禁止法を違憲とする判決を下す約一年前に、文豪ジョン・スタインベックは、エッセイ集『アメリカとアメリカ人』（1966）のなかで、白人と黒人の関係に関する印象深い発言をしている――「われわれが通りで話しかけただけの人が、黒人であったのか白人であったのかを思い起こすことができなくなるまで、奴隷制度が社会――北部と南部――に残したトラウマは克服されないであろう」（Steinbeck 77）。スタインベックがここで触れているのは、人間の肌の色にたいする認識の問題である。通りでの何気ない会話の相手の人種的アイデンティティにたいし、自然に注意が払われているがゆえに、人々はあとでそれを「思い起こす」ことができるのである。その可能性が不可能になること。その自然が不自然になること。それこそ、スタインベックが未来のアメリカ社会にたいし、期待していることであるように思われる。

　スタインベックのこの期待は、フォークナーの『行け、モーセ』（1942）第六章の「デルタの秋」の終盤におけるアイザック［アイク］・マッキャスリンの悲嘆と興味深い対照をなしている――「……中国系もアフリカ系もアーリア系もユダヤ系も、いっしょくたになって子を産み落とし、ついにはどれがどれやら区別する時間もなくなり、誰も気にしなくなってしまうのだ」（*GDM* 349、傍点は原文イタリクス）。南部の貴族階級出身で、今や七三歳の老人となっているアイクが恐れているのは、人種的差異の喪失がもたらす混乱と無秩序に他ならない。そしてその喪失は、この老人の独自の論理によれば、理不尽な森林破壊が引き金となって生じている（*GDM* 349）。

小説内の登場人物であるアイクの悲嘆と、実在の小説家であるスタインベックの期待を比較することで見えてくるものは何か。それは、ウォルター・ベン・マイケルズの、人種関係についての、平易な、だがきわめて適切な、以下の発言によって明確化されうる——「もし人種混淆が問題であるとすると、人種的差異が解決となるし、逆に人種混淆が解決となると、人種的差異が問題となる」（Michaels 48）。要するに、アイクにとって「問題」となる人種混淆は、スタインベックにとって「解決」となるし、前者にとって「解決」となる人種的差異は、後者にとって「問題」となるのである。[1]

あらためて言うまでもなく、アイクの、人種的差異の希求の背後には、「人種のピュリティ」の保持という欲望がある。確かに、サディアス・ディヴィスが指摘しているように、彼の、世襲財産と所有権の放棄は、当時アメリカ全土で広く受け入れられていた「科学的レイシズム（scientific racism）」に逆らう行為となっている（Davis［2003］217,［2005］239）。しかしながら、その行為の意味内容が、「デルタの秋」の終盤の場面における彼の心境の表白によって、大いに否定されてしまっているのも事実である。

本論は、アイクを主人公にしている荒野三部作——「昔の民族」、「熊」、「デルタの秋」——を主として取り上げる。ただし、それらを従来の研究によく見られた型、つまり、主人公が荒野での神秘的なエピファニー体験を経て、それに基づき己の家系の罪深い暗部に開眼していくというようなビルドゥングスロマンとして読むのではない。「熊」を一つの独立した物語としてとらえれば、そのように読むこともできるだろうが、この中編を「デルタの秋」の文脈にまで延ばしていくとき、彼の長い人生の物語には厳密な意味で「成長」という二文字がうまく当てはまらないように思われるからだ。

この時代の人種イデオロギーの問題性に光を当てつつ、むしろ本論が試みたいのは、「ピュリティ」と「ハイブリディティ」をキーワードに使いながら、アイクの生涯を彼自身の身体に流れているとされる「白い血」との闘争の物語として読むことである。もう少し具体的に言うなら、それは彼が祖父、老キャロザーズから受け継いだ「白い血」の呪縛にとらわれ、自由になれずに如何に苦悩しているのかを確認することである。

二

西洋史の文脈において「人種のピュリティ」という言葉が使われると、アドルフ・ヒットラーのナチスの政治理念を思い浮かべる人は少なくないであろう。その連想の力が強く発揮されるのは、彼らのユダヤ人粛清が忘却の淵へと追いやられてはならない一つの確固たる出来事として、人類の歴史のなかに、そしてわれわれの意識のなかに、しかと刻み込まれているためであろう。

意義深いことに、ナチズムの世界的に有名なその指導者が「デルタの秋」では二度言及されている。この物語は第二次世界大戦を背景にしているため、ヨーロッパの危うい戦況が重要な歴史的事実として取り上げられているのである。

はじめの言及は、ロス・エドモンズの発言のなかに見出せる。物語の冒頭で描かれる狩りの旅のなかで、男たちの会話が第二次世界大戦の話題に移ると、ロスは、ヒットラーがアメリカを征服するようになると狩りも終わりになるという旨の発言をしている（*GDM* 324）。しばらくしてから、その発言に応答するのがアイクである。彼は熱烈なナショナリストの立場から次のように言い放つ――「この国は、国外でも国内でさえも、どんなひとりの人間、どんな人間の集まりよりも少しばかり強いのだ。私が思うに、……たったひとりのオーストリアの経師屋なんか、そいつが自分で何と名乗ろうと、きちんと制してしまうに違いない」（*GDM* 324）。アメリカという国の潜在的な強さを強調するこの発言から理解できるのは、彼がヒットラーに対抗しようとしていること、つまり、自らをヒットラーとは正反対の立場に置こうとしていることである。

このようにアイクは、アメリカ対ナチス・ドイツという国家レベルでの対立図式のなかで話をしている。彼がこの戦争の文脈のなかでまったく触れていないのは――否、むしろ触れようとしないのは――アメリカ国内の問題圏において南部人がファシストと同一の地平に置かれる可能性である[2]。

現に、「人種のピュリティ」の問題という観点からすると、アイクとヒットラーは一見したほどかけ離れていない。両者の類似に関する、アーサー・F・キニーのすぐれた考察によると、「……自身の家族の過去における人種混淆とそれから生じた庶出のビーチャム家の血統を抑圧しようとするアイクと同様、ヒットラーは庶出と混合の血統によって特徴づけられる、自身の家族史に不安を抱いていた。彼はアイクと同様、自身の個人的な過去を抹消し、拒絶するために、アーリアニズムの主張のなかで家族についての、そして人種のピュリティについての己の哲学を物語ったのである。ヒットラーにとって、アイクにとってもそうであるが、血統の混淆は原初の罪、つまり、彼に生涯の懺悔と組織的な変革を要求する遺産であったのだ」(Kinney [1996] 103-4)。

本論の取り扱う範囲外であるヒットラーの個人的事情はさておき、以下、「自身の家族の過去における人種混淆」の問題にたいする、アイクの理解の仕方について検討することにしたい。確かに、キニーの指摘にあるように、アイクはそれを「抑圧しようとする」。なぜなら彼はそれを嫌悪しているからである。とはいえ、嫌悪なるものは魅惑の裏側の感情でもある。「レイシズムの父」として名高い、フランス人のジョゼフ・アルテュール・ド・ゴビノー伯爵は、「科学的レイシズム」の初期の代表例であると言われる『諸人種の不平等に関する試論』(1853-55) において、白人種の、人種混淆にたいする矛盾対立的な、曖昧な心理のなかに「嫌悪と魅惑の法則 (the laws of repulsion and attraction)」(Gobineau 30) が働いていることを指摘しているが[3]、この法則はアイクのケースにも充分に当てはまる。

ディヴィスの分析によると、アイクは人生における三つの異なる時期において、三度にわたって、白人男性と黒人女性の間での人種を横断する関係と「刺激的、扇情的な」出会いを経験している (Davis [2003] 216, [2005] 237)。初回 (ヒューバートおじさんと彼の「料理人」) は、アイクの少年時代に生じている。二回目 (老キャロザーズと彼の娘トマシナ) は、アイクが生まれる前に起こっているが、それが表面化するのはアイクが一〇代のときである。そして最後 (ロスと彼の愛人) は、アイクが老齢のときの出来事である。

アイクが人種混淆に魅せられている様子は、最初の出会いにおいてもっともはっきりとうかがえる。われわれが注目すべきは、若い「料理人」の混血女性が少年アイクの目に如何に映し出されているかである。

> ……そのすばやい、けばけばしい不逞なまぼろしは、まだ子供であった、否、まだほとんど赤ん坊であった彼にとってすら息切れするような、刺激的、扇情的なものであった。あたかも澄んだ、透明な二つの流れが交わるように、そのときまだ子供であった彼と、ほとんど六〇年間もヒューバートおじさんのなかに無敵で不滅な思春期の段階のまま存在してきた少年らしさとが、ちらりと見たその名もなき不逞な混血女性の肉を通じて、透明な絶対的な完全な交わりと接触を取り結んだかのようであった（*GDM* 290）。

この引用文で暗示されているのは何か。それは、アイクが人種の壁を横断して性的関係を結ぶことを求める、ヒューバートおじさんの気持ちをひそかに共有していることである。

フォークナーの小説のプロットによく見られる、性的な魅力を感じさせる他者としての若い女性と、彼女のことをじっと見つめるイノセントな少年という構図。[4] アルバート・J・デブリンは、「……アイザックがその場面のセクシュアルな特性を激しく吸収し、それを明らかに取り入れていることは、彼女［ソフォンシバ］の爆発的な反応から切り離されるべきでない」（Devlin 193）と主張している。同様に、ノエル・ポークもそこにアイクの母親が一緒に組み込まれている点を重視し、「ここにはすでにアイザックが自身の祖父に向かって拒絶することになる人種混淆が、母親の非難と恥辱の叫び声とともに存在している。おそらく間違いなく、アイザックはその叫び声を取り入れ、吸収し、決して忘れることがないのである……」(Polk 78)と解釈している。

なるほど、アイクの潜在的な欲望は、瞬間的に「ちらりと見たその名もなき不逞な混血女性の肉」から強い刺激を受けて目覚めている。しかし、それは母親の叫び声によってすばやく制止され、抑圧されている。すなわち、彼はここでその声の権威に身をゆだね、それが伝達するメッセージを、まるで法規命令のごとく深刻に受け入れ、耕地(すなわち、文明化された社会)での日常生活において終生遵守することを余儀なくされているのである。

ディヴィスは、アイクの、人種横断の関係との出会いの一つ一つが「忘れられぬ(unforgettable)」ものであったと言っているが(Davis [2005] 237)、彼にとって、一つの重大な道徳的レッスンとして、もっとも「忘れられぬ」、もっとも多様な意味を孕んでいる体験は、最初の出会いであったように思われる。というのも、このときの記憶は彼の良心にしっかりと刻印され、二回目、三回目のケースにおける、人種混淆にたいする彼の嫌悪感——ひいては、以後の彼の長い人生における、セクシュアリティそのものにたいする罪悪感——のひそかな原動力として機能しているように考えられるからである。

三

次に、荒野三部作における、人種混淆と荒野の精神の関連性について検討する。しかしその具体的な検討に入る前に、まず予備的考察として、アイクの複雑な人物像を明らかにしておく。ある視点では、「昔の民族」と「熊」における、若き、エネルギッシュなアイクの姿に光が当てられ、社会的特権と権力を意志的に捨て去ることを意味する、彼の遺産放棄の行動が好意的にとらえられる。他方、別の視点では、「デルタの秋」における年老いた、脆弱なアイクの姿がクローズアップされ、ロスの愛人との邂逅場面での、彼の偏見とレイシズムが批判の的にされる。このように、両アイクの人物像には少なからずの隔たりが感じられる。

ある批評家は、「悲しいことに、アイクおじさんでさえ老齢になると、サム・ファーザーズの指導の下で習得した普遍的なブラザーフッドのレッスンを忘れてしまったかのように見える」(Hamblin 168)と述べ、この隔たりの大きさを暗示している。これよりもさらに辛辣な発言もある――「「デルタの秋」におけるアイクは退歩してしまったようで、レイシスト的で軽蔑に値するように見える」(Rieger 153)。

ただ念のために言っておくと、「熊」第四章における彼の農園相続放棄と「デルタの秋」の物語の間には、半世紀以上の時間のギャップがある。それはアイクが貴重なレッスンを忘却するのに、あるいは、フォークナーがアイクの内面世界に重要な変化を導入するのに、充分な時間の長さである。

にもかかわらず、こうした批評家の発言によって、実はその五〇有余年の間、アイクの身には何も特筆すべき新たな出来事は起こらなかった、だからこそ作者はアイクの壮年期をまるごと省略することができた、という可能性が否定されてはならないだろう。なぜなら両アイクは内面的に何ら変化していないと考えることもできるからである。[5] 実際、両者の間には切っても切れない根本的な繋がりが見出せる。そのもっとも重要な一つは、荒野を耕地の対立として成り立たせる思考法である。

青年のアイクも老齢のアイクも、荒野と耕地がオーバーラップする点を見ようとしない。この思考の問題性は批評家たちの次のような発言によって端的に示されている。アイクが見落としているのは「その二世界の単一性」である（Dawson 406）。彼は「一方の言語［狩猟のナラティヴ］をもう一方の用語［人種上の不正のナラティヴ］に上手く変換する方法を見出せないでいる」（Gray 282）。彼がとらえそこなっているのは、「自然と人間の文化、荒野と家庭生活が対立的ではなく、相互依存的であることだ」（McHaney 114）。フォークナー批評における初期の研究者たちがこぞって非難してきた彼の弱さと欠点はすべて、[6] 彼が対立的な二項を結びつけて考えられないこと、否むしろ、それを積極的にしたがらないことに起因していると言っていい。

つまり、アイクの思考においては、荒野と耕地の境界線上に「高い、秘密の壁」（*GDM* 171）が築かれ、維持されているのである。もちろん、彼は、現実の大森林が「列車」、「新しい工場」、「レールと枕木」などによって徐々に破壊されていることに気づいていないわけではない。だが、彼は歴史的進歩としての文明にたいし絶望感を示すだけで、その進展を抑制しようとしない。彼は荒野での尊い経験を耕地改善のために役立てようともしない。彼が大森林で学んだとされる価値観の数々――愛情、憐憫、自負、謙遜など――が、文明社会の内部ではっきりと主張されることはないのだ。彼の、マッキャスリン家の遺産放棄は、結果的に、二つの空間を結びつける以上に、それらを分離してしまう行為になっているのである。

アイクの陥っている二元論的な把握の陥穽。(7) 作者フォークナーにはそれが見えていた。だからこそ、彼は長編『行け、モーセ』において、アイクの人生の物語を、黒人たちの多種多様な物語の文脈のなかに置き、それを特権視するどころか、それを徹底的に相対化し、批判視できる形式――すなわち、短編集のような構成――を選び取っているのである。ちなみに言えば、アイクにたいする彼の個人的な評価は以下のとおりである――「まあとにかく、人間はただ拒否する以上のことをすべきであると、私は思います。彼［アイク］は人々を避けるのではなく、もっと肯定的な姿勢を持つべきだったのです」(*LG* 225)。

ここで本題の議論に戻ることにしよう。デイヴィッド・H・エヴァンズは、「自然は……文化なしで存在しない」という前提から、「「熊」は自然の創造（the invention of nature）に関する作品である」ことを喝破している（Evans 180、傍点部は原文イタリクス）。エヴァンズのこの発言は、荒野三部作の人種的ポリティックスにおいて、荒野（自然）が如何なる用語で創り出されているかという問いの検討を、われわれに要求しているように思われる。

アイクの精神世界における荒野。それは彼の思考の流れのなかで人間社会の中心である耕地と一緒に並べて置かれるとき、耕地が抑圧している、もしくは欠いている、ありとあらゆる属性を帯びることになる。たとえば、ハイブリディティ、汚れのなさ（つまり、ピュリティ）、神聖さ、無時間性などである。

特に注目したいのが、最初にあげた二つの属性——ハイブリディティとピュリティ——である。これらは現代思想の文脈では対照区別的に使われるのが一般的である。たとえば、二〇〇〇年に出版された『ビギニング・ポストコロニアリズム』の一文を見てみることにしよう——「ハイブリディティの概念は、定着性と文化的、人種的、国家的ピュリティの考えを土台にした、排他的で固定化した二元のアイデンティティの概念を超える思考方式として非常に重要であることが証明されている」（McLeod 219、傍点部は筆者）。われわれの多くは、二概念の、このような使用法が自然であることに同意するであろう。引用文中にある「超えて（beyond）」という前置詞が明示しているように、ハイブリディティの概念はピュリティのそれと同一のレベルで用いられていない。

しかしながら、この二概念の間にアイクはひそかなアナロジーを見つけ出している。そこで問題となるのは、荒野が如何にしてハイブリッドであると同時にピュアでありえるかである。言うまでもなく、荒野はサム・ファーザーズ、ブーン・ホガンベック、老熊オールド・ベン、猛犬ライオンたちの野生の生命が躍動し、脈打っている空間である。それは混質性に満ちている。ジェームズ・A・スニードがいみじくも指摘しているように、「大森林と《大地》は、人間の作り上げたヒエアルキーを破壊し、混合できぬものを混合している」（Snead 182、傍点部は筆者）のである。

従来、批評家たちは、荒野があらゆる種類の相違と分割をブラザーフッドの名の下ですべて解体し、一つにする理想の空間、すなわち人類出現以前／無色（カラー・ブラインドネス）の世界、として表象されていると想定してきた。しかしながら、このような想定をするうえで見逃してならないのは、アイクが、実際のところ、それを非白人、つまり有色（カラー・コンシャスネス）のものとして受け入れている点である。たとえば、彼はサムに寄り添い、「二人で湿っぽい、暖かい、黒人のにおいのするキルトで身をくるみながら」、荒野での修行生活に入っている（*GDM* 187、傍点部は筆者）。その後、彼は一二歳になると、自ら仕留めた牡鹿から溢れ出る生暖かい野生の血で一人前の猟師の印を顔につけられる、つまり森のバプテスマを受けるのであるが、そのとき彼は、「サム・ファーザーズが本当に自分をただの猟師としてではなく、消え失せ、忘れ去られた民族からサムが受け継いできたもので印づけたこと」を悟っている（*GDM* 175、傍点部は筆者）。こうした記述が示唆しているのは、無色の空間としての荒野ではない。それどころか、この時分の白人少年にとって、荒野は有色人種（とりわけネイティブ・アメリカン）の存在と強く結びつけられている。つまり、彼がサムの指導の下で参入を果たすのは、リー・ジェンキンズの適切で、妥当な表現を借りて言うなら、「有色人たちの神話的なブラザーフッド」（Jenkins 243）に他ならないのである。

荒野の美徳という観点からすると、野生の血が流れている「男たち（men）」——彼らは総じてハイブリディティ、もしくは有色人種の概念と結びつく[8]——の方が白人よりも本質的に優れていると、アイクは考えているようである。さらに言えば、彼はその原初の地において、ピュリティの特性が、白人種の特権的な所有から切り離され、それが「男たち」の高貴な精神性と神秘的に結びつくことを望んでいるようにさえ見える。彼は一方で人種主義のイデオロギーに隠微に染まりながら、他方でこうした望みを終生失うことなく持ち続けているのである。

アイクの理想の荒野が、現実のそれからかけ離れていることは言うまでもない。(9) 近年の批評において、荒野の狩猟キャンプでも耕地の文化である社会的区分、慣例、規則などが遵守されていることは、ほぼ常識と化している。彼が生涯目を逸らし続けているのが、その現実である。彼にとって荒野は、絶望的なまでに堕落した農園のシステムから切断された、別個の価値観のシステムがつねに機能している、特別な空間でなくてはならないのである。

アイクのジレンマの核心はそこにある。彼は自身がサムの気高い精神を引き継ぐ後継者であることを誇りに思っている。だが、彼はサムのような、大森林の真の住人になることができずにいる。なぜなら、彼は自身の身体に流れている「白い血」が、その神秘の世界へ定住することができるほどピュアでないことを、野生的でないことを感じ取っているからである。イヴリン・ジャフェ・シュライバーは、ラカンの理論を援用しながら、アイクのアイデンティティの形成の問題を取り上げた論文のなかで次のような刺激的な発言をしている――「……アイクにとって、荒野は手に入れることのできない、だが手に入れたくてたまらない、完全性を具現化しており、欲望されるけれども……獲得しがたい（unattainable）ものなのである」（Schreiber 483）。荒野が結局のところ「獲得しがたい」ものであるというのは、本論の文脈に沿って大胆に主張するなら、彼が白人であるからだ。つまり、彼が自身の体内に「白い血」を有しているからだ。

興味深いことに、「昔の民族」と「熊」で使われている語彙は教育関係のものが多い。まるでフォークナーは、アイクの成長段階を描くこれらの物語において教育や学校の意味をあえて強調することで、アイクが荒野に永遠に留まってはならないことを、つまり、修行期間が終わり次第そこから卒業しなくてはならないことを、読者に思い起こさせているようである。たとえば、「熊」では、サムと荒野の動物は教育や学校のメタファーで描かれているし（*GDM* 201-2）、「昔の民族」では、大森林におけるアイクとサムのポジションの決定的違いも明らかにされている——「彼、少年こそがここでは客人（the guest）であり、サム・ファーザーズの声こそが主人（the host）の代弁に他ならなかった」（*GDM* 165）。

アイクは荒野に受け入れられたあとでさえ、自身の、白人という罪深き存在形態を変えることができないかぎり、彼にとって明らかに不可能なその絶対的な要求が満たされないかぎり、「客人」の立場に甘んじなければならない。確かに、彼は一〇歳になってはじめて自分の誕生を目撃するような感覚をえたし（*GDM* 187）、やがて森のバプテスマの儀式によって、荒野の精神を獲得することができた。しかし、だからといって、彼の血の色や人種的アイデンティティに大きな変更が加えられたわけではないのだ。(10)

荒野という教育の場からアイクが離れる絶好の機会は、オールド・ベンとの壮絶な戦いが終了したあとに訪れる。このとき、いとこであり、育ての親でもあるマッキャスリン・エドモンズ〔通称キャス〕は、彼を農園の世界（耕地）に連れ戻そうとする。だが、荒野に少しでも長く逗留したいと思っている彼はキャスの忠告を聞き入れようとしない。彼は、「ぼくはここにいなくちゃならないんです」（*GDM* 240）と言いながら、必死になって抵抗するのである。その抵抗は、コンプソン将軍の承認と支持をえて、成功する。かくして、彼は荒野から卒業する機会を一つ逸することになるのである。

実のところ、「熊」は自然の「創造」のみを問題にしているのではない。それは自然の終焉――荒野が如何にして終りを迎えるべきか――についての小説でもあるのだ。[11] その終焉が示唆しているのは、もちろん、アイクの日常（つまり、農園生活）への回帰である。

さて、「熊」における荒野の描写に関して言えば、重要な点がさらにもう一つある。それは、荒野が、その内部においてサムと狩猟家たちのホモソーシャルな集団の形成を許しているとはいえ、基本的に女性性を示唆する言葉――「母親」、「愛人」、「妻」――で描写されていることである（*GDM* 313）。それが女性原理のようなものを保持し、マッキャスリン農園の家父長制やパターナリズムを逆照射していることは明白である。だが、それが男性原理に基づく社会から逃げるようにしてやって来た「客人」に与えられるのは家庭ではなく、一時的な宿泊場にすぎない。事実、アイクにはジェファソンに帰るべき、守るべき家があり、そこには血も感情も通っている生身の妻がいるのである。

しかしながら、彼は荒野にコミットし続け、そこに心地のよくない家庭を築いている――「……泥の床と、充分に広くも柔らかくもなく、また充分に暖かくさえもないベッドのある、このテントこそが彼の家庭であったのだ……」（*GDM* 337、傍点部は筆者）。しかも、「デルタの秋」では、彼は自身と荒野が同時代に属していると考えており、その二つの生涯は「忘却や無の方向ではなく、時間と空間の双方から解放された一つの次元のなかへ、ともに並んで流れ込んでいく」（*GDM* 339、傍点部は筆者）と記されてる。このような、時空間からの解放の描写は、彼の現実逃避の性格がいまだに根強く保持されていることを、彼とロスの愛人の出会いの場面に先立って、読者に忘れがたく印象づけている。

「熊」における若い時分のアイクは、「男系に入ると、触れるものをいっさい破壊してしまう、老キャロザーズの呪われた、宿命的な血」（*GDM* 281）から逃れ、心の平穏をえようと必死になって努力している。彼の逃避は、父方の血の、破壊的、伝染的な力にたいする防衛本能から生じていると考えていいだろう。だが、その逃避は失敗があらかじめ宿命づけられている。というのも、彼は「逃げることで、その邪悪な罪深き老人の悪性を自分が恐れている以上に身につけてしまっている」（*GDM* 282）からである。ここに『行け、モーセ』における見逃せない一つのパラドックスがある。ウィリアム・P・ドーソンの言葉を借りて言うなら、「運命から逃れ、自由を主張しようとする者は最小の自由しかえられず、運命を受け入れる者は自由に何でもできる」（Dawson 390）のである。

実際、彼は二一歳のとき、キャスとの長い対話のなかで、「……われわれ［マッキャスリン家の白人、および南部の白人全体］は、自由になったことが一度もない」（*GDM* 283）ことを指摘しつつ、最終的に「ぼくは自由だ」（*GDM* 287）、「そうだ。サム・ファーザーズがぼくを自由にしてくれたんだ」（*GDM* 288）と高らかに宣言するにいたっている。にもかかわらず、いずれ彼は「人間は誰も自由にはなりえないし、おそらく自由であったとしても、それに耐えることができないであろう」（*GDM* 270）と認識を新たにせざるをえないのである。

南部の大農園の後継者であるという定められた運命から逃れようとするアイクの物語が前提にしているのが、マッキャスリン家の呪われた「白い血」の存在である。そのような前提は、「白い血」や「黒い血」といった考え方が如何なる科学的根拠を持たぬことを、つまり、人種概念が構築主義的であることを知っている現代の読者であれば、誰しも否定することであろう。けれども、アイクは人間の血——ちなみに、『行け、モーセ』において提示されている血の種類は、白、黒、赤の三色である——のなかに、人種的アイデンティティを見出す、当時の南部社会の支配的イデオロギーに加担している。すなわち、彼は、小説内のその他の白人男性らと何ら変わることなく、オウミィとワイナントが「本質主義者のアプローチ」(Omi and Winant 64、傍点部は原文イタリクス)と称するものを無自覚に採択している。[12] 別言すれば、「人種を本質として、固定的、具体的、客観的なものとして考える」(Omi and Winant 54、傍点部は原文イタリクス)ことの問題性が、彼の脳裏をよぎることはないのである。

人種は、時空間の外では存在できぬ「歴史的構築物(a historical construction)」に他ならない(Berlin 1)。それは、イデオロギーであるため、「人々が日々の生活のなかで自ら創り出すと同時に、再生産するもの」である(中條 八二)。そのように考えずに、人種をどこかに超越的に存在するもの、つまり超歴史的な現象としてとらえることは、ややもするとレイシストのポジションを取ることにつながる。アイクの思考の最大の問題点は、人種的差異が、彼にとって、時間性を欠く、自然な、自己決定的なものであり続けていることである。

四

人種問題に関するかぎり、アイクが大森林の壮大な神話的世界の創造・維持に貢献しつつ、差別の現状を黙認していることは、力説しておく必要があるだろう。すでに指摘したように、荒野の尊い精神性は耕地において主張されえないものなのだ（否、より正確には、耕地において主張されえないものが、荒野に投影されていると言った方がいいのかもしれない）。

このように考えていくと、本論の冒頭で引用した「デルタの秋」の終盤における彼の悲嘆は、彼の隠れたレイシズムの暴露であるとともに、荒野における理想（人種混淆やハイブリディティの受容）と耕地における現実（セグリゲーションの実施）の接続、あるいは合一化にたいする、彼の強い抵抗感の表明にもなっている。

結果的に、アイクは両空間の境界線の無効化（つまり、理想の現実化）を示唆する、未来に向けての具体的人物として提示されている、[13]ロスの若い愛人を荒野の狩猟場から、ひいては南部の土地から追い返している。彼が、既存の人種区分を撹乱する、彼女のような存在形態を無条件で受け入れられるのは「千年か、二千年後」であって、「今ではない」のだ。

己をジョン・ブラウン、コロンブス、キリストといった歴史上の偉人たちに擬するアイク（ナンシー・デュー・テイラーが指摘しているように、皮肉なのは、フォークナーが、非行動的なアイクに、「行動力

（action）」があることで知られるこれらの大人物たちを尊敬させ、模倣させていることである（Taylor 168））。彼のヒーロイズムには、一定の限界が課されている。その限界があまりにも明白に描き出されているがゆえに、それがあまりにも劇的に提示されているがゆえに、彼はしばしば「アンチヒーロー」のラベルを貼られてしまうのである。

たとえば、血の区分によるアイデンティティにとらわれている彼は、奴隷制時代における黒人への迫害の事実を認めるうえで、迂闊にも彼らを意志や決定権の無い客体のように見ているところがあり、白人が彼らの人生を支配・管理できるというパターナリスティックな考え方から脱し切れていない。ソフォンシバ・ビーチャム［通称フォンシバ］にたいする彼のふるまい（千ドルの遺産の一方的な譲渡）などは、彼の限界をはっきりと露呈する一つのエピソードとして、小説の内部に周到に組み込まれている。奴隷の子孫であるフォンシバが、白人農園主の一族の末孫であるアイクの執拗な追跡をどのような心境で受け止めるかということにまで、彼の想像力が及ぶことはないのである。

確かに、アイクの良心や善意は疑いようがない。一途な性格の彼は、農園相続を放棄し、清貧に甘んじるという多大な自己犠牲を払っている。それでも彼は、強力な人種イデオロギーの制約から、呪われた「白い血」の檻から、自由になることが決して許されていないのである。その意味において、彼が生涯関与し、責任を取ることを宿命づけられている、マッキャスリン一族の系譜は、克服されえぬ人種問題の物語を紡ぎ出していると言える。

「昔の民族」のなかで、フォークナーは、キャスにこう言わせている――「彼［サム］は檻で生まれ、生涯ずっとそのなかにいる……」(*GDM* 161)。われわれが本論で見てきた内容からすると、この発言は、白人男性であるアイクにも、彼の存在形態にも、そのまま当てはめることができる。混血の血によって引き起こされているという、サムの精神的苦悩について、キャスはさらに続けてこうも言っている――「彼の檻は、マッキャスリン家ではないのだ」(*GDM* 161)。

むろん、サムはマッキャスリン家の黒人奴隷であるという点では、物理的に、身体的にその一家の檻のなかに閉じ込められていると言うことができるだろう。しかし、彼は精神的にそこにいるようには見えない。精神面において、マッキャスリン家の檻のなかにいるのは、サムではなく、むしろアイクの方ではないか。

【注】

(1) 誤解を避けるために述べておくが、人種差別との闘争の段階では人種的差異の維持が必ずしも「問題」となるわけではない。それは有効な手段にもなりうる。現に、公民権運動の指導者のひとりであるマルコムXは、黒人の、隷従から自由への解放という目的を達成するために、白人と黒人の自発的な"separation"――法的な強制力を伴う"segregation"ではなく――の必要性を訴え、人種統合の政策に反発していた(Malcolm X 250-1, 282)。

(2) 越智博美によれば、「南部社会がもちろんみずからをファシストと同一視していたわけではないとしても、南部はその人種差別や後進性において潜在的にファシズムとの親和性を持つ土地としてイメージされていたのである」(越智 一九三―九四)。

（3）ゴビノーの『諸人種の不平等に関する試論』については、ロバート・J・C・ヤングの議論（Young 99-117）を参照。

（4）別の例として、すぐに筆者の頭に浮かぶのが『八月の光』（1932）における孤児院の栄養士（ミス・アトキンズ）とジョーのケースである。ただし、ジョーの、少年時代における女性のセクシュアリティとの出会いは、「記憶」の威力についての有名な一節――「記憶力は知力が働き出す前に早くも活動する。それは思い出す力よりも長く活動しており、知力が疑ったときでさえ、揺るがないのだ」（*LA* 119）――が示唆しているように、「知力」よりさらに深いレベルで彼の思考と信念のシステムに刻みつけられている。

（5）そのように考える批評家に、ウィリアム・H・ルカート（Rueckert 219）と田中久男（田中 二八〇）がいる。

（6）具体例をあげるなら、「彼は荒野の外に出ると有徳だが無力である」（Vickery 212）、「彼は否定と拒否のなかに安住し、肯定のあらゆる機会を拒絶している」（Millgate 230）、「人生のある時期において彼の成長は止まってしまった」（Kinney［1964］246）などである。

（7）これについての、花岡秀の以下の指摘は正鵠をえている――「この二つの空間［荒野と文明］の間の埋め尽くし難い断層こそ、アイクの人生の矛盾と苦悩を集約するものにほかならない」（花岡 三一一）。

（8）ディヴィスの解釈では、森の主たるオールド・ベンでさえも、強力な抽象概念である "The Negro" と結びつく（Davis［2003］7）。

（9）フランソワ・ピタヴィは、アメリカで荒野の概念の意味が変化している点にあらためて目を向け、「……結局、それ［荒野］は、一つの空間それ自体、つまり同一化しえる対象ではなく、探求の対象、人間の渇望とフラストレーションの反映を表象しているのである。逆説的だが、それは、大いに不自然なものなのだ」（Pitavy 90、傍点部は原文イタリクス）と述べている。まさにその不自然性がアイクの荒野（自然）の表象にも透かし見えることは確認しておきたい。

（10）ジョン・N・デュヴァルは、「黒人性（blackness）」を本質ではなく、文化的な一つのパフォーマンスとしてとらえる観点から、白人の顔を持つアイクが「黒人性」を隠し持っているという主旨の刺激的な論を展開している（Duvall 47-61）。なるほど、南部白人のアイデンティティのスクリプトにしたがって行動しない「アイクおじさん」は、"a black white man"(Duvall 48) と呼ばれるにふさわしい人物であるのかもしれない。この呼び名が暗示しているのは、人種的に白人とされる彼が、黒人のようにふるまっているありさまである。

（11）実際、ウェルティは、この小説を「荒野の終焉というアポカリプティック・ストーリー」（*OWF* 37）として読んでいる。

（12）その注目すべき一例として、黒人が「忍耐、……憐憫、寛容、辛抱強さ、忠誠、子供たちへの愛」（*GDM* 283）といった本質的美徳を持っているがゆえに白人よりも強く、優れているという、アイクのきわめて大胆な主張があげられる。なお、彼によるこの、黒人の美徳のリストについては、ウォルター・テイラーが批判的な検討を加えている。テイラーはこれらの美徳が「子供っぽさ」を示唆していること、つまりそれらが「自立の美徳」でないことを問題視している（Taylor 143）。

（13）ちなみに、この混血女性が、人種混淆および近親相姦の反復という点において、「歴史そのものの力をまさしく具現化している」と解する批評家（Latham 265）もいることは、ひとこと付け加えておく。

「スノープス家を、私はひどく恐れています」
ウィリアム・フォークナー『大学でのフォークナー』

第四章　「猟犬」と『村』と『館』
三つのミンク・スノープス像とフォークナーの変化——改変作業の意義を読む

一

ミシシッピ州ヨクナパトーファ郡という固有の虚構空間のなかで、フォークナーはコンプソン家とスノープス家の人物を一九二〇年代後半から作家活動を終了する一九六〇年前後まで描き続けた。フォークナーの、この両家族のたどる運命にたいする興味はひときわ強く、彼らが執筆の主たる対象であったことに間違いはない。ジョン・E・バセットの言葉を借りて言えば、「コンプソン家とスノープス家は、小説内のいかなる他の家族よりも長い間、フォークナーの関心を引き続けた」(Bassett 213) のである。

とはいえ、彼らにたいするフォークナーの心理や態度は決して同一ではない。フォークナー文学全般において彼らが如何に取り扱われているのかを簡単に確認するために、まず『フォークナー事典』(2008) に巻末資料として載せられている両家の系図(六六八、六七一)を見比べてみることにしよう。コンプソン家の系図に記されている人物の多くには――サートリス家やマッキャスリン家に属する大多数の人物と同様に――原則的に名前がつけられ、場合によっては生年などの補足的な情報も与えられている。他方、スノープス家の家系においては名前も、生年も定かでない人物が数多く記されている。[1] この顕著な違いが示唆しているのは何か。それは作者とスノープス家の人物の間にある乗り越えがたい社会的立場の違い、つまり階級の溝である。

すなわち、サートリス家やマッキャスリン家と並ぶ、南部旧家コンプソン家の描写には、フォークナー自身の家族の価値観や考え方が郷愁的に投影されている感がある。しかし、プア・ホワイトであるスノープス一家の描写においては、そのような感情移入を読み取ることはむずかしい。それどころか、彼らの一部は、伝統的社会に侵入し、それを蝕むネズミやシロアリのような害虫のイメージで描写されることさえある。(2)

その階級の溝の深さは、フォークナーがスノープス三部作を書き上げるために費やした膨大な時間と労力によっても暗示されている。彼は一九二六年の後半から二七年の初期にかけて、スノープスを主人公とする一編の小説を書きはじめる。それが二五ページ余りの原稿『父なるアブラハム』である。すでに、この原稿では『村』の原形的構成要素が整っていた。にもかかわらず、その物語は途中で頓挫してしまう。当時の執筆状況に詳しいマーティン・クライスワースは、ちょうどこの時期フォークナーがサートリス家とスノープス家の物語を同時に書いていた点に注目し、サートリス家の人々を主人公にした『埃にまみれた旗』(『サートリス』(1929)の原本)の方が『父なるアブラハム』よりも作者にとって馴染みが深く、より広い社会的、年代記的視野をそなえており、パノラマ的視点を取りやすかったからではないか、と推察している(Kreiswirth 109)。

だが、フォークナーが『父なるアブラハム』の執筆を中断したという事実は、彼がスノープス家の題材の使用を完全に放棄したことを意味しているわけではない。それどころか、彼は『サートリス』や『サンクチュアリ』(1931)のなかで彼らに纏るさまざまな物語をサブ・プロットとして使用しており、一九三〇年代には、断続的であるとはいえ、三部作の原形となる数多くの短編を発表している。一九二〇年代後半以降、確かに彼は『サートリス』、『響きと怒り』（1929）、『征服されざる者たち』（1938）といった貴族階級の人々の悲劇的な姿を立て続けに描き、サートリス家やコンプソン家の物語を「ヨクナパトーファ年代記」のなかで前景化していく。だが、その背景では絶えずスノープス家の物語が見え隠れしている。彼らの物語がはじめて前景化を許される小説は、一九四〇年に出版される『村』である。

自身とはまったく質の異なる人物たちの物語を前景化する際に、フォークナーに必要とされたのが書き直しという作業である。よく知られているように、『村』は既発表の六編の短編を改変し、まとめ直したものである。『町』（1957）や『館』（1959）においても、短編を長編に組み入れるという、『村』の場合と同様の改変作業が行われている。筆者は、この改変作業を執筆活動の終盤に入るにあたり、想像力と筆力の低下した作家の、古い物語の単純な反復利用として考えるのではなく、スノープス家を妥協することなく、自ら納得のできるまで精一杯描き尽くそうとする彼の積極的な態度の現れとして解釈したいと思う(3)。

さて、本論は、スノープス三部作の主要登場人物のひとりであるミンク・スノープスを取り上げ、彼の人物像の大きな変化に光を当てる試みである。というのも、彼の従兄弟フレム・スノープスが銀行の頭取の地位にいたるまでの人生の道程において、終始救いがたい非人間性の具現として描き続けられる一方で、彼は最終的に「白い他者（the white Other）」と呼んでいい存在から、階級の貴賤を越えた深い人間性を持つ人物へと変化しているように思われるからである。こうしたミンク像の変化は――おそらくそれは作者の意図やモチーフの変更によるものであるが――フォークナーの書き直しの過程をたどるなかではっきりと読み取ることができる。

フォークナーはミンクの物語を三度にわたって書いている。一度目の試みは一九三一年八月に『ハーパーズ・マガジン』に発表した短編「猟犬」である。彼はそれを土台にして『村』におけるミンクのヒューストン殺害物語を創り上げる。そして次に、その物語に新たな修正や増幅を施し、『館』におけるフレム殺害物語へと連結させている。結果として、ミンクの物語には三つのバージョンが誕生し、各々の物語には基本的に異なる設定が与えられている。本論の主眼は、「猟犬」、『村』、『館』の三編の小説におけるミンク像の相違を精察しながら(4)、このような改変作業を行った際のフォークナーの、ミンクにたいする心理と態度の変化を探ることにある。

二

短編「猟犬」と長編『村』を比較分析することから、われわれの議論をはじめることにしよう。この両小説におけるもっとも大きな相違点は主題である。「猟犬」は、主人公アーネスト・コットン（ミンクの原型的人物）とジャック〔ザック〕・ヒューストンの猟犬の、緊張感溢れる激しい格闘が中心になっているのにたいし、『村』においては、猟犬に関する言及や描写が大幅に削減され、その代りに、ミンクとヒューストンの間の階級上の闘争が強調されている。つまり、この長編においてはミンクのプア・ホワイトとしての窮乏ぶりが大きくクローズアップされているのである。「猟犬」のコットンは独身で、貧乏ではあるが、日々の生活に追われている様子はない。彼には、隣人のヒューストンの豚が自分の地所に迷い込んできたときでも、一冬通してその面倒をみるだけの経済的余裕がある。だが、『村』のミンクは、扶養すべき妻子を持たされ、日常の生活に追われた、まさに極貧の状況に置かれているのである。

ミンクの直面している貧困を読者に印象づけるために、フォークナーが長編において新しく導入したと考えられるのが、キャサリン・D・ホームズの指摘する「トウモロコシのモチーフ」(Holmes 148)である。フォークナーは、シェアクロッパーであるミンクのトウモロコシ畑の貧弱さや不毛さを執拗に何度も描くことで、彼の生活の貧窮ぶりを強調している。たとえば、『村』のなかで繰り返し描かれるトウモロコシ畑の形容は、「乏しい(meagre)」(*H* 243)、「みじめな(sorry)」(*H* 243)、「黄ばんだ(yellow)」(*H* 244)、「育ちのよくない(stunted)」(*H* 244)、「世話のされていない(untended)」(*H* 251)、「実を結んでいない(abortive)」(*H* 251)、「不毛な(barren)」(*H* 252)、「傷んだ(bitten)」(*H* 254)などである。シェアクロッパーにとって唯一収益の期待できる貴重な畑の状況が、このようなネガティヴな意味の修飾語で連続して形容されているのである。

トウモロコシ畑のみならず、ミンクの住んでいる小屋の描写に関しても、同様のねらいに基づく改変が確認できる。「猟犬」では、「床を粘土固めにした隙間だらけの丸太小屋」(*US* 153)として描写されるコットンの住居は、彼自身の所有物であるように見える。しかし、『村』におけるミンクの「廃れた、食べ物のない小屋」（*H* 257）は、「彼の生活がたどり着いた窮境を象徴する」（*H* 257）ものとして暗示的に描かれている。その「ペンキの塗っていない二部屋作りの小屋」（*H* 243）は彼の持ち物ではなく、彼が地主ウィル・ヴァーナーから借用しているのであるが、「一年間の家賃はその家を建てるのとほぼ同じくらいの額になっている」（*H* 243）。語り手によるこのような情況説明から、読者はあらゆる点で地主側に有利に働くシェアクロッピング制度に縛られ、半ば農奴のような生活を強いられているプア・ホワイトの悲劇を実感せざるをえないのである。

だとすると、フォークナーは、ミンクの窮乏ぶりをコットンのそれ以上に悲惨に描くことにより、つまりシェアクロッピング制度に縛られて破滅していく一農民の姿を赤裸々に描くことにより、当時の社会体制にたいする批判や抗議をはかったのだろうか。フォークナーをこれまで考えられてきた以上に政治的にラディカルな作家として読み直すジョーゼフ・R・アーゴーは、「ミンクの見当違いな意識にもかかわらず、彼のヒューストンにたいする（否むしろ、社会にたいする）犯罪は、彼が知っていようがいまいが、政治的行動である」（Urgo 179）と主張する。ミンクの殺人を階級差別的社会体制にたいする反乱の一形式として解釈するアーゴの読みは、ミンクの物語におけるプロレタリア文学的な一面を強調するものであると言っていい。

しかしながら、作家としての任務が単に「社会の不正」を描くことではなく「人々について」描くことである（*FU* 177）という強い信念を持つフォークナーが、社会主義思想やプロレタリア文学に深く共鳴し、自らの小説世界のなかでプア・ホワイトの過酷な現状を政治的問題として取り上げることを目指していたとは考えにくい。(5) むしろ『村』におけるフォークナーの主たる関心は、コットンの視点に立って語った「猟犬」の、主観性の強い物語に、すなわち、彼自身がコットンに少なからず感情移入している物語に、相対的な視点を付加することにより客観化を試み、その悲劇的な物語に多面的な意味を芸術的に創出することにあったのではなかろうか。だとすると、われわれは『村』において、フォークナーの社会現実を批判的に描く政治意識の強い一面と、技法や文体において大胆な実験を試みるモダニスト的な一面が、互いに錯綜している様相を見て取ることができるだろう。

フォークナーがミンクの内面に入り込み、貧困に打ちのめされた被搾取者の屈折した心理を描き出すことに躊躇していないことは確かである。このことには、ミンクにたいする彼の同情や憐愍らしきものが感じられる。したがって、労働者側の視点に身を置く姿勢を、彼は疎かにしていない。しかし、その反面、ミンクから一歩退き、客観的に、そして冷笑的に眺めようとする彼のブルジョア的な視点が終始消えていないことにも、われわれの注意は向けられなくてはならない。この観照的態度の裏には、社会的エリートとしてのフォークナーの、プア・ホワイトにたいする恐怖心や嫌悪感がある。いわゆる「レッドネックの時代」の空気のなかで成長したフォークナーには、スノープスのような新興一族の社会進出を恐れる保守派的心情がなかったとは言えないのである。

以下、フォークナーがミンクの物語の客観化を目指して行った幾つかの改変の内容を具体的に検討してみることにする。『村』におけるミンクの物語の対比的、相対的効果をねらった改変としてはじめに注目したいのが、ヒューストンの個人の物語の追加である。「猟犬」では、ただ「裕福で横柄な」(*US* 157) とだけしか形容されていない、いわば沈黙を強いられていた男が、『村』では一つの確固たる人格が与えられ、その複雑な内面のドラマがミンクの物語のまさに直前に置かれているのである。

この両者の物語の相違点を強調しているのがクリアンス・ブルックスで、逆に共通点を見出しているのがリチャード・C・モアランドである。主に「愛と名誉」の二つの観点から『村』を解読するブルックスは、ヒューストンの愛の物語がミンクと彼の妻の物語とマッチするだけでなく、それを補足し、それと対比をなす、と主張する (Brooks 179)。こうした主張が必然的に呼び寄せるのは、ヒューストンの物語の追加がミンクの人物像により奥行きと陰影のある解釈を与えるための構成上の工夫であるというような見方である。

他方、両者とも「専制的な主人対奴隷」という対立の図式にとらわれ、そこからの解放を求めている、とヒューストンとミンクの微妙な心理の綾を暴くモアランドは、彼らの苦悩は根本的に同じ性質のもの、つまり「『村』におけるミンク・スノープスの人生は、多くの点で自作農《ヨーマン・ファーマー》ヒューストンの人生のプア・ホワイト・バージョンである」(Moreland 155) と解釈する。ヒューストンとミンクは主人と農奴、支配者と被支配者であり、両者の立場は対極的ではあるものの、ともに現状の主従関係の桎梏からの自由——比喩的な意味においては、各々の運命からの解放——を渇望していることに変わりはないという旨の解釈である。

なるほど、ヒューストンは母親や黒人の妾や売春婦上りの同棲相手が押し付けてくる「彼にとことん尽くそうとする奴隷状態」（*H* 229）からの逃亡を試みて西部各地をさまよい歩いているし、ミンクは己の半奴隷的境遇を象徴する「大地」の束縛からの解放を求めて「海」に向かってあてもなくさすらっている。しかも、彼らの放浪の終りには、来たるべき故郷への回帰が運命づけられている。ヒューストンは一三年に及ぶ放浪の果てに「ミシシッピの古い家」（*H* 235）に帰らざるをえないし、ミンクもいずれは「大地」へと戻って行かなくてはならない。すなわち、『村』においては、ヒューストンもミンクと同様、あるいはミンク以上に、獲得できぬ自由を渇望し悶えるが、断念を余儀なくされ、回帰を強要される宿命的、悲劇的人物に造り替えられているのである。かくして、フォークナーは、ヒューストンとミンクの両者の立場に公平に立つことにより——したがって、ブルックスの「補足する（complement）」という用語が前提にしている、両物語の上下関係は無効化されなくてはならない——ミンクの悲劇の相対化、そして相対的視点を取ることにより確立する客観化、を実践している。

フォークナーの、ミンクを客観視しようとする姿勢は、彼が改変作業のなかで主人公の名前を変更し、それに合わせて話の内容を大幅に作り変えていることにもうかがわれる。彼は、村の内実を熟知する土着的な人物を、よそ者で忌避すべきスノープス一族の一員へと造り変えるばかりか、ヒューストンとの確執の原因を、コットンがヒューストンの豚を一冬世話させられるという内容から、逆にヒューストンがミンクの雄牛を一冬世話させられるというように変更している。しかも、「猟犬」のコットンの怒りは道徳的に、法律的に正当化できるものの、『村』のミンクの怒りは単なる個人的な嫉みと思い込みに根づくものとして示唆されている。つまり、ヒューストンとの一件において、コットンが被害者の立場にあるのにたいし、ミンクは、自己の一方的な論理に基づいてヒューストンを攻撃する加害者のように描かれているのである。

こうした改変は、フォークナーがミンクとの間に一線を画したことを意味する。その結果、『村』には、一種健全な隔たり――ミンクの立場からすれば、冷たい残酷な隔たりであると言っていい――が生じることになった。だが実は、その突き放したようにして眺めるディタッチメントこそ、フォークナーがミンクの殺人物語を語る際に必要とした手法に他ならない。

概して、『村』には誇張法や緩叙法、卑猥さ、トール・テール、騙し合いなどといったフロンティア・ユーモアと結びつく要素が多く見られるが、ここで着目すべきは一八三四年から六一年にかけて全盛をきわめた「サウスウェスタン・ユーモア（Southwestern Humor）」の構成上のトレードマークとも言える「枠付けの仕掛け《フレーム・ディヴァイス》」である。ケニス・S・リンの解説によると、ユーモア作家オーガスタス・ボールドウィン・ロングストリートらが使用した「枠付け」とは、一人称の語り手――「自制的な紳士（the Self-controlled Gentleman）」――を滑稽なふるまいの外に、その上に位置づけ、そうすることで道徳的に非難すべきところのないその語り手と、彼が描き出す不純な生活との間に、いわば防疫線のようなものを張る手法である（Lynn 64）。この種の手法の背後に、作者と同一視される語り手の優越感が隠されていることは想像に難くない。

確かに、『村』においてフォークナーは、物語世界外に位置する、全知の客観的三人称の語り手としての立場を取っている。だが、ある批評家の論考にもあるように、この小説の語り手は、もとより南部共同体社会の価値観を表現しているのであり、ある一定のスタンスを取り、ある一定の視点を定めている分だけ、「他の、名前を持つ語り手〔ラトリフやギャビンなど〕と同じくらい限界のある、物語世界に関与している、信頼のできない」(Friedman 140) 人物にならざるをえない。別の批評家は、きわめて詩的な自然描写を含めながら過度に飾り立てた表現をたびたび用いてミンクの物語を語る人物の文体を「身の危険のない待ち伏せによって殺人を犯す蛇のような小作人を、真に悲劇的次元の登場人物に変容させる」ための手段であると述べているが (Kartiganer 122)、彼の華美な語り口には、ミンクへの同情や哀れみだけでなく、サウスウェスタン・ユーモアリストたちの小説に出てくる「自制的な紳士」の態度も感じ取れる。

結論的に言うと、ミンクの物語には、「猟犬」のコットンの重度な物語にはない軽い喜劇的調子がある。その理由は、作者があえてコットンをスノープス一族の一員にすることにより、彼との間に道徳的、知的、階級的距離を確保し、彼を嘲笑できる対象者に仕上げているからである。このように考えると、ミンクの物語の客観化は、作者のモダニスト的一面の証であるとともに、彼の優越感——そして、その裏にある彼の恐怖心や嫌悪感——を隠微に映し出しているとも言える。

三

ここでひとこと、先の議論を補っておく必要がある。言うまでもなく、ある物語を、またはある登場人物を客観視するふるまいは、その作者のネガティヴな感情を反映していることになるとは必ずしもかぎらない。場合によっては、そのようなふるまいは作者のポジティヴな感情の力によって芸術的手法の一環として示されることもある。そのことを、一九三九年に出版されたジョン・スタインベックの長編『怒りの葡萄』を例に取って確認したい。

一般的に、『怒りの葡萄』は社会小説の性格を色濃く持っていると言われている。なるほど、この小説は世界的な大恐慌を背景に、「オーキー」と蔑称されるオクラホマ州の農業労働者たちの受難の旅を写実的に描き出している。それは社会の底辺に生きることを余儀なくされた人間の苦悩を浮き彫りにしているという意味において、ミンクの物語との共通性をわれわれに意識させる。だが、そこでのスタインベックの、主観をおさえた冷徹な記述には、サウスウェスタン・ユーモアリスト的な身振りがほとんど感じ取れない。それにはユーモラスな要素が欠けているというわけではない。それどころか、ユーモアは物語世界のいたるところに散りばめられている。その具体例としてすぐにわれわれの頭に浮かぶのが、ジョード家の人々が旅路で急死した祖父を身元の知れぬ浮浪者と間違えられぬよう、旧約聖書の言葉と彼の死因を記した紙切れを添えて葬る場面や、(6) 妊娠中の妻の腹痛を単なる食べすぎが原因と考え、彼女を医者に見せないまま死なせてしまうジョン伯父の挿話である。ただし、これらのブラック・ユーモアは、ジョード一家の人間としての尊厳をそこなわないような形できわめて慎重に提示されている。

一九三九年のラジオのインタビューで、スタインベックは「作家は自身が敬服《アドマイア》するものについてしか書くことができない」（Steinbeck ix）と述べ、物語の執筆についての自説の一部を明らかにしている。おそらく、『怒りの葡萄』において彼が「敬服」しているのは、悲惨な運命に立ち向かう人間たちの、勇ましい姿と相互依存の精神であるに違いない。旧約聖書の「出エジプト記」の枠組みが示唆する普遍的な視野。その枠組みのなかで、社会的背景を描く章と物語の章を交互に配置する大胆な構成。「一大叙事詩」と称されるこの小説は、ジョード家に代表される貧しい農民たちにたいする、作者の深い理解と愛情の産物である。

他方、フォークナーの小説の場合はどうか。彼はスタインベックと異なり、貧農のグループ・アイデンティティを問題化し、前景化しているわけではない。彼が惹きつけられているのは、あくまでも一農民の孤独な不撓不屈の魂である。彼がそれにたいし、「敬服」と言ってよいレベルにまで達しえるのは、スノープス年代記を締めくくる小説『館』においてである。

そこで『村』と『館』の関係性に話を向けることにしたい。注目すべきは、この両小説の間で「猟犬」と『村』の場合以上に多くの細かい改変が行われている点である。われわれは、三部作という一貫した連作物として『村』、『町』、『館』を読むとき、その改変によって、特に『村』と『館』との間で、顕著な物語上の食い違いや矛盾が生じていることに気づく。早くもそのことを憂慮していたフォークナーは、『館』の巻頭に短いはしがきをつけて次のように弁明している――「……その矛盾や相違というのは、人間の心やそのディレンマについて著者が信ずるところでは、三四年前に知っていた以上に多くを学び、またその長い間、この年代記の登場人物たちとともに暮らしてきたので、その時以上に彼らをよく知っているという事実から生じたものである」。このはしがきの内容をミンクの物語に直接当てはめて考えてみると、フォークナーは、以前にも増してミンクという登場人物を深く理解できるようになり、したがって、従来のミンク像と『館』のそれとの矛盾や相違は彼のミンクにたいする認識の変化から生じた必然的な現象に他ならない、と言っているように思われる。(7)

では、スノープス三部作において、作者の見解に最も近い発言をしているように思われる人物、ミシン行商人V・K・ラトリフの、ミンクにたいする認識を『村』から『町』へと追ってみることにしよう。『村』において彼は、ミンクを「毒蛇が普通の蛇とは違うように普通のスノープスとは違っているようだ」(*H* 101)と、『町』では「得をしようなんて思惑も望みもない、ただ単に底意地の悪い奴」(*T* 79)と言っている。称賛と言うよりも非難めいているこうした発言を聞くかぎり、ミンクはスノープス的な金銭にたいする貪欲さを持っていないとはいえ、性格のひねくれた、周囲の人間と折り合いのつかない、厄介な人物としてとらえられているように感じられる。

しかしながら、『館』のミンクは、そのような像とは明らかに異なっていると言わねばならない。なぜなら、彼には「大地」が象徴する不運・苦難に屈することなく、ひたすら耐えぬこうとする美徳のようなものが付与されているからだ。『館』のなかで服役中のミンクが、「大地」は彼のような小作人たちが所有するものではなく、逆に彼らを永久に所有するものである(*M* 91)と認識を新たにしているように、「大地」は彼らの隷属的運命の象徴となっている。

『村』のミンクが、自らの半農奴化した運命にたいし逃避的であったのは、「大地」の束縛を嫌い、ただひたすら「海」を目指し、南へと放浪を続けるという彼の行動に歴然として表れていた。しかし『館』における彼の、「大地」にたいする心理と態度は一八〇度転換している。大橋健三郎が言っているように、ミンクは「大地」と敵対しながらも、同時にそこに本質的に属しているという逆説的な意識を持ちえている（大橋 三〇三、三一一）。つまり、彼の「大地」との熾烈な闘争は、彼の「大地」への強い帰属の感覚によって裏打ちされているのである。『館』においては、「大地」の下に――「海」のなかにではなく――俗世を超越した自由な空間が想像されているのはそのためである。以下、『村』における「海」と『館』における「大地」の描写の内容的類似を見ておこう。

彼［ミンク］は海を求めていた。……おそらく彼はこの無限の空間と取り返しのつかぬ忘却が提供されることだけを求めていたのであろう。その空間と忘却の縁には、土地に縛られた彼自身と同類の下劣な者たちが群がり、びくびくしながら騒ぎ立ち、しり込みしている。たぶん彼はその提供を、受け取るためではなくて、元の姿のまま海底に沈んでいるすべての黄金のガリオン船と人間には叶えられない不死の人魚たちの難攻不落の隠れ家の傍らで眠る、この幾百万の無名の者たちのなかに単に自分自身を埋めるためだけに、求めていたのである。（*H* 261、傍点部は筆者）

……彼［ミンク］は自分がすべての小さな葉や細かい根や、虫が作った小さな穴を追って、次第に地面のなかに沈みこんでゆくのをほとんど見守ることができるようで、そこはかつて苦しみ、今

> は自由になっている人々ですでに一杯になっており、今や激情、希望、恐怖、正義、不正義、悲しみに悩み、心労し、苦しまなければならないのは、ただ地面と土だけで、人々は気持ち良く、気楽に、すっかりごた混ぜになり、もはや誰が誰だか分かりもしなければ、誰ひとり気にしようとさえせず、彼自身も皆の仲間になり、誰とも平等で、誰にも劣らないくらい善良かつ勇敢で、皆と分かちがたく、ともに無名の者となっているのだ……。（*M* 435-36、傍点部は筆者）[8]

一見すると、「海」のなかも「大地」の下も、解放・救済を感じさせる来世の比喩として描き出されているように思われる。しかし、「海」の世界の縁に居る「土地に縛られた彼自身と同類の下劣な者たち」が「びくびくしながら騒ぎ立ち、しり込みしている」のにたいし、「大地」の世界にとどまる者たちは、「かつて苦しみ今は自由になっている」。この違いは何を意味しているのだろうか。それは、「海」の世界における自由が、『響きと怒り』のクエンティンの事例にもあるように、自決の結果として生じるものにすぎず、「大地」から離れるという「距離への馬鹿げた信念」（*H* 234）に基づく幻想に他ならないことを、つまり、「大地」の束縛からの自由は「大地」を通してのみ可能であり、自由は「大地」の外にあるのではなくむしろその内にあることを、示唆している。束縛もすれば自由も提供する「大地」。『館』における「大地」はそのような両義的な場として表象されている。

　ただし、フォークナーは、「大地」の上を現世的苦悩の場、その下を来世的救済の場として微妙に区別している。だとすると、この最終場面における、ミンクと「大地」の和解・融合は、これまで地上であらゆる苦労や悲しみに耐え抜いてきた彼が、地下に沈んでいくことによって真の解放を獲得する決定的瞬間として読むことができるだろう。

フォークナーは、『村』において、ミンクとの間に一定の距離を保ちながら、自身の悲惨な運命を象徴する「大地」から逃れ、「海」を目指すプア・ホワイトの自由獲得の失敗物語をユーモア豊かに描いている。その後、『館』では、逆に自身の運命に果敢に挑み、それを受諾しようとする、つまり、不倶戴天の敵である「大地」とせめぎ合いながらも、積極的に折り合おうとする英雄の厳然たる姿を救済的に描いている。先に引用した『館』の場面が読者の眼にまぎれもなく救済的に映るのは、そこでは「大地」が束縛するだけではなく、解放を与える場にもなっているからである。

四

以上、「猟犬」における土着的なコットンから、『村』における道化的なミンクへ、そして『館』における英雄的なミンクへといたる改変作業の過程に焦点を当てて考察をすすめてきたが、最後に、フォークナーが『村』において偏屈で、はた目には不器用で、滑稽な殺人者としてのイメージが強いミンクを、『館』のなかで自身の不運な運命に耐え抜く英雄的報復者へと書き直すために、如何なる改変を行う必要があったかについて考えてみたい。

おそらく、作者はミンクの犯す二度の殺人を読者に納得のゆく必然的なものにしなくてはならなかったはずである。なぜなら、フレム殺害はさておき、ヒューストン殺害に関して言えば、ミンクの一方的な、不合理とも言える嫉みを中心にした筋書きでは不充分であったからだ。したがって、彼はミンクとヒューストンの関係の物語を、『村』のような客観的視点からではなく、もう一度「猟犬」のときのようにコットンの側に肩入れした主観的視点からとらえ直す必要性に迫られたのである。当然のことながら、ミンクの視点から語られる『館』の物語では、ヒューストンの横柄で高慢な態度が一層強調される。そして、ミンクとヒューストンとの間の階級闘争がことさら力説される。『館』のヒューストンは、『村』の場合とは異なり、再度沈黙の世界に押し戻され、生身の人間というよりは憎むべき客体の像、つまりウォレン・ベックの言い方を借りれば、「より単純で、より隔たった人物」(Beck 641)として再登場する。一方ミンクは、「底意地の悪い奴」から宿命づけられた悲劇的人物の相へと高められる。しかもこの長編では、両者の確執が、"they"か"them"、または"it"と呼ばれる「人間の営みにおける単純で根本的な、正義と公平を代表しているもの」(*M* 6)――すなわち、「神」の如き、絶大な力を持った存在――を介在にして、より高い次元で語られる。

フォークナーが『館』において、最終的にミンクを主観的な立場から語り直していることは重要である。なぜなら、そのことは、彼が積極的にスノープス一族のひとりと同化・一体化するという、つまり、ミンクの複雑な心境を自身のものとして表現するという、明白な意思表示になっているからである。

『村』におけるフォークナーは明らかにミンクを恐れていた(本章のエピグラフで示されている、作者の心境は『村』のミンクにも充分に当てはまる)。よって、彼はミンクの物語を一定の距離を置いて語らなければならなかった。だが、その後一九年が経た『館』においては事情が大いに異なっている。『館』の執筆時期、彼は実社会から完全に遮断された牢獄のなかで年老いていったミンクとほぼ同年齢となっており、もはや彼にミンクを恐れている様子は感じられない。フィリップ・M・ワインスタインが「歩くアナクロニズムのようなもの(a sort of walking anachronism)」(Weinstein 226-27)と呼ぶ、この時期のミンクは、彼にとって、自身の内面を表現できる媒体的人物、つまり、異質である以上に同質の人物となっている。(9) 別言すれば、彼は、最終的にミンクの内部にステレオタイプのシェアクロッパーの卑しい像ではなく、ユニバーサルな人間像を見出すことができたのである。

宿老となりつつある晩年のフォークナーは、血縁上スノープスに属するミンクと、自身の間にあった深い溝を乗り越えている。(10) かくして、彼が『村』においてミンクとの間に意識的に画したクラス・ラインの障壁は、『館』において大いに打破されている。

【注】

(1) マイケル・ウェインライトは、コンプソン家と同じ社会的上流氏族であるサートリス家の系図とスノープス家のそれが著しい対照をなしている点に注目し、「サートリス家の系図は貴族的で階層的で、先祖の深さがある。他方、スノープス家の先祖は浅く、広範囲に伸びており、現代的である」(Wainwright 68)と述べている。この発言は、時間軸に沿って縦に描かれていくサートリス家と、空間的に横に広がっていくスノープス家の相違を指摘していて、興味深い。

（2）概して、フォークナーの、スノープス家の描写においては、侵害者や寄生者としての彼らの負のイメージが支配的である。そこには、プア・ホワイト固有の文化的遺産や価値観などを探求・発見したり、保護したりする視線が欠落していると言っていい。フォークナー的視線のその問題点が、ティム・マクローリンのような現代の南部作家によって明白に表現されている事実は見逃せない。ジェームズ・C・カッブの解説文によると、「……マクローリンは、南部下層階級の田舎の文化がブルジョアに侵略される脅威に焦点を当てることで、フォークナーのスノープス三部作を逆転させた」構成の小説――『ウッドロウのトランペット』（1989）――を著している（Cobb 258）。

（3）この点について、筆者はアンドリュー・フックの以下の発言に同意したい――「『響きと怒り』の四つのセクションは、同じ物語を語る四回の試みであり、モダンライブラリー版に付け加えたイントロダクションは五回目の試みであると、フォークナーはつねづね主張していた。同じ原則がスノープス三部作にも働いているのである……」（Hook 175）。

（4）「猟犬」から『村』を経て『館』へといたるミンクの人物像の信頼すべき分析としては、エドワード・M・ホームズ（Holmes 19-30）、ジョアン・V・クライトン（Creighton 31-36, 64-67）、小山敏夫（小山 二四四―四七）がある。また、キャサリン・D・ホームズによる『村』の注釈本のなかでもコットンとミンクの比較考察がなされている（Holmes 146-62）。なお、ミンクにたいするフォークナーの心理と態度の変化を探る本論は、これらの書の研究内容に大きく依拠するものであることをあらかじめ記しておく。

（5）フォークナーはプロレタリア作家であるのか否か。この問題についての、山下昇の見解は引用に値する――

「フォークナー小説にもプロレタリア小説的な側面が皆無なわけではない。……しかしフォークナー小説は、技法は言うに及ばず、テーマにおいても、基本的にプロレタリア小説ではない」(山下 一六)。

(6) その紙切れに記されている「詩篇」の一文は、「その咎が許され、その罪がおおい消される者は幸いである」(Psalms 32:1)である。そこにはこの他に次の文言も記されている――「ここにいるのはウィリアム・ジェームズ・ジュードという卒中で死んだ老人である。彼の家族が彼を埋めた。なぜかといえば、葬式に払うお金がなかったからである。彼は殺されたのではない。彼は単なる卒中で死んだのである」(Steinbeck 142-43)。

(7) このはしがきの論理によれば、『館』におけるフォークナーの、ミンクにたいする認識でさえ最終的な、絶対的なものにはなりえない。彼の認識は、時間の経過の影響を受けること、つまり生の流動もしくは現実の運動にしたがって変化をこうむることになるからである。

(8) ちなみに、「大地」のなかでの自由の描写は、『行け、モーセ』(1942)におけるライオン、サム・ファーザーズ、オールド・ベンへの鎮魂の場面にも取り入れられている(*GDM* 315)。

(9) たとえば、カール・F・ゼンダーは、「ミンクの復讐の旅」を「フォークナー自身の、ヨクナパトーファ郡へと戻る哀調的な旅」のためのメカニズムとして読んでいる(Zender 141-48)。ミンクの物語とフォークナーのそれとの重なり合いは、リチャード・グレイの以下の発言からもうかがえる――「ミンク・スノープスが牢獄で三八年間過ごしたあと、従兄弟であるフレムを殺すためにジェファソンへと戻る物語は、特に自叙伝的な次元を帯びている。まるでフォークナーは、自ら想像した国へ……戻っていく様子を、ただ一つだけやり残した仕事をするために生れ故郷へと戻っていく哀れな、むき出しの、二足動物のような男のこの物語のなかで、劇的に表現しているようである」(Gray 346-47)。

（10）ノエル・ポークは、「ミンクは三部作を通して『村』のなかで見られたとおりの、悪徳の殺人者のままである」（Polk 118）と述べ、「私は、フォークナーがミンクのフレム殺害を容認しているという考えを受け入れられないし、ミンクのなかに勇気、誇り、忍耐といった自らの理想を体現する人物を見出すことをわれわれに期待しているとも思えない」（Polk 125）と結論づけている。普段筆者は、緻密な読みと分析に裏打ちされた、ポークのさまざまなフォークナー論から多くの示唆と知見をえているものの、ミンクという人物にたいするフォークナーの心理的変化を探ることを目的にしている本論においては、彼のこの結論に同意するわけにはいかない。

第二部　ウェルティに見る間テクスト性

──フォークナーのテクストとの接続に向けて

第五章　「記憶」と『楽天家の娘』

「母と娘」の物語——サザン・レディのアイデンティティをめぐって

「南部の女性たちは、画一的な女性のイメージの束縛を揺さぶり落としはじめ、良かれ悪しかれ、今や自由に本来の自分になるための奮闘をするようになったのである」

アン・フィーロー・スコット『サザン・レディ』

一

一九八〇年に出版されたエッセイ集『失われた伝統――文学における母と娘』は、「母と娘」の関係を描く世界文学が四〇世紀以上もの長い歴史を持っていることを明らかにしている。アメリカ文学の事情は、主にその第三章「コロンビアの娘たち」で紹介され、ディキンソン、グラスゴー、ウォートンらのテクストが考察されている。また別の章の論考においても、キャザー、プラス、モリスンといった錚々たる女性作家たちの名前が散見できる。

この先駆的なエッセイ集では取り上げられていないものの、それが大胆に敷くことを試みた文学的伝統のレール上に位置づけられる作家として忘れてならないのが、ウェルティである。彼女は「母と娘」の関係に強い関心を寄せ[1]、その問題を独自の文学世界で深く考察している作家であると言っても過言ではないからだ。これは、同郷の先輩作家フォークナーが『響きと怒り』(1929)や『アブサロム、アブサロム!』(1936)などで「父と息子」の関係の問題を探究しているのと鮮やかな対照をなしている。

なかでも注目に値するのが、ウェルティの最後の小説となった『楽天家の娘』である。一九七三年にピューリッツァー賞を受けたこの小説は、すでに作家としてのキャリアの晩年期に入っている彼女が、自身の「記憶」をたどりながら母との関係の真相に迫ろうとしたものである。なるほど、それは、その扉のところに"For C. A.W."(Chestina Andrews Welty の略)と記されているように、長患いの末亡くななった母に捧げられている。

チェスティーナが亡くなったのは、一九六六年（同年、ウェルティは弟エドワードも病気で失っている）。その後、彼女は『楽天家の娘』の執筆に取りかかる。長年看病してきた母の、生々しい死の現実がいまだ脳裏に鮮明に焼きついている状態での執筆であったことは指摘するまでもない。彼女がそれを短編として書き上げるのが一九六七年。その二年後には雑誌『ニューヨーカー』でそれを発表している。一九七二年にランダムハウスから出版される中編は、その原稿の増補改訂版である。

容易に想像がつくように、『楽天家の娘』は母へのレクイエム、またはエレジーと言ってもいいような性格を帯びている。その読解作業に、多くの伝記的資料――とりわけ、ウェルティがハーヴァード大学に招聘されたときに行った三回の連続講演をもとにしている自伝『ある作家のはじまり』（1981）――が頻繁に使われる根拠がここにある。本論の目的も、そのような資料を使い、従来の批評において議論の中心となってきた「過去」、「記憶」、「ヴィジョン」などの概念を再検討しながら、この小説を読み直すことである。

その過程で随時取り上げたいのが、「記憶」（1937）と題されている短編である。作家のほぼ出発点に位置する、若い瑞々しい雰囲気が醸し出されている短編と晩年の円熟した巧みな筆致で書かれた中編。双方の小説を同じ俎上に載せることは、この作家がたどっていった変遷を巨視的にとらえるパースペクティヴをえることにも繋がるであろう。

二

スーザン・マースの『ユードラ・ウェルティ——伝記』(2005)によれば、ミシシッピ州ジャクソンのレディにしては、ダイレクトで、ずばずばものを言うタイプであったというチェスティーナ(Marrs [2005] 33)。『ある作家のはじまり』のなかでウェルティは、二項対立的な世界の在り方(内と外)を想定し、外の世界を危険とみなし、それから子供たちを「保護」し続けようとする母の献身的行為にたいし、一方で自分の置かれている安全で充足している状況を認めつつ、他方でやがていずれは自分も成長し、まるで母の「愛情」を裏切るかのように巣立ってゆく瞬間がくるのを想像し、「罪悪感(guilt)」に苛まれていたと告白している(*OWB* 19-20)(ちなみに、父クリスチャンはウェルティが二二歳のときに、五二歳の若さで急逝している)。

このような「罪悪感」が中産・上流階級の白人女性ならではのものであることは、たとえば、アリス・ウォーカーのような黒人女性作家のケースを思い浮かべてみると、より鮮明化するであろう。ウォーカーは、『楽天家の娘』と同じ一九七〇年代に出版された自伝的小説『メリディアン』(1976)のなかで、主人公メリディアンにごく幼い頃から母にたいし「罪悪感」を持たせているが、それは次のように説明されている。

メリディアンは後ろめたい気持ちを母に打ち明けようとすると、母はただこう尋ねるだけであった――「あなたは何か盗んだりしたのかい」。……メリディアンが最初から罪の意識を持ってしまったのは、母の静穏を盗み取ってしまったためであり、母の自我の芽生えを台なしにしてしまったためである。とはいえ、彼女は如何にしてそれが自分の責任になりうるのかを理解することができなかった（Walker 40-43）。

この小説においてメリディアンがとらわれている「罪悪感」は、母の自由に生きて行動する機会を「盗み取ってしまった」ことから生じている。南部において根強く残っている人種的、性的差別のなかで家事と育児をしながら自己実現を図るのが、どれほど困難なことであるのかを身をもって知る黒人フェミニスト、ウォーカーならではの認識であると言っていい(2)。

一方、ウェルティの「罪悪感」が、主として母を保護し、援助する機会の欠如から生じている点は興味深い。彼女の「罪悪感」の生起が前提にしているのは、愛することと守ることを同一視するような態度である。『楽天家の娘』の終盤において、主人公ローレル・ハンドに向かって、臨終を迎えつつある彼女の母が、「あなたならお母さんの命を救うことができたのに。でもあなたはそばにただ立っているだけで、助けてくれようとしなかった。あなたにはがっかりしたわ」（*OD* 151）と言って非難する場面があるが、ローレルが守られる権利を強く主張する母の言葉に心をずたずたに引き裂かれながらもなんとか立ち直れているのは、必ずしも「愛情＝保護」とはかぎらないことを学び取っているからであろう。この等式そのものがサザン・レディのイデオロギーの産物であると考えられるのだが、ウェルティは、ローレルにオハイオ州出身の北部人フィリップと結婚させ、彼女の思考や認識に外部の空気を吹き込むことにより、「愛情」には別の表現方式もあることを気づかせているのである。

ここで話を『ある作家のはじまり』に戻せば、人種・階級・ジェンダーによる区分が社会の不文律となっている、二〇世紀前半の深南部の制約的な土地で、両親の厚い「保護」と豊富な「愛情」の下で育てられたウェルティが明らかにしているのは、彼女が母との複雑微妙な交渉関係において「自立心」と「罪悪感」を終生持ち続けることを、その間で絶えず葛藤し続けることを、余儀なくされていた状況である。だが、この長年にわたって熟成された心情こそが、母の死後、彼女を『楽天家の娘』執筆へと向かわせる最大の意欲となった、その執筆の強力なドライブになった、とも考えられるのである。

三

従来からウェルティ文学には社会性や政治性が欠けているという批判や不満が多いように、しばしば南部の家族の人間関係をめぐって展開される彼女の小説では、人種間や階級間の軋轢がクローズアップされることはあまりない。その意味で、階級の異なる人々の衝突が強烈に浮かび上がるように取り扱われている――ある批評家に言わせれば、それが「主要テーマの一つ」になっている (Gretlund 195-

96）――『楽天家の娘』は、やや例外的な小説であると言っていいだろう。ここでの階級問題は、ウェルティの他の幾つかの小説――たとえば、『デルタの結婚式』（1946）や『ポンダー家の心』（1954）など――においてもそうだが、下層階級に属する女性が結婚制度を利用し、中産・上流階級の人たちの日常の世界に入り込んでくるという形で描かれている。

では、この問題が「母と娘」の関係の問題と如何に交差し、如何に連動するのだろうか。まず指摘すべきは、チェスティーナの階級意識がサザン・レディの一般的な思考の枠組みを超えるものでは決してなかったということである。先のマースの伝記本には、貧相な家族がユードラ一家の近隣（ジャクソンのコングレス・ストリート）に引っ越してきたとき、母が彼らと子供たちの接触や交流を遮ろうとしたにもかかわらず、娘（つまり、ウェルティ）が階級の境界線を越えるのを強く望んでいた事情が記されている（Marrs［2005］5）。

下層階級の人たちとの交際を禁じる、母の教え。当時の中産・上流階級の人たちの間ではコモン・センスであったとも言えるこのような教えは、ウェルティの無意識に――彼女の衝動的な抵抗もむなしく――強く働きかけていたに違いない。そしてそれは、彼女によって克服されることも、ましては消し去られることもなく、少女時代からずっと彼女の心の底深くに埋もれ続けていたに違いない。そう考えると、それが折りあるごとに小説のなかで具体的に形象化されなくてはならなかったことがよく理解できる。

「記憶」は、その形象化の好例である。処女短編集『緑のカーテン、その他の短編』（1941）に収められているこの短編は、マースの批評書によれば、ウェルティが少女時代の「記憶」をたよりに書き上げたものである（Marrs［2002］5）。それは一人称の語りで記されており、意義深いことに、母の教えに忠実にふるまおうとする少女を主人公に立てている。物語の核にあるのは、視野に入ってくるあらゆる人間、あらゆる出来事にたいし自分なりの判決を下しはじめる時期に入った敏感な少女が、外界の厳しい現実にさらされ、脅かされるというひとときの体験である。

ある夏の日、水辺でひとりで横たわりながら夢想にふけっている彼女が胸に慈しんでいるのは、ひそかな初恋の想い、つまり会釈一つ交わしたことさえない同級の少年にたいする「愛情」である。彼女は学校の階段でただ一度すれ違いざまに彼の手首に触れた瞬間を繰り返し思い起こし、飽くことを知らない。彼女が「愛情」と「保護」を同一視していることは、彼の周囲を取り巻く危険を次から次へと想像し、個人的な心配を募らせている様子から推察できる。

他方、彼女の周囲では「品のない（common）」（*CSEW 77*）人たち――家族と思しき五人の男女――の喧騒と戯れ合いが繰り広げられており、彼女はこのグループのふるまいを、両指で小さなフレームを形作り、そこから覗きこむようにして詳細に観察している。そのフレームに映し出されてくるのは、下劣で乱雑な画像に他ならない。ただ「観察者と夢想家という二重生活」（*CSEW 76*）を送っている彼女は、観察によって人々の「生の秘密」（*CSEW 76*）を感知することができるのではないかと期待し、その画像を眺め続けている。

この少女にトラブルが生じるのは、物語の中盤において、グループ内の男が彼女の方をじっと見つめ、彼女をその仲間に組み入れようとするときのことである。このとき階級ラインの大胆な横断を示唆する視線の含蓄を理解すると、彼女は唖然として振り返り、彼ら全員が死んでしまうことを願うのである。その後も純真無垢な彼女には、見るに耐えがたいほどの秩序壊乱的な画像が続く。それによって彼女の夢想（記憶）の世界が圧倒され、傷つけられ、破壊されていることは、次の箇所に示唆されている。

私は、心のもっとも奥にある夢想の世界のなかに引きこもろうとしました……。私は、目を閉じて作った暗闇を、私の願望がまるで葉っぱのように振るわせる振動を感じました。例の記憶につねに付随している、重みのある甘美さを感じたのです。でも、その記憶は戻って来てくれませんでした（*CSEW* 79）。

やがて面前の画像にセクシュアルなトーンが付け加えられるとき、すなわち、グループ内の太った女が、男が詰め込んだ砂を払い出そうと、前方にかがみこんで水着の前部を引きおろし、自分の乳房を恥かしげもなく、もったいぶったやり方で人目にさらけ出すとき、彼女の恐怖はクライマックスに達する。

このように、「記憶」は、無防備で傷つきやすいロマンチストの少女が、自らの理想とそぐわない、外の醜悪な現実（つまり、「現在」の混沌とした世界）とかかわることができずに、まるでそれにたいし強固なバリケードでも張るかのように、内の甘美な夢想（つまり、閉鎖的な「過去」の世界）に引きこもろうとする姿を物語っている。今後の議論のために、われわれがさしあたり押さえておきたい要点は、この短編が、少女時代の出来事を批判的な口調ではなく、むしろリリカルな口調で回想する一人称の語り手（執筆当時の作者）の姿を、階級の境界線を越えようとしない――否、それができずにいる――自身の幼き姿とオーヴァラップした形で浮かび上がらせていることである。

四

「記憶」から『楽天家の娘』にいたるまでの三五年間、ウェルティが描いてきた一連のヒロインについて、吉田廸子は次のような興味深い発言をしている――「中でも目立つのは、内には密かに豊かな想像の世界を育てながら、外には注意深い視線を向け続ける女性である」（吉田 一〇五）。この発言は本論の重要な基準点になりうる。というのも、前節で取り上げた「記憶」の少女や、これから考察する『楽天家の娘』のローレルはそのようなヒロインの典型であると言えるからである。以下、内省的なローレルの、外へと向けられた「注意深い視線」の動きを追ってみることにする。

「記憶」における少女の立場をローレルのそれに置き換えると、先の短編における、名前を与えられていない下層階級のグループの立場は、後の中編ではダルゼル家やチソム家のそれに相当するだろう。一見すると、この両家族に向けるローレルの視線は、「記憶」の少女のそれとさほど変わりがない。両者の観察スタイルがよく似ているのは、どちらも外の現実の世界をそのまま忠実に切りとって見ようとするのではなく、むしろ現実の世界に自身の内にある感情・理想を投影させて見ようとする傾向がある点である。

まず注目したいのはローレルとダルゼル家の邂逅場面である。末期癌で、しかも盲目かつ聾となり、精神的に錯乱しているダルゼル氏は、ローレルの父であるマッケルヴァ判事と同郷（ミシシッピ州）の人間であり、ニューオーリンズの病院で同室の患者という設定で登場している。ローレルは、父が危篤状態に陥ると、病室から出て待合室で待機するように命じられ、そこで集中治療室にダルゼル氏を寝かせている彼の家族と出会う。だが、彼女は自分と同じような境遇にいるその人たちと、父との死別の悲しみや痛みを共有しようとしない。否、共有することができないのだ（対照的なのが、彼女の義母フェイである。フェイは彼らのなかにうまく溶け込み、年老いた女性の胸に顔を埋めて泣いている）。

このとき、ローレルは自身とダルゼル家との間にすっと壁のようなものを作り、彼らが夕食を取りながら次から次へとしゃべり続ける様子をただじっと傍観している。彼らは病気や死の現実に直面したとき、ロマンチックな作り話で気を紛らそうとするマウント・セイラスの住民と異なり、その詳細をまざまざと語る独自の文化的習慣のなかに生きている。しかし、そのような習慣になじみのない彼女は、彼らをその場にふさわしくない卑俗な会話に没頭する、まるで知性や感性を持たぬ動物の群れであるかのように見ているのだ(3)。

結果的に、ローレルがダルゼル家やチソム家の多様な人たちを個別的にではなく、一つのカテゴリーの下に結集させ同質的に見がちなのも、彼女の内に巣くう差別的意識のためであろうか。物語の中盤における父の葬儀の場面で、彼女はフェイの家族――テキサス州からピックアップトラックでやって来るチソム家――とはじめて対面することになるのだが、そのとき彼女はデジャヴュの感覚を覚えている。病院でのダルゼル家との出会いの場面が、彼女の頭の片隅に残っているためである。

こうした例を見ていると、ローレルと「記憶」の少女は結局のところ同一人物ではないか、つまり、ローレルはその少女の未来の姿（＝語り手）ではないか、というような推測が成り立つようにさえ思えてくる。(4) だが実際のところはどうかと言えば、両者の間には少なくとも重大な相違点が一つある。それは、ローレルが必ずしもサザン・レディの大多数と心理的に同化しているわけでもなく、彼女たちのイデオロギーの公然たる執行人としてふるまっているわけでもない点である。なるほど、この小説にはローレルがマウント・セイラスのレディたちと意見の交換を享受している場面がほとんどない。すなわち、ローレルと彼女たちの間にもある一定の距離が確保されているのである。ローレルが故郷を離れ、その外で生きている――つまり、南部のイデオロギー基盤を相対化する機会を与えられている――人物として造型されている意義を、われわれはここで思いかえしておいてよいだろう。

たとえば、チソム家の集団行動へと向けられる、ローレルの批判的な眼差しがそれほど確としたものでないのは、彼女がその一家の祖父やウェンデル少年の発言と挙動にたいし、おおかた好印象を持っていることから理解できる。ただ、彼女のフェイにたいする心境は複雑微妙であり、それは小説内で深く追究されるべき一つの重要な問題として提示されている。

ローレルがフェイと敵対関係にあることは小説の序盤から強調されている。マッケルヴァ判事が網膜剥離の手術を受けるため、病院に緊急入院すると、この二人は交代制で付き添い看護をはじめることになる。そのため日中はお互いに顔を合わせずにすむのだが、夜の大半は同じ場所で眠ることになる。二人が借りたハイビスカス荘の部屋は、もともと一つの部屋だったものを壁板の一部で二つに仕切っているだけのもので、ローレルはそのような部屋でフェイと眠らなければならないことに不快と嫌悪を感じざるをえない。

彼女がフェイと親密な親子関係を築けないのはなぜか。フェイが彼女とは出身も階級も異なるミステリアスなよそ者だからか。それとも、フェイが彼女から大切な父を奪い取った人物だからか。あるいは、フェイには彼女の両親の「過去」の愛情を破壊する力が秘められているように見えるからなのか。

これらの理由とともに考えなければならないのが、フェイの非サザン・レディ的要素である。フェイはローレルが容認できない多くの要素——たとえば、物欲、自己顕示欲、卑俗さ、自己中心性、フィジカリティ、セクシュアリティなど——を兼ねそなえている。別言すれば、フェイは彼女が幼少期から回避するように教えられてきたに違いない生き方をみごとなまでに体現している女性なのだ。フェイがそのようなシンボリックな存在として描き出されていることは見逃してならない(5)。実母ベッキーの人格がチェスティーナのそれに基づいていることは、ウェルティも強く意識していることだが(*CEW* 69, 116)、あらゆる面でベッキーと対照的なこの義母は、料理もベッド・メイキングもできないと噂されている。マウント・セイラスのレディたちがフェイを酷評して止まないのも、フェイが法律的にはマッケルヴァ判事の妻になりえても、本質的にはガーデニング・クラブで親睦を図れるような、コミュニティにしっかりと根をおろしたサザン・レディにはなりえぬと信じこんでいるからだ。

しかし、数人の批評家が喝破しているように（Hardy 114; Entzminger 138-39）、ローレルとフェイの間にはひそかな類似性が指摘できる。二人とも中年の寡婦で―ローレルは四〇代半ばで、フェイはそれより少し若い―独立の精神にあふれ、自己実現という目的のために家族と故郷を投げ出した「過去」を背負って生きている。さらに、葬儀の場面でチソム家の祖父が帰り際に、まるでローレルをフェイと思ったかのように、ごく自然な感じで別れのキスをするのを覚えている読者も少なくないであろう。つまり、フェイは、幾つかの先行研究（Byrne 84; Carson 142）で用いられているユング心理学の用語で言うなら、ローレルの「シャドウ・セルフ」であるのだ。そう考えると、先に言及した、ハイビスカス荘の間仕切りの設けられた部屋にしても、両者の表裏一体の関係を暗示している重要な書割の一つとして理解することができる。

確かに、フェイのヴィジョンは不完全である。「視覚」と「盲目」のイメージがちりばめられている―単語のレベルでは、"see," "look," "eye" などといった「見る」ことに関する動詞が頻用されている―この小説において、(6) フェイには見えていないものがたくさんある。しかし、フェイはローレルの成熟や精神的覚醒を引き起こす「触媒《カタリスト》」の働きをしているという趣旨の、批評家たちの発言（Weston 170; Harrison 121）を、われわれは考慮に入れないわけにはいかないだろう。元来悪玉に、まるでカルチュラル・テロリストのように描かれているこの女性が一転して善玉になりうるのは、その働きにおいてである。したがって、フェイを「卑劣で、自己中心的で、冷酷な」プア・ホワイトとして断罪し、一刀両断に切り捨ててしまう批評家（Carr 122）は――「私はフェイが憎い」（*MCEW* 97）という作者の感情的な発言を真に受けてのことかもしれないが[7]――ローレルとの複雑微妙な関係を単純化しているのみならず、サザン・レディのイデオロギーを当然のものとして受け入れ、それを擁護し強化していると言わざるをえないのである。アン・グドウィン・ジョーンズの警告めいた発言――「サザン・ウーマンフッドの機能は、男性、中産・上流階級、そして白人種の覇権の永続を正当化することであった」（Jones 10）――を、われわれは忘れてはならないだろう。

ペギー・ホイットマン・プレンショウは、サザン・レディの問題を取り上げた論文で、南部文学においてサザン・レディの神話が否認されている証拠の一つとして、「ペアの登場人物の頻繁な登場」を指摘し、それが「レディの役割の内部にある矛盾――つまり、意固地で、コケティッシュな女、または世間の事情を巧みに操れる者と従順で、素直で、イノセントな者――を実際的に解決するのを可能にする小説上の工夫」であり、「南部の作家たちは、ドッペルゲンガーのモチーフのなかでヒロインを《分割する》ことを繰り返し、次から次へとスカーレットとメラニー、あるいはそのペアの変形を造り出している」と述べている（Prenshaw 81）。プレンショウは、その一例としてウェルティの『黄金の林檎』（1949）のキャシーとヴァージーのペアをあげているが、ローレルとフェイもそのような「分割」の伝統のなかで造形されたペアであると考えていい[8]。

繰り返しになるが、ローレルとファイはつねに正反対の人物として描かれているわけではない。しかし、フェイをベッキーの永遠のライバルとして考え、両者のコントラストの明白な図式を頭のなかで作り上げているローレルにとって、自身とフェイが通ずる点を認めることは容易でない。それは必然的に自身と母の異質性、母との乗り越えがたい溝の存在を認めることにもなってしまうからである。よって、フェイとの共通点は、不確かな、理解しきれない、影のようなものとして表現される以外にない。たとえば、葬式の当日なかなか起きてこないフェイを呼びに彼女が部屋に入って行くときのことだ。彼女はベッドの上で寝ているフェイの「うなじ」――「人間のもっとも弱い部分」(*OD* 60)――を見ながら、普段の彼女にはめったにないことだが、自身の判断力にかすかな疑いを持ち、ファイを誤解している可能性があることにふと気づく。だが、このようなシンパシーは一瞬で終わる。それはすぐさま彼女の胸の奥底にきびしく抑圧される。というのも、フェイは複雑な人間的陰影のあるベッキーとは対極的な位置にいる、単純で一面的な他者として固定されなくてはならないからだ。だから、彼女は自身の内にややもすればフェイ的行為へと向かいがちな衝動が潜んでいるのを感じるとき、激しい恐怖に襲われるのである。

南部の特異なイデオロギーを受け入れたうえで、それに必死になって反抗する人物と言えば、フォークナーの『八月の光』(1932)におけるジョーの事例がすぐに喚起されるが、もし彼が白人男性のイデオロギーにとらわれていて、自身の内にあるかもしれない「黒人の血」と格闘して止まないとするなら、ローレルはサザン・レディのイデオロギーをいったん受け入れたうえで自身の内にあるかもしれないフェイ的要素と格闘していると言っていいだろう。このどちらの人物も、自身の内部に相いれない二つの要素を抱え込んでいるという点で、存在そのものがまるでバトルフィールドであるかのように描き出されているのである。

さて最後に検討したいのが、小説のエンディングにおけるパンこね台をめぐっての有名な対決場面である。ローレルは、亡夫フィリップがベッキーのために作ったパンこね台を、フェイがそこに込められた愛情をまったく理解せずに台無しにしていたのに気づくと、抑えようのない怒りを感じ、報復の衝動に駆られる。注目すべきは、そのような怒りと衝動が彼女自身の内に潜在するフェイ的な一面にも向けられうる可能性である。もしそうであれば、それらには自己処罰的な思いもひそんでいることになる。

考えてみれば奇妙なことだが、ウェルティが母に捧げているこの小説において、母たる人物のベッキーは物語が開始される一年半も前に亡くなっている。だから、読者にはベッキーの幻影しか感じ取ることが許されていない(9)。物語内でベッキーのポジションに就いているのがフェイである意味を重視すると、われわれは、ウェルティの意図が「母と娘」を直接向き合わせるというのではなく、むしろ母とはおよそ正反対の人物と娘を向き合わせることによって、「母と娘」の関係に逆の方向から光を投ずることであったのではないか、と推測することができるだろう。つまり、パンこね台をめぐっての場面は、「母と娘」の正面衝突の間接的な表現になっていると考えられるのだ。さらに言えば、何らかの媒介の存在を示唆する間接性という概念は、ダイレクトにものを言う母への現実的な対応策の一つとして、ウェルティがひそかに探り当てていたものであるように思われる。

ウェルティのインタビューでの発言によれば、彼女「自身の人生から間接的に生まれた」（*MCEW* 239、傍点部は筆者）という『楽天家の娘』。おそらく、その間接性がもっとも顕著に表現されているのは、タイトルであろう。"The Optimist"という言葉が、ウェルティの父——つまり、ローレルの父——を指していることに間違いはない[10]。すなわち、ウェルティは「父と娘」の関係を前面に押し出すことにより、それを媒介にして、まるでそれをクッションのように使いながら、「母と娘」の関係の真相に迫っているのである。

このクライマックスの対決場面で、ローレルはパンこね台を壊されたベッキーの側について話をし、フェイに向かって「あなたはこの家を冒涜したのよ」（*OD* 173）とさえ言っている。だが、「自立」によって母を裏切ることを宿命づけられている、しかも母が身をもって示したサザン・レディのロールモデルを受け継がない、娘の立場からすれば、彼女はフェイの側に位置づけられてしかるべきである。ローレルがフェイに向かって辛辣な言葉を言い放つとき、ローレル自身にもその言葉が跳ね返ってきているように感じられるのは、両者の立場の互換性の裏づけがあるためだ。意義深いことに、この場面で、ローレルは「過去（past）」と「記憶（memory）」の決定的な意味の違いに気づく。

棺のなかにいる父と同じく、過去ももはや救いや損傷にたいして閉ざされている。過去は父と同様、いかなるものをも浸透させず、ふたたび目覚めることもない。夢遊病者なのは記憶の方なのだ……それは決して不浸透ではないだろう。それは何度も傷つけられる。でも、そのこと自体に、記憶の究極的な慈しみがあるのかもしれない[11]（*OD* 179）。

このような洞察によって、彼女は「過去」を、亡くなった両親の世界を、保護することの不可能性と不必要性を見出すのである。そして、「充実した過去全体」（*OD* 178）を象徴するパンこね台をテーブルの上に残し、実家から出てゆくのである。

五

「過去」と「記憶」に関する洞察に関して言えば、ウェルティが作家としてたどっていった変遷という視点から考えるとき、彼女が短編「記憶」において、すでに「記憶」が決して不浸透ではなく、再三再四、傷つけられる様相をドラマタイズしている点は重要である。この短編において、主人公の少女が、下層階級のグループが体現する「現在」の無秩序を、その不純な空気を、必死になって排除し、「過去」の甘い夢想にふけろうと四苦八苦する姿が描き出されていることは、力説しておく必要がある。

それから三〇年以上が経過し、ウェルティは『楽天家の娘』において、一見「記憶」の少女かと見まがうローレルを視点人物に設定し、彼女が精神的に少しずつ成長し、先の洞察にいたるプロセスを三人称の語りで記している。その語りが、あたかも彼女自身が語っているかのような印象を読者に与えているのは、彼女が見聞きし、感じ取ることだけを記すというきわめて限定的な視点の手法が使われているためである。

ローレルは、くだんのパンこね台をめぐっての場面で、「過去」と「現在」の二つの時間の流れを繋ぎとめる。短編の少女が、「記憶」は「生きもの」であり、「生きている瞬間に傷つけられる」というヴィジョンに目をそむけていたのにたいし、ローレルはそのヴィジョンを肯定的に受け止め、称えている。そうすることで彼女は「過去」の幻影から、その羈絆から脱している。一九八一年にジョン・グリフィン・ジョーンズがウェルティにインタビューをしたときに使った剴切な表現を借りれば、「……パンこね台を手放すことで、それをフェイとともに家に残すことによって、彼女は記憶を経由し、自身の未来にコミットするのです。彼女は記憶におぼれることなく、生き続けることができるのです」(*CEW* 335、傍点部は筆者)。

だが、ローレルは、時を超越するかのようなヴィジョンに到達しえたことによって、サザン・レディのアイデンティティのあらゆる束縛から自由になれたのであろうか。この小説において歴史の支配下にない——悪い言い方をすれば、歴史的深みに欠ける——人物と言えば、フェイである。フェイは、自分でもそう言い切っているように、「未来に属している」(*OD* 179)。この発言はローレルに向かって直接発せられているので、彼女はそれをしかと聞いているはずである。しかし、彼女はフェイとの隠れた共通性をたとえ心のどこかで確認するようなことがあったにせよ、それを明瞭に表現することができず、フェイを半ば見切るかのようにしてマウント・セイラスの町から出てゆく。このようなふるまいにもサザン・レディのマインドセットが隠微に露呈されているのを指摘することは困難でないのだが、彼女の帰り先が北部のシカゴに設定されており、故郷に再び戻ってくる可能性が低いこと、そして亡き人々の「記憶」――「過去」ではなく――を持って、それのみを持って、旅立つ彼女の姿が、三人称の作者によって明るい、好意的なトーンで描き出されていることなどが、彼女のイデオロギーにたいする免罪符になっている。

要するに、『楽天家の娘』は、母が娘に残した遺産と言っていい、サザン・レディのアイデンティティを完全に拒絶し放棄していいものとして描いているわけではないのである。ではそれを、そのまま受容し確立していいものとして描いているのかというとそうでもなく、われわれはこうした曖昧な描写のなかに作者の南部にたいする、矛盾をはらんだ複雑な心境を読み取ることができるだろう。

本章の冒頭に掲げたエピグラフは、歴史家アン・フィーロー・スコットが、一九七〇年に出版した研究書『サザン・レディ』の最終章を締めくくっている言葉である。『楽天家の娘』は、歴史資料の緻密な分析に基づいた、スコットのこの言葉をはからずも裏づけており、それは、ひとりの南部出身の女性の「本来の自分」――一つの固定化した、確たる主体に還元できない、複合的なアイデンティティを有する自己――になるための「奮闘」を描いている小説として読むことができるのである。

【注】

(1) 印象的な例として、『デルタの結婚式』のローラとアニー・ローリー、『黄金の林檎』のヴァージーとケイティ、さらに『楽天家の娘』のローレルとベッキー、の関係をあげることができる。

(2) このような認識は、ウェルティとの対談の場における、ウォーカーの次の発言にも暗示されている――「……一部の女性芸術家たちは、結婚すると、夫と子供に多くの時間を取られてしまうと感じているのです。彼女たちは、ひたむきな気持ち、つまり、自身の作品につぎ込まなければならない精力を失ってしまうと感じているのです。」(*CEW* 136)。

(3) 一見すると、「レッドネック」と呼ばれるような人たちにたいするここでのローレルの気持ちは、『ポンダー家の心』の語り手、エドナ・アールがピーコック家(ダルゼル家やチソム家に相当する貧しい一家)にたいして感じていることとあまり変わらないように思われる。ローレルよりもはるかに饒舌な人物として設定されているエドナ・アールは、ピーコック家の人たちの描写に動物の比喩を使うことを躊躇していない。彼女は葬式の場面ではじめて出会ったピーコック夫人が「豚のように肥っている大女」(*PH* 68)と言い表しているし、裁判の場面では父親のピーコック氏の顔色が「雄の七面鳥のように赤い」(*PH* 76)と述べている。こうした外見描写の裏に、嘲笑の気持ちや軽蔑の念が隠されていることは言うまでもない。

(4) 両者の類似性について、ルース・M・ヴァンド・キーフトは、ローレルの、人間のプライバシー、尊厳、不可侵性にたいする意識は、「記憶」の子供のそれらにたいする意識と同じくらい強いと考えている(Vande Kieft 174)。

（5）ダニエル・S・トレーバーによると、「……フェイはバイアスの産物であり、ある特定の見方を正当化する対立的人物になるように造形されている」（Traber 196）。

（6）ルーシンダ・ハードウィック・マッケサンは、この小説が「物の見方に関する物語（a story about perspective）」であるとさえ言っている（MacKethan 187）。

（7）フェイにたいする作者の気持ちは、憎しみというネガティヴな言葉一つだけでは説明し切れないだろう。その複雑微妙な気持ちを明らかにしている妥当な解釈の一例として、ダニエル・フラーの以下の発言をあげておく――「……フェイの人物像において、ウェルティは精力と肉感性を称賛しているが、感情を欠く外面的な誇示の空ろさについては警告を発している」（Fuller 317）。

（8）ただし誤解のないように言っておくと、これは必ずしもローレルとフェイのペアが、キャシーとヴァージーのそれとまったく同質であるということを意味しているのではない。『楽天家の娘』におけるこのペアは、その表面上の善悪の価値判断がはっきりと提示されている点において、むしろ『盗賊のおむこさん』（1942）における義理の親子――ロザモンドとサロメのペア――により近いように感じられる。なお、ロザモンドとサロメの具体的な人物像の分析については、本書第九章を参照のこと。

（9）だが、物語の現在の場面における生身の人間としてのベッキーの不在の態様は――フォークナーの『死の床に横たわりて』（1930）のアディーの場合のように――周囲の人々にたいする、彼女の大きな影響力を否定するものでない。その力が確かに読み取れるからこそ、「……彼女［ベッキー］は私にとって、その本の強さの土台であり続けている」（Polk 118）というような見解が可能となるのである。

（10）ウェルティの父が「楽天家」であった――逆に、彼女の母は「悲観主義者《ペシミスト》」であった――という伝記的事実は、

OWB 45を参照。なお、小説内のローレルの父も「楽天家」であるが、彼がそうなったのには明らかな理由がある。彼は先妻ベッキーの、近づきつつある死を現実として受け入れることができずに、彼女が絶望に陥っていると考えることを拒否したいがために、「楽天家」となることを選んだのである。

(11)「過去」と「記憶」についてのこの一節は、二項対立的な関係を強調しているように見える。しかし、両概念は必ずしも対立的にとらえられているわけではない。むしろ後者は前者を包摂しうる、より大きな概念として考えられている。『ある作家のはじまり』の末尾でウェルティは、「過去」と「現在」が交わりながら変容し続けるものとしての「記憶」の特質を明らかにしている(*OWB* 104)。

第六章　『響きと怒り』と『黄金の林檎』

ウェルティのクエンティン・コンプソン――家父長的物語への共感と抵抗感

「南部における私の世代の作家が、フォークナーの世界観《ヴィジョン》――彼の文体とまでは言いませんが――の影響を受けないでいることが可能であるとは考えられません」

エレン・ダグラス『エレン・ダグラスとの語らい』

一

はたしてウェルティにとってフォークナーという作家は如何なる存在であったのだろうか。一見すると、彼女は終生、彼にたいし好意的な態度を表明し、敬意を払いつづけたように思われる。

フォークナーの文学的価値が世間一般に認められる前の一九三〇年代、ウェルティは彼の小説を熱心に読み、彼のカリカチュアを描いて楽しんでいた（*OWF* 18-19）。また、彼女は『墓地への侵入者』（1948）についてのエドマンド・ウィルソンの辛らつな論評を読んだあと、フォークナーを擁護する旨の手紙を雑誌『ニューヨーカー』の編集部にわざわざ送りつけたこともある（1）（*OWF* 28-31）。さらに、『響きと怒り』（1929）の例をあげるなら、彼女は「小説の時間に関する覚え書き」（1973）というエッセイの後半部で、この長編を生かしている本質なるものが「時間」であり、「フォークナー的時間は、もっとも深遠で反駁できない意味で、人間的な時間になっている」と記し、小説家としての彼の時間意識の高さに惜しみない賛辞を呈したこともある（*ES* 172、傍点部は原文イタリクス）。

であれば、ウェルティが、一九六五年のエッセイ「作家は改革運動に参加すべきか？」のなかで、「フォークナーは私たちから後退しているわけではありません。本当に、彼の作品はそれ自体では大きくなることができませんが、私たちを大きくしているのです」（*ES* 157）や「私たちは彼のあとを引き継いでいて、いつでも彼の作品から私たち自身の情報を新たに、直に得る場合があるのです」（*ES*

158）などと書いているのは充分に納得できる。

ただしここで気をつけなければならないのは、フォークナーの影響力を自ら積極的に認めるかのような、まるで彼の小説を個人的な目的のために利用しているかのような、この発言の内容が一九七二年のインタビューにおいては、一変していることである。興味深いことに、彼女はそのインタビューで、フォークナーのテクストの存在が彼女の執筆人生において助けにも妨害にもならなかった、と先の発言とはおよそ正反対の旨を述べている（*CEW* 80）。

このように、彼にたいする彼女の心境は矛盾に満ちた、きわめてアンヴィバレントなものであったと、われわれはいかにもありがちな結論にいたらざるをえないのだが、フォークナーの世界が基本的に白人男性の経験・視点から構成された、いわば男の物語を構成しているのにたいし、ウェルティの世界が白人女性の経験・視点からの女の物語になっており、質の異なるこの二つの世界の境界線には確固たるジェンダーの壁が屹立している点くらいは、少なくとも確認しておく必要がある。

そのうえで注目したいのは、この両作家がたとえ物事を見るときの立ち位置こそ違っているにせよ、同じようなテーマを探究していた可能性である。事実、ウェルティは一九八〇年のインタビューで、インタビュアーが「私が考えていることは、ただ、あなたが［フォークナーと］同じテーマを取り上げていると感じることがあるということです。でもそういうのは避けられないことだと思います」とひとりの読者としての感想を率直に述べたとき、「なぜなら私たちは同じ井戸からテーマを汲み取っているからです」と返答している（*CEW* 302）。

以下、具体的に取り上げて比較分析を試みるテクストは、『響きと怒り』第二章と『黄金の林檎』(1949)第五章である。本論は、この両作家にとって「同じテーマ」の一つが、南部家父長制社会における女性のセクシュアリティの問題——特に、強烈なセクシュアリティを持つ女性と、彼女のことを魅惑と嫉妬の入り混じった気持ちで眺めながら、彼女の肉体を支配・管理しようとする男性の関係——であったと想定し、その問題に焦点を定めて、コンプソン家のクエンティンの物語とマクレーン家の双子の兄弟、とりわけ兄ランの物語との関係に光を当ててみる。

本論の最終的な目的は、ゲイル・L・モーティマーの、ウェルティの創作上の秘密に関する大胆な推測——「実際、ウェルティは、フォークナーのもっともプルーフロック的な人物のひとりのディレンマを再検討し、クエンティンの物語をランとユージーンの各々の話に変えたのかも知れない」(Mortimer 99)——を前提にし、クエンティンにたいする、女性作家ウェルティの複雑微妙な反応を考察することである。

二

はじめに、両物語の登場人物を簡単に比較しておく。とにかく、クエンティンによく似ているのがランである。少なくとも表面的には共通する要素が多く指摘できる。たとえば、感受性、内省、想像力、神経症などである。ともに物語の語り手の役を担っており、彼らの語りは、あたかも知性と自我が破綻してしまったかのような印象を読者に与えている（もちろん、文体面においては、クエンティンの語りの方が文法やパンクチュエーションの歪曲の度合いがはるかに大きいというのは言うまでもないが）。

この二人の青年にとって、女性のセクシュアリティが関心事の一つとなっていることに間違いはない。彼らは各々の語りのなかで、その分からなさや不思議さと真剣に取り組むことを余儀なくされている。彼らの物語の終幕も類似しており、ランのピストルによる自殺未遂はクエンティンの劇的な投身自殺のパロディになっているとさえ言える。

クエンティンの物語において非常に重要な役を果たしている、フラッパータイプの若い女性としてのキャディは、ランの物語では、ジニーという名前の人物として姿を見せている。ジニーは、いわば「フラッパーたるデイジー・ビュキャナンの南部的化身」（Pitavy-Souques 112）である。確かに、ランの妻である彼女を、クエンティンの妹であるキャディと同列に扱うことには無理があるかもしれない。しかし、彼女にたいするランの、まさに有り余るほどの愛情の発露が、クエンティンの、キャディにたいするそのような愛情の保持を――近親相姦のモチーフの問題はさておき――われわれに想起させるのは容易である。

しかも、ラン＝ジニー＝ウッドロウの三角関係の図式をクエンティン＝キャディ＝ハーバート（またはドールトン・エイムズ）のそれにそのまま重ね合わせて理解することも可能だ。ウッドロウをクロッケーの打球槌で殴り倒すことを想像するランは、キャディの結婚式の前夜に、階上の彼女の部屋の床を貫いてハーバートを撃つことを想像するクエンティンと同種の憎悪に駆られていると理解していいだろう。

こうしたあからさまな類似点を超えてさらに重要となるのが、次のような相違点である。クエンティンは"Father said"というフレーズをまるで呪文のように繰り返しながら、父との想像上のダイアローグに頻繁に陥る。これにたいし、ランは"Mother said"というフレーズを何回も繰り返す。すなわち、クエンティンの記憶の世界では、その基本的な軸として前面に押し出されているのが「父と息子」の関係であるのにたいし――ちなみに、昨今フェミニズムの陣営から鋭い批判の矢が放たれている、リチャード・H・キングの『南部ルネッサンス――アメリカ南部文化の覚醒 1930-1955』(1980)によれば、このような「父と息子」の関係が「南部流ファミリー・ロマンス」の中核にあるというのだが(King 35)――ランの記憶の世界では、父と母の役割が逆転し、「母と息子」の関係になっている。

その結果、前者の世界においては母親が希薄な存在として、後者の世界においては父親がそのような存在として、描き出されることになる。クエンティンが母親の喪失に激しく苦しんでいることは、あの有名な嘆きのセリフ――「……もしぼくに母親さえいたら　母さん　母さんと呼べさえしたら」――のなかにうかがい知ることができる(*SF* 172、なお95にも類似文、傍点は原文イタリクス)。他方、ランの場合、父親が喪失の直接の対象となっている。(2) 彼の、不在の父親キングにたいする熱い想いは、度重なる「父さん」という呼びかけのなかに凝縮されている(*GA* 157,160,163,164,166,168,171,172,177,178,179,181)。

三

次に、クエンティンの語りの問題点をざっと整理してから、ランの語りを分析する作業に移りたいと思う。最初に確認したいのは、クエンティンとコンプソン氏の双方の視点の問題である。この親子は互いに異なった思想や哲学を持って生きているように見える。だが、女性のセクシュアリティに関するかぎり、両者の視点はほぼ同一になっていると言っていい。彼らの視点が導きうる、いわば男性側の真実とは、女性が生来「悪への親近性（an affinity for evil）」（*SF* 96）を持ち合わせているということである。(3) 寺沢みづほが言っているように、「二人の差は、父が女性の穢れは止めようがないし、悪の発生も止めようがないのだと認め、諦めているのにたいし、息子クエンティンは同一認識上で諦めきっていない点」（寺沢 一九八）である。しかも、両者の見解が『響きと怒り』においては、「歪んだ考えなのではなく、ありまのままの現実の実相を正しく把握する真実であるとすると」（寺沢 一九八）、この小説は、悪い言い方をすれば、女性のセクシュアリティを抑圧し、女性に沈黙を余儀なくさせている、ひときわ男性中心主義的なもの、良い言い方をすれば、男性中心主義とはいったいどういうことなのかを深く追求しているものとして立ち現れてくる。いずれにせよ、デボラ・クラークがいみじくも指摘しているように、「これはフォークナーが主張しているような、キャディについての小説ではなく、彼女にたいする兄弟たちの反応についての小説、男性たちが女性たちおよびセクシュアリティとどのようにかかわりうるのか、についての小説である」（Clarke 20）のだ。[4]

フォークナーは、『ポータブル・フォークナー』（1946）出版のために用意した「付録《アペンディックス》——コンプソン一族」で、クエンティンが「妹の肉体ではなく、彼女の些細ではかない処女膜によってコンプソン家の名誉が危うく、そして（自分でもよく知っていたのだが）つかの間のかぎり支えられているという考えを愛した……」と記している（*PF* 709-10）。クエンティンのこの考えは、あらためて言うまでもなく、南部家父長制社会のモラリティに端を発している。そのモラリティにしたがえば、「淫奔な妻や娘は自分を裏切るだけではすまされず、家族内の男性メンバー（夫や父親や兄弟）も同様に公の非難へとさらすことになる」（Wyatt-Brown 53-54）。そのようなゆゆしい事態の発生を避けるために、男性たちは身内の若い女性たちの性行動につねに目を光らせることになる。

クエンティンは、明らかに、こうしたモラリティを——フォークナーと同時代の女性作家キャサリン・アン・ポーターに言わせれば、「歪んだモラリティ（perverted morality）」にすぎないものを（Givner 393）——自らすすんで受け入れている。その窮屈な拘束を、ひたすら愛し、必死に守ろうとするのである。要するに、パターナリスト・イデオロギーにとらわれている、キャバリエの彼には——ケヴィン・レイリーによれば、そのイデオロギーのかなめ石になっているのが上流階級の白人女性の「純潔」もしくは「貞節」である（Railey 56）——社会の外側で生きてゆく可能性や意義の探求ができないことが、それが決して許されていないことが、彼の悲劇の根底にあると考えられるのだ。

ウェルティが『響きと怒り』を日ごろから愛読していたことはよく知られているが、彼女はクエンティン・セクションを読んで、意識的にであれ無意識のうちにであれ、如何なる刺激を受けたのだろうか。彼女は、女性のセクシュアリティを絶対的な悪と決めつけ、それにあくまでも抵抗する姿勢を崩さず、理想の世界にしがみついて自殺の道を突きすすむ、知的な青年の生きざまをどのように受け止めたのだろうか。たとえば、彼女の旧友であるポーターは「フォークナーはクエンティンの行動を擁護している」（Givner 393）と酷評しているが、彼女も同じような心持ちでいたのだろうか。こうした疑問を胸に「誰もが知っている」に目を転じることにしよう。

四

一九四七年に「オー・ヘンリー賞」を受けている「誰もが知っている」は、七つの短編から成り立つ長編『黄金の林檎』のなかで最初に書き上げられたものである。それは、ウェルティがミシシッピ州での生活に締めつけられる感覚をえているなかで、ジョン・ロビンソンとの恋愛関係においては緊密と疎遠を交互に繰り返すサイクルに入っているのではないかと不安げな状態に陥っているなかで、書いたものである（Marrs 146）。

一般的に、この短編はランの絶望を描く暗い物語として解釈されているが、(5) ここではそうした解釈に少しばかり異を唱え、それがクエンティンの苦悩にたいする、ウェルティの一定の共感のみならず、彼の男性中心主義的な思考にたいする、女性としての抵抗感もかかえこんでいる物語として読んでみたい。そして、そのような二つの感情（共感と抵抗感）が対立拮抗している非常に不安定な様相から、最終的にランの人生の復活への方向づけが、つまりポジティヴな指針のごときものが、暗示されていることを主張したい。

こうした議論は、この短編を「女性の反逆と［男性の］再生の物語（a story of female defiance, and regeneration）」（Mark 145-74）として読む、レベッカ・マークの、フェミニスト流の「間テクスト性」の議論と、その方向性において重なり合っている。ただし、本論は、焦点をクエンティンとランの比較分析にしぼりこみ、ランの語りのレトリックのなかに彼の悲観的ヴィジョンと結果的にずれてゆく彼の人生の兆しが伝達されている――別言すれば、彼の口から直接の形で語られた絶望のなかに、はっきりと語られない再生が感じ取れる――という結論にいたる点において、マークの議論と一線を画している。

では、『響きと怒り』においてクエンティンを徐々に追い込むような働きをしている父の言葉を念頭におきながら、「誰もが知っている」の母の言葉について少し考えてみることにしよう。(6) マクレーンで一人暮らしをしているスノーディ。彼女は、家庭人になりきれずに放浪をし続ける夫からの協力なしで二人の息子を育て上げた。第一章「黄金の雨」で、久しぶりに帰宅した父をハロウィーンの仮装で仰天させて追い払う、幼年期のこの兄弟。第三章「ウサギさん」では、不思議な魅力を振りまきながら無邪気に飛び跳ね、一五歳のときの語り手マティー・ウィルを押し倒す、少年期の彼ら。注目の第五章では、両者とも成人しており、ランは故郷のモルガナで、ユージーンはサンフランシスコで、それぞれ暮らしている。ともに結婚はしているものの、夫婦関係に大きな問題をかかえている。ただ、弟が主人公になっている第六章「スペインからの音楽」には「母の言葉」の介入が見られず、それが見られるのは兄の物語の方だけである。フォークナーが『響きと怒り』のなかでタイム・シフトの印として多用したイタリクスで記述されるスノーディの言葉。彼女の言葉は、コンプソン氏の抽象的で深遠な言葉と比べると、いたって平明で分かりやすい。

ここでは「母と息子」の議論のやりとりがまざまざと描き出されることはない。時間や歴史や生（＝性）の問題が複雑に絡み合い、逃れようのない宿命的な次元で、圧倒的な力をともなって提示されるようなこともない。たとえば、マクレーンへ戻ってくるように言い続ける母に向かっての、息子の返答は、「ぼくはマクレーンに戻ることができないんだよ、母さん。分かるだろ、ぼくはモルガナにいなくてはならないんだ」という短い文章で終わっている（*GA* 157）。

この発言からも分かるように、ランはモルガナにとどまり、町の噂好きなレディーたちに取り囲まれて生きることを、つまり、"They say" や "They don't say" の絶え間ない繰り返しによって構築される閉鎖的な空間のなかで生きることを強いられている（*GA* 162-63）。そのような状況から「逃げる《ラン》」という選択肢が――ユージーンには与えられているが――ランには与えられていないのである。

なぜか。その理由は一切語られていない。そうである以上、われわれはわれわれの関心をその理由ではなく、むしろその結果の方に向けるべきであろう。その結果はどうであったのかと言えば、ランはモルガナで何かを身を以って学ぶことになる。それは、コンプソン氏のニヒリズムでもなく、クエンティンの、言葉の力によって強引に作り上げられた世界への逃避でもなく、自身の立ち直りの契機である。クエンティンとランを決然と分かつのは、後者が愛する女性の肉体を支配・管理することができずに思案に暮れて、その果てに自殺するという破滅の道筋から不本意ながらも逸脱してゆく点である。その結果、彼は女性を「空白」(ピュアな白紙の状態)としてではなく、「実在」(すでに消しがたい、決定的な何かが書き込まれている状態)としてとらえ直す、新しい視点を受け入れさせられることになる。

実際、「誰もが知っている」でウェルティがランに要求しているのは、たとえば次のような女性側の見解と正面から向き合う姿勢に他ならない。

男性は自分の妻に名誉をゆだねます。もし彼女の品行が悪いと、彼の名誉は傷つけられます。もし彼自身の品行が悪いとしても(もし彼も同じ無礼を働いているとしても)、彼の公の評価が傷つくことなどないようなら、どうしてひとりの人間の名誉が、別の人間が何かをしたからといって、傷ついてしまうのでしょうか(Chesnut 224)。

この見解は、南北戦争時代の女性の日常生活の実態を詳細に記録している『メアリ・チェスナットの南北戦争』(1981)のなかで、ある夫人が差し出しているもので、男性の場合は性的放埒が問題にならないのに、女性の場合はそれが許されないという、当時の家父長制社会の不平等さを鋭くついている。歴史上このような早い時期から、女性が男性の名誉の担い手になることに抵抗する声が何気ない日常の会話のなかで発せられているというのは興味深いことである。当初『ディクシーからの日記』(1905) というタイトルで出版され、やがて作家ウィリアム・スタイロンによって「われわれの国のもっとも壮大な悲劇についての壮大なエピック・ドラマ」(Muhlenfeld 119) と称揚されることになる、チェスナットのこの本をウェルティが読んでいたという確たる証拠はないものの、彼女は一部の女性たちがドメスティックな領域でこっそりと発していた抵抗の声に少なからず耳を傾けていたように思われる。なぜなら、彼女はまさしくその声を「誰もが知っている」のなかに、いわばクエンティン的悲劇のアンチテーゼのようにして周到に織り込んでいるからだ。

だとすれば、われわれはこの短編のタイトルに若干言葉を補足して、次のように言うことができるだろう。ジニーの浮気はモルガナの「誰もが知っている」けれども、ランの「公の評価が傷つくことなどない」と。ランが機嫌を直してジニーのところに戻りさえすれば、世間体など気にせずにそれができさえすれば、万事がうまく解決すると。こうしたニュアンスの発言は、モルガナのレディーのひとり、パーディタさんによって発せられている――「でもね、ラン・マクレーン、あなたはさっさと奥さんのところへ戻りなさい。聞こえた? これは肉体のことで、心のことでないの。やがて終わるから。ジニーは三、四ヶ月でやめるから。聞こえた? それでね、戻ったら優しくしてあげるのよ。」(GA 158-59)

ところが、パターナリスト・イデオロギーにとらわれていて、サザン・ウーマンフッドの理想像なるものを胸に秘めている男性にとって、女性を台座の上にのせないようにするのは、つまり女性を自身のロマンチックな願望や名誉の観念を書き込むべき「空白」として見ないようにするのは、容易なことではない。だからランは苦しみ、女性へのやるせない思いをストレートに吐露し、嘆き続ける。多くの読者が、彼の語り口にはジニーや、彼と私通するメイディーンにたいする激しい怒り、および自己への憐憫のようなものが充填していると結論づけたくなるのも、いたしかたないであろう。

たとえば、「ごまかし（cheat）」という言葉一つにしてもそうだ。この語はジニーとメイディーンの両者にたいし繰り返し使われており（*GA* 171,172,181）、彼の思いの強度を読者に伝えている。前者の場合、彼の精神的苦悩にたいし無関心になっていることへの非難として使われている（実際、ジニーが日常に埋没し、感性を失っていることは第四章「ムーン・レイク」において端的に示唆されている）。後者の場合は逆に、彼の精神的苦悩にたいし繊細でありすぎて、あたかもそれらを身代わりとして引き受けるかのごとく、自殺したことへの非難として使われている。いずれの場合においても、彼の憤怒を感じ取ることは困難でないだろう。

さて、話をランの復活の可能性に戻すが、彼はかくして女性の「実在」を、つまり肉体をともなった女性のセクシュアリティ（ジニーとメイディーンのセクシュアルなふるまい）を非難しつつも、結局は不承不承にそれを受け入れることになる。[7] すなわち、彼の内的ドラマにおいては、非難と受容がまるで一枚のコインのように表裏をなしているのだ。そのように考えずに、彼の非難を文字どおりそのまま受け取り、その姿勢の裏にある、彼の本来のフレキシブルな性格を読み取るのを怠ると、「誰もが知っている」はランの絶望の物語として読まれることになる。そのような読みがとらえそこねているのが、この短編のところどころで見え隠れしている、ランの復活——つまり、ジニーとの日常生活への回帰——への趨向性である。

具体的にそれを確認することにしよう。「誰もが知っている」においては“circle”や“up and down”のイメージが繰り返し使用されており、そのイメージがこのテクストのなかで作動している、隠された力の徴候になっていると考えられる。ただし、「誰もが知っている」における“circle”のイメージの頻出についてはモーティマーの緻密な分析がすでにあるので（Mortimer 97）、ここではむしろ“up and down”のイメージの方に目を向けてみたい。ランとメイディーンの交際のはじまりを描く、物語の序盤において三度も使われている“up and down”（*GA* 159）。一見すると、これは道路の起伏という物理的な現象を描き出している何の変哲もない語である。しかし、われわれがそれから人生の浮き沈み、あるいは好調と不調のサイクルというような象徴的な意味を読み取るとき、それは“circle”の類義語と化し、見逃すことのできぬキーワードの一つになりうる。

周知のように、クエンティンは、六ポンドの鉄ごてを二つ重荷として身につけ、チャールズ川の上流に飛びこむことになる。彼が新約聖書巻末の一書「ヨハネの黙示録」の「最後の裁き」の物語に触れて冷徹に予想しているように、「そしてついに最後の審判の日になって、神が立ち上がれと言うと、ただ鉄ごてだけが浮き上がってくることであろう」（*SF* 80, 112、傍点部は筆者）。この発言はクエンティンの意識の流れにおいて、やがて次のように加筆修正されることになる——「たぶん、神が立ち上がれと言うときには、眼もまた、栄光を眺めるために、深い静けさと眠りのなかから浮き上がってくるだろう。そしてしばらくすると、鉄ごてが浮き上がってくることであろう」（*SF* 116、傍点部は筆者）。さまざまな回想に耽りながら死を思い定める彼が、自身の再生に関してイメージできるのは、川底から浮き上がってくる「眼」だけであった。ただ、それだけであった（なお、この「眼」のイメージは、ヒーロイックに死んでゆく自分が、あとに残すことになる世界を「見届けたい」という強い願望から生じているように思われる）。おそらく、それ以外の彼の遺骸は、海中の洞窟で「深い静けさと眠りのなか」にあるのだろう。このような発言を、たとえば第四章の、黒人教会でシーゴッグ牧師が提示している、イエス・キリストの死と復活のヴィジョンと並べてみると、その皮肉な、自嘲的なニュアンスが際立って感じられる。

他方、ランの場合はどうか。ウェルティが「誰もが知っている」を執筆しているときに、"rise"や"float"という語が印象深く使われている、クエンティンの物語の文脈をどの程度意識していたかは定かでないが、ランが浮き上がるような体験を二度させられていることは注目に値する。物語の前半部におけるいずれの体験も単に彼自身の、放浪者としてのアイデンティティの不安定さを示唆しているだけにとどまらず、それ以上に、まるで精神的重荷がすべて下ろされたかのような軽快な、心地よい感覚は、ジニーとの夫婦間のトラブルの解決までも予兆しているように思われるからだ。(8) はじめは、彼がメイディーンを半ば強引に引き連れて、妻の実家を訪れるときのことである——「あの軽い気持ちが戻ってきた。ぼくはジニーの髪が羽のように散らばった、少しうねったマットに足をかけただけで、浮き上がってしまいそうだった（floated, risen and floated）」（*GA* 162、傍点部は筆者）。次は、パーディタさんが彼の仕事場（銀行の窓口）へ「大切な奥さんのところへ戻りなさい」という助言をしに、再度やって来るときのことだ――「パーディタさんは空気を引くような感じで両手を突き出し、後ずさりする。あたかもぼくが催眠術にかかって、耳を下にして宙に浮いている（floating）から、自分は出て行っても大丈夫といったぐあいに」（*GA* 166、傍点部は筆者）。

　前半部のこの二つの場面より、「アップ」のイメージをさらにはっきりと確認できるのが、後半部においてランがメイディーンと車でヴィックスバーグの町へ行ったときの場面である。二人を乗せた車は、まず下降の道をひた走るのであるが、そのときの様子は次のような“**circle**”のイメージで描き出されている――「ぼくたちはぐるぐる回って下って行った。すると暗闇の向こうから、おびただしいガラクタの山を揺さぶって、もて遊ぶ川の音が聞こえた。……このあたりの道路は地下道のように深い下り坂だった。ぼくたちはこの世の底（the floor of the world）にいたのだ[9]」（*GA* 177）。「この世の底」とは、ランの最悪の精神状態を表徴している物理的空間として描き出されていると考えていい。

　ここでわれわれが注意を払いたいのは、彼がそこに永遠にとどまることを望んでいるわけではないことである。つまり、彼の物語は、そこへの到達（つまり落下）でいちおうの終結を見るのではなく、このあと彼は険しい坂道を横滑りしながら、苦労しながらバックで上がってゆくのである――「ぼくたちは、絶壁にしがみつくようにして、ほとんど垂直に上がったり下がったりしたよ、父さん。車の後部は飛び立ちたいとでも思っているみたいに何かにぶつかって上がり、ぼくたちも持ち上がったり、ドスンと落ちたりしたんだ」（*GA* 178）。危険な上下運動の繰り返しの末、「この世の底」から抜け出ることに成功するラン。彼のこうした芸当にも、「アップ」への趨向性を読み取ることは困難でない。

その夜、ヴィックスバーグの宿でランは自殺未遂をする。そして、それから彼はメイディーンと寝る。ジニーと同じく、彼も不倫を犯し、道徳的に非難されるべき立場に自らを追い込むことになるのだ。ただ、そうすることで、彼はセクシュアルな男性としての自己の一面を主張し、夫婦関係の問題解決の糸口を探っているのである。

五

ハーヴァード大学の寮の一室を出たあとのクエンティンの自殺の場面をフォークナーが物語の内部に具体的に書き込まなかったのと同様、ウェルティもヴィックスバーグから戻ってきたあとのランの立ち直りの場面を書き込んでいない。彼の復活は、あくまでも"circle"や"up and down"のイメージの累積的な力によってほのかに暗示されるだけにとどまっている。(10) だから多くの読者が、『黄金の林檎』の最終章「放浪者たち」における、後年のランの成長した姿を目にするとき、一驚を喫するのであろう。

本論で注目したランについて、最後にもう一度強調しておきたいのは、彼がどれほど困難な状況に置かれているにせよ、どんなにか見果てぬ「夢のなかを歩き回っている」(*GA* 164)——これにも"circle"のイメージが付与されている——にせよ、自ら背負い込んだ問題の解決を見る啓示の瞬間が来なくとも、父からの返答（助言）を受ける日が来なくとも、日常の時間をしっかりと生きてゆける点である。死の世界へと逃げ込むという態度をひるがえし、ゴシップで騒々しい、モルガナの現実の世界に立ち戻り、それとうまく折り合いをつけてゆくことができる点である。

結果的に南部の名門一家に錯乱と崩壊しか与えることができなかったクエンティン。彼は「何にもまして死を愛した」（*PF* 710）。彼はまるで「死」にとりつかれたかのように、「死」への道をひたすら突きすすんでいった。南部文学におけるこの規範的な人物に関して、マイケル・クレイリングは次のような印象深い発言をしている――「いかなる南部性の研究においても、フォークナーの登場人物を避けることは不可能に近い。クエンティンは南部のカルチュアル・ディスコースの主要な生命維持装置である」（Kreyling［1998］105）。

あらためて言うまでもなく、ウェルティは、「南部のカルチュアル・ディスコース」の内部に位置づけられる作家である。彼女自身のクエンティンとしてのラン。これまで見てきたように、彼女はクエンティン的な人物像にたいし一方で共感しつつ、他方で批判的に対峙し、微妙な修正を施している。そしてその修正には、彼女自身の、意識的なもしくは無意識的な、期待や願望が入っていると推察することができる。[11]

意義深いことに、「放浪者たち」におけるランには、世界のどん底で愛／哀を語っている様子はもはや感じられない。その短編のなかで中年になっている彼は、トマス・L・マクヘニーの絶妙な言い方を借りれば、「モルガナにとどまっていて、肥え太っている」（McHaney 610）。別言すれば、彼はジニーとの家庭を忍耐強く守っており、二人の子供の父親になっているだけでなく、メイディーンとのスキャンダルがモルガナの町中に知れ渡っていたことが功を奏し、まさにその事件のおかげで選挙に勝利し、市長の座に就いている。

【注】

（1）念のために言っておけば、歴史小説から精神分析書にいたる解説本も手がけるマルチタレントなウィルソンは、如何なる偉大な執筆家にたいしても厳しい非難を加える批評家として名高く、ウェルティが言うほど、フォークナーにたいしネガティヴな評価を下していたわけではない。実際、ディーン・フラワーが強調しているように、ウィルソンの論評は「フォークナーの《才能》、彼の《多色のヴァイタリティ》、その小説の《経験にたいする、詩のような真実性》への賞賛で終わっている」（Flower 326）。

（2）ランの物語にかぎらず、『黄金の林檎』というテクスト自体が父親不在の世界を描いていると理解していい。ルイーズ・ウェストリングが言っているように、「……『黄金の林檎』は真の父親のいない世界であり、そこでの信頼できる大人は女性だけである」（Westling 147）。

（3）この見解は、クリアンス・ブルックスの以下の有名な発言に負っている――「フォークナーのほとんどあらゆる小説において、男性が悪と現実を発見することは、彼が女性の本質を発見することと分かち難く結びついている」（Brooks 127-28）。

（4）平石貴樹も「フォークナーがこの作品で、主としてクエンティンの章であらたに対処した問題は……すす

んで性行動へとおもむくような女性にどのようにかかわりうるか、という問題だった」と述べている（平石二一四）

（5）たとえば、Binding 185とKreyling［1991］118-19。

（6）ピーター・シュミットは、ランの、父に向けてのモノローグのなかに母の声が入り込んでくることの原因として、かつて彼女が与えてくれた保護を思わず待ち望んでしまう彼の気持ちをあげつつ、その気持ちとほぼ同時に、彼女の現前を非常に強く望んでいることへの彼の羞恥心が生じている点を指摘している（Schmidt 69）。

（7）このことが含蓄している意味は深い。というのも仮に「男性による、女性の肉体のコントロールがつねに家父長制のかなめ石であった」（Meese 117）とすると、そのコントロールの喪失をたとえ暗々裏にでも受け入れることは、家父長制の基盤を自ら崩すことと同断であるからだ。

（8）ランのこの浮遊感は、"floating"と"cheerful and optimistic"の意味を併せ持つ"buoyant"という一つの形容詞によって、もっとも適切に表現されうるように思われる。

（9）ソーントン不破直子は、ランがぐるぐる回って下っていくこの暗闇の道の描写から「ダンテの地獄篇」の情景を想像している（ソーントン 一五二）。

（10）これらのイメージは、モルガナとは比較にならないほどの丘陵地帯であるサンフランシスコを舞台に展開される次章の物語においても継続しており、そこでは弟夫婦の和解の断片図——「エマ・マクレインが振り向き、彼［放浪後のユージーン］を出迎えに階段を途中まで降りてくる」ヴィジョン——までもが書き込まれている（*GA* 224）。

（11）もちろん、ウェルティにとって、クエンティンの物語の書き換えが自覚的でない可能性もある。その場合、われわれは、構造主義言語学の見識にしたがって、彼女の修正的ヴィジョンは『黄金の林檎』の執筆に先立って存在しているのではなく、このテクストの事後的効果として表れている、と言うこともできるだろう。

「誰もが黒人の男の命を欲しがっている」

トニ・モリスン『ソロモンの歌』

第七章 「乾いた九月」と「緑のカーテン」

「土埃」と「雨」――ウェルティというレンズを通してフォークナーを読む

一

万が一にでもフォークナーの「乾いた九月」のなかに突如として「雨」が激しく降り出し、「土埃」を静めるような一場面が書き加えられていたら、物語の展開はどのように変わっていただろうか。ジョン・マックレンドン率いる、白人の男たちの集団ヒステリアがウィル・メイズのリンチというおぞましい形で解消されることはなかったのではないだろうか。

世論を沸き立たせ、リンチを誘引し、陵辱される対象というエロティックな存在としての自己を取り戻すことに成功する白人の女、ミニー・クーパー。彼女の嘘を鵜呑みにし、リンチを実行する白人の男たち。こうした人物たちの複雑な心理の襞を重苦しい緊迫したトーンで描き出しているこの短編にたいし、「リンチを防ぐことができたのではないか」などという道徳的な、社会正義的な発言は、誰の耳にも愚かしく聞こえてしまうことであろう。そのことは充分に分かっているつもりだ。結局のところ、この種の発言はテクストの改変の要請を意味しており、それはあまりにナイーブ過ぎると非難されるに違いない。

不思議なことに、このようなナイーブな考えが筆者の脳裏にまざまざと彷彿してくるようになったのは、ウェルティの短編「緑のカーテン」を読んでからのことである。それ以前にそのような考えを抱いたことは一度もなかったからだ。となると肝心なのは、「緑のカーテン」の読書体験――つまり、その物語の記憶——が、「乾いた九月」の読みに何らかの色合いを添えたこと、多少なりとも影響を及ぼしたことであろう。

一九七〇年代にハロルド・ブルームがいわゆる「影響三部作」のなかで問題提起して以来、これまで広大な議論を引き寄せている「影響」という概念。今それについて何がしか論じようとするとき、それとは対立的な関係にあるとされる「間テクスト性」の概念を考慮に入れないわけにはいかない。(1)この「間テクスト性」というのは、周知のように、ジュリア・クリステヴァによって一九六六年に創出され、その後ヨーロッパにおいてさまざまな意味の変化を被りながら、一九七〇年代半ばにアメリカの批評理論の領土に移植されてから現在にいたるまで、絵画、音楽、建築、写真などの幅広いジャンルで人々の関心を集めている、活力に富む、生産性の豊かな概念である。

二

テクストを「書く」ことと「読む」こと。この二つは完全に異なる事態であるかのような印象がある。しかしながら、二〇〇〇年に出版された『間テクスト性の戦略』の著者である土田知則の考えでは必ずしもそうではない。

土田は、「間テクスト性」の概念を使って「読む」ことの問題を考え直そうとするこの小著のなかで、「書く」ことと「読む」ことが共通のあり方を示しているという前提から、「書く」ことが書く主体の内部で自己完結的に終始するモノローグ的行為ではないように、「読む」ことも他者から離れて自由に開始できるものではなく、独創的な読みを追及することが「起源」に拘泥することに等しい、一種の幻想憧憬であると論じている。彼の意図は明白である。それは「誰のものでもない自分だけの読み方」（土田 一一七）というものを批判し、否定することである。「読む」こととは、畢竟、いかなる他者とも交わらないことではありえず、それは「尽きせぬ《読み》の交差・交通から織り成される《読み》の引用態」（土田 一一八）に他ならないと考えられるからだ。彼の本のキーワードの一つである「インター・リーディング」によって表現されているものの一端が、そのような「読み」の実態である。

もともとはブルームの用語である「インター・リーディング」。この用語は単に複数テクスト間の関係を考慮しながら読むことを意味しているのではなく、それには「影響」の関係、つまりクロノロジカルな時間観念を脱構築することの意図が隠されている。たとえば、『間テクスト性の戦略』では次の一文が引用されている――「ぼくの修士論文のテーマはシェイクスピアに対するT・S・エリオットの影響だったんだ」（土田 九七）。この一文は、イギリスの作家・文芸理論家であるデイヴィッド・ロッジの『小さな世界』（1984）に登場する、ある学者が公言しているものである。われわれが過去から現在へというクロノス的な時間観に縛られているかぎり、「エリオットがシェイクスピアに与えた影響」などという考え方は到底受け入れられるものではない。しかしロラン・バルトに倣って、そもそも読み手とは歴史とは完全に無縁な存在であり、時間の次元から逃れ出た匿名の磁場のようなものであると考えるとき、先行するものから後続するものへという時間的な方向性は、足枷以外の何ものでもないものとして明るみに出てくる。その足枷を取り除かなければ、プルーフロックのことを考えることなしに『ハムレット』を読むことができない、あるいは『荒地』の一節を思い浮かべずに『テンペスト』の科白を聞くことができない、などといった読者側の心理経験を忠実に表現することが実質上可能とならない。もしこのことが可能でないと、テクストが互いの内に浸透し合い、対話的な交通をしていることにはならない。土田はそう論じて止まない。

三

ここで話を「間テクスト性」の理論から、フォークナーとウェルティのそれぞれの代表的な短編に戻すことにする。「乾いた九月」は、当初「日照り」と題されて一九三〇年に『アメリカン・マーキュリー』に送られた短編である。それは、その後さまざまな改訂が施され、一九三一年に『スクリブナーズ』に発表される。最終的にそれが収められるのは『これら一三編』(1931)である。他方、「緑のカーテン」は、一九三八年に『サザン・レヴュー』に発表され、翌年『ベスト・アメリカン・ショート・ストーリーズ 1939』に選抜される栄誉を受けたあと、『緑のカーテン、その他の短編』(1941)に収められる短編である。

おそらく、「乾いた九月」に見られるような、暑さ《ヒート》と白人の暴力性の関係に光を当てているウェルティの短編と言えば、公民権運動家メドガー・エバーズの射殺事件(1963)を題材にしている「その声はどこから?」(1963)が、われわれの頭にすぐに浮かぶであろう。暗殺者(下層階級の白人至上主義者)の視点で語られるこの短編は、一人称の物語形式を取っており、「暑すぎるんだ(It's so hot)」(*CSEW* 606, 607、なお 603 にも類似文)という発言がここでは何度も繰り返し、執拗に記されている。ある批評家が言っているように、「暑さがこの物語におけるもっとも重要なモチーフになっていることに間違いはない……」(Clerc 392)。

しかしながら、本論で取り上げたい短編はそれではない。以下の議論において「乾いた九月」とのペアとして考察したいのは「緑のカーテン」である。暑さを和らげる「雨」という天候現象が印象深く書き込まれているこの短編と「乾いた九月」には、見逃されてはならない関連性が指摘できるように思われるからだ。その微妙な関連性は、「その声はどこから?」と「乾いた九月」の間に想定される明白な親近性よりもさらに興味深い。

では、それがもっとも顕著に表われている、各々の短編の冒頭部分に注目してみよう。次の引用は「乾いた九月」の冒頭の一節である。

雨の降らない日が六二日も続いたあとの、血のような色をした九月の黄昏を通して、まるで乾いた草のなかを燃え移ってゆく炎のように、噂というか、話というか、よく分からないものが広がっていった。それは、ミニー・クーパー嬢とある黒人の男についてのことであった。彼女が襲われ、陵辱され、脅えあがった、というのだ。土曜日の夕方、床屋に集まっていた男たちの誰ひとりとして、それがどのような事件であったのかを正確に知らなかった。店のなかでは、天井の扇風機がただ汚れた空気をかきまぜるばかりで、いっこうに清めることには役に立たず、ポマードとローションの悪臭が繰り返し立ち上がるなかで、彼ら自身の臭い吐息と体臭を送り返してくるだけであった（CS 169）。

この一節を「緑のカーテン」の書き出し部分と見比べてみることにしよう。

ある夏、ラーキンの台地では毎日雨が少し降った。雨は定期的な現象で、午後二時頃になると必ず降ってきた。ある日、もう五時になるというのに、太陽がいまだに照りつけていた。太陽は磨き上げられた空のなかで、ちっぽけな軌道を描きながら、ほとんど回転しているかのように見えた。その下では、通り沿いの木々のなかと町の花壇の列のなかの、一枚一枚の葉が、鏡面のようにぎらぎらと日の光を反射していた。ほとんどすべての女たちが、窓辺に座り、扇であおぎながら、ため息をつき、雨が降ってくるのを今か今かと待ち侘びていた（CSEW 107）。

どちらの短編も、舞台はミシシッピ州の片田舎である。季節は秋（九月）と夏だが、厳暑の時期という点ではさほど違いはないだろう。時刻は夕刻。このように、物語の舞台と時間の設定において顕著な類似性が見られる。

にもかかわらず、両者はまったく似て非なるものである。前者は「日照り」で苦しめられている人々のありさまを示唆しているけれども、後者は「雨」を取り立てて問題にしているからである。「日照り」と「雨」。この二つの天候は、言うに及ばず、正反対の意味である。

次に確認しておきたい点は、天候状況の説明文のすぐあとに、「乾いた九月」では床屋にいる男たちのむっとした空気が紹介されているのにたいし、「緑のカーテン」では女たちが自宅の窓辺で雨を待ち侘びる様子が提示されていることである。なるほど、概して言うなら、フォークナーは白人男性が生きる世界に光を当てているのにたいし、ウェルティは白人女性の主体に主眼をおき、彼女らの世界に注目している。

おそらく伝統的な比較研究の定式であれば、時間的に先行するもの（＝完全なもの／成熟したもの／秩序あるもの）から後続するもの（＝断片的なもの／未熟なもの／混沌としたもの）へというベクトルから、フォークナーがウェルティに及ぼした「影響」を考えるというのが一般的な題目となるに違いない（ちなみに、「乾いた九月」と「緑のカーテン」の間にはおよそ八年の時間差がある）。この二人の間に主従の関係を想定したり、彼女を「フォークナーの女版（the female version of Faulkner）」などと呼称したりすることがあるように、そのベクトルの働きの力は依然として強い。その力に素直にしたがうならば、分析の主たる焦点は後続のテクストの方に置かれ、ウェルティのテクストはフォークナーのそれのリライトになっているという結論が、たとえば彼女が「緑のカーテン」のなかで繰り返し（一八回も）使っている"rain"という語は「乾いた九月」の旱魃状態にたいする彼女のリスポンスの一表現になっているというような解釈が、容易に導き出されることであろう。

しかしながら、テクスト間の対話的、双方向的な働きの解明を目指す本論では、従来のベクトルをあえて反転させ、ウェルティがフォークナーに及ぼした「影響」――もう少し分かりやすい言葉で言い換えるなら、「緑のカーテン」が「乾いた九月」の読みを変質させたり、そのイメージを作り変えたりすること――について一考したいと思う。時間的に遅れてきたものが先行するものに「影響」を及ぼすという、この矛盾的で、いたずらまじりに聞こえる、逆転的な発想が如何にして可能となるのか、如何にして効果的な力を発揮するのかについては、実際に両短編を読みながら考察することにしたい。

四

「緑のカーテン」は、白人が個人的な不満と怒りの感情からイノセントな黒人を殺害しようとする点において、「乾いた九月」とほぼ同じ問題を提起している。主人公のラーキン夫人は、一年前の夏、彼女の目の前で突然倒れ落ちた巨木によって夫が車ごと下敷きになって死亡して以来、隣人たちとの交際を一切断ち、ただひたすら庭仕事に没頭する日々を送っている。ウェルティの伝記的事実と照合するとき、そのようなラーキン夫人の姿に、この作家の実母の姿を重ね合わすことにさしたる困難はないだろう――「[夫]クリスの死後、チェスティーナ・ウェルティは園芸のなかに慰みを見出していた。興味を持って、熱心に働いてくれる人足としてユードラを引き連れ、彼女は毎年、長い時間をかけて、植え付けをし、雑草を抜き、庭の手入れをした。その庭は満足のいくものにはなるものの、決して完璧に仕上がることはなかった」(Marrs 59)。

ただここで見逃してならないのは、「緑のカーテン」におけるラーキン家の庭が、ウェルティ家の、少なくとも「満足のいく」程度にまで手入れされていた実在の庭と異なり、異様なもの、特異なものとして描き出されている点である。ラーキン夫人は庭に秩序や美しさを求めるどころか、あらゆる種類の花を手当たり次第にどんどん植えつけ、自由に繁茂させているのである。そこに見られるのはまさしく野生の花と草木である。それらは驚くべき肥沃さ、生命力を保持し、庭は一種のジャングルの様相を呈している。南部の作家・社会批評家リリアン・スミスは、『夢の殺し屋たち』(1949)において、南部の邸宅の庭の花々が、白人女性たちが自身の「不毛な時間」のなかで実現不可能な「小さな秘密の夢(little secret dreams)」を託す対象であったと説明しているが(Smith 142)、もしそうだとすれば、若くして未亡人となったラーキン夫人は、生(=性)の力の横溢の「夢」を庭の花々に託しているのではないか、とひとまず考えることができる。

とはいえ、そのような一般論だけでラーキン夫人と庭との特別な関係がすべてうまく説明できるわけではない。彼女が無差別に、安らぎや色の調和などをまったく考慮に入れずに、執拗に花を植え続け、本来なら「適切な景観」を与えるはずの白い邸宅の庭を、隣人たちに嫌悪と不快の感覚を与える、「異国の」空間にしている最大の理由は何か。この奇妙なふるまいの背後にあるのは何か。それは、彼女の尽きることのない探究心である。それが、いわばドライブとなって、彼女を激しく衝き動かし、庭の自然を解放させているのである。別言するなら、彼女は夫の不慮の事故をひとえに自然の超絶した力の結果と認め、自然のありようのなかに事故の原因・理由を探ろうと、自身の全精力を注ぎ込んでいるのである。[2]

ラーキン夫人と庭との関係を大雑把ながら確認したところで、さっそく「緑のカーテン」における大団円に目を転じることにしよう。それは彼女が庭仕事の途中、周囲を包み込んだ静寂と無動作に気づき、苗の植えかえのアルバイトとして雇っている黒人少年ジェイミーの名を呼ぶものの返事が返ってこないので、彼の方をじっと見つめながら近づいてゆく場面である。彼女は、草花の間に跪いている彼の背中から醸し出されている「従順な気配(a look of docility)」(*CSEW* 110)に激昂しはじめている。他方、彼は、彼女の接近に気づかぬ様子で、[3]卑下の笑みを顔に浮かべながら黄色い指で怠慢に土を搔き乱し、幸せなそうな気分にひたっている。彼の周囲には「生《ライフ》」が穏やかに受容されている空気が漂っている。彼女はそれを感じ取ると、言うに言われぬ嫉妬の情にかられて、思わず手にした鍬を彼の頭上に振り上げ、彼の首を切り落とそうとする。「生《ライフ》」と「死《デス》」の言葉をありありと思い浮かべながら、「(夫の死にたいして)償いをすることが、罰を与えることが、抗議することが可能ではないか」(*CSEW* 111)と絶え間なく自問しながら。要するに、「緑のカーテン」はひとりの若い白人女性が、自身のその場かぎりの強い感情に押し流されて、身近にいる黒人少年の身体の破壊を試みる、という衝撃的な事情をドラマタイズしているテクストとして読むことができる。

「雨」が降り出すのは彼女が自問をしているまさにその瞬間である。最初の一滴が落ちてきて、彼女の高く持ち上げられた片腕に触れる。彼女はそれに気づくと、ため息をつきながら鍬を草花のなかに注意深く下ろす。そして、その「静かな、満たされた、ひたすら待たれた、挙句の音」(*CSEW* 111)にじっと耳を傾ける。この「雨」の光のなかでは、自然界のあらゆるものが外部の光の反射としてではなく、そのもの自体の内部から微かな光を発しているように感じられる(*CSEW* 111)。ものの本質を表出させる神秘的な「雨」。彼女はその恩恵に浴して、我にかえることができる。本来の自分を取り戻すことができるのである。すなわち、彼女はその啓示的な瞬間に、心身ともに取り込まれ、清浄され、無益な殺人を犯す欲望から解き放たれるのである。

五

一方、フォークナーの「乾いた九月」の舞台には、そのような奇跡的な自然現象(=「雨」)が生じることはない。ここには、キング牧師の、かの有名なスピーチ——「私には夢がある」(1963)——の一部をなす、「不正の熱で、抑圧の熱でうだるように暑いミシシッピ州が、いつの日か自由と正義のオアシスへと変貌する夢」(King 104)の一片さえも、その可能性さえも垣間見ることができない。この短編は、「ミシシッピはアメリカ合衆国のなかでもっとも悪名高いレイシストの州であった」(Brown and Webb 307)という歴史的事実を立証するかのような物語の展開になっているからである。

単純化をおそれずに要約するなら、「乾いた九月」は、町中に広がったレイプの噂話を理由に、軍隊上がりのマックレンドンに率いられた白人の男たちの集団が、良心的な理髪師ホークショウの必死の反対にもかかわらず、製氷所で働く黒人ウィルをリンチする物語である。先に引用した、冒頭部分の「血のような色をした（bloody）」という一見奇怪な形容詞はもちろんリンチの暗示であり、それは血生臭い感じを視覚面においてあらかじめ先取りする形で読者にうまく伝えている。

「乾いた九月」は、そのタイトルからも容易に推測できるように、九月の乾ききった天候の主体性を問題にしている。(4) この短編が焦点を当てているのは、「日照り」の、白人の男たちを暴力へと駆り立てる主体的な力であり、ここでは暑さが単なるシンボルの域を越えて、暴力との間に直接的な因果関係を結んでいると考えられる。(5) たとえば、床屋に集まった男のひとりはこう言っている――「この忌々しい天候のせいなんだ。こんな天候じゃ、だれだって何かしたくなるぜ。たとえ相手がミニーさんだろうとさ」（CS 170）。この発言は、普段なら三八か三九歳のミニーに襲いかかることなどできやしないが、「日照り」続きの天候の下では何もかもできてしまうという彼らの苛立った気持ちを表現している。

だから、ウィルをリンチすることもわけなくできるのだ。「乾いた九月」において、日常生活で少しずつ蓄積したフラストレーションがやがて人種差別主義のエネルギーへと転化し、最終的に無防備の黒人に向かって大爆発するという白人の心理的メカニズムを読み取ることは困難ではない。

アメリカ史の文脈でよく指摘されることだが、アメリカの一九世紀末から二〇世紀初頭は、黒人にたいする白人の暴力が猖獗をきわめた期間である。それはアメリカにおける人種関係の「どん底（the nadir）」(6) の時期である。一見するとマックレンドンらは、この時期に南部一帯を席巻した「神話」(7) ――

純潔、無垢、美しさ、繊細さなどの用語で表象される白人の女たちは、絶大な精力を持つ動物的な黒人の男たちの魔の手から守られなくてはならないという考え方――に依拠しつつ、自らの見解を正当化し、ヒーロイックに行動しているかのように思われる。だが、実際のところ、彼らはそれを口実や大義名分にして、憂さ晴らしをしているにすぎないのである。彼らには事の真相――ウィルが本当にミニーをレイプしたのかどうか――などどうでもよく、共同幻想にひたるための黒人の犠牲・生贄が必要であったのだ、と言ったら言い過ぎであろうか。

フォークナーもウェルティも好んで読んでいたという、スコットランドの人類学者ジェームズ・G・フレーザーよる古典的名著『金枝篇』(1890-1915)には、未開民族の共同社会が旱魃のときに、待望する雨雲の色の象徴として、黒色のさまざまな動物を犠牲として供えた事例が紹介されていて興味深いが(Frazer 72-73)、「乾いた九月」の場合、南部の「神話」の威力によって野獣と同一視される、黒色の皮膚をしたウィルの犠牲には、民衆の降雨の願望・期待さえも託されていない。それはあまりに非合理で、理不尽なものであると言う他ないだろう(とはいえ、それはジェファソンの共同体内部の緊張、怨恨、敵対関係など一切の、相互の攻撃傾向を吸収する役目を果しているという点では、必ずしも無意味であるとは言えないが)。

全体として「乾いた九月」は五つの章から成り立っており、白人の男たちの言動を追っているのは、一、三、五の奇数章である。(ちなみに、二、四の偶数章では、ミニーの現実逃避の奇態なふるまいが物語られており、対位法的な構造が形成されている)。これらの章の最大のキーワードが「土埃(dust)」であることは、つとに知られている。真ん中の第三章において一七回も——なかんずくその章の最後の二つのパラグラフにおいては八回も——使われている「土埃」という用語。フォークナーの短編の研究家として名高いジェームズ・ファーガソンならずとも、この用語は「死と不毛の含蓄を持って、金槌でガンガンと打ちつけるかのように繰り返されている」(Ferguson 138)と言いたくなる。第三章が緊張感を持って描き出しているのは、月光のなか、ウィルを仕事場から強引に連れ出し、車に乗せ、人気のない真っ黒な底なしの窯のなかに投げ込むまでの様子である。ここでの「土埃」はあたかもリンチを隠蔽するかのように、辺り一面をくまなく覆い尽くしている。それは先に触れた、「緑のカーテン」のなかの、ものの本質を表出させる力を秘めた「雨」とは、まるきり正反対の機能を果たしていると考えていい。

第三章に続いて注目したいのが、リンチ後のマックレンドンの自宅での様子にスポットを当てている第五章(最終章)である。この場面での彼は深夜の平穏な一時を享受しているどころか、激しい暑さのなかで汗をかき、シャツで何度も体を拭かざるをえない状況に陥っている。その「汗」は獰悪に見える彼のひそかな罪悪感、良心のうずきから生じているとも考えられるのであるが、それは彼の不快指数をさらに高め、彼を新たな黒人の殺害へと駆り立てる結果を招くことになるのだろう。だとすると、非常に皮肉なサイクルが成立していることになる。「緑のカーテン」の物語内容を知悉している読者の目には、彼の肌(内側)からじわじわと滲み出てくる「汗」の滴と、ラーキン夫人の肌の上に外側からそっと触れた「雨」の滴とがオーヴァラップして見えてくることがあるかもしれないが、水分を含んだ同じ滴であっても、埃っぽい網戸にもたれて「汗」をかきながら喘ぎ続けている彼と、庭で卒倒し「雨」に全身を打たれながらも安らかな表情を浮かべているラーキン夫人とを見比べて分かるように、前者の「汗」は、後者の「雨」と明らかに質が異なっている。

この最終章は、謎めいた、意味深長な、次の一文で終わっている――「暗黒の世界が、冷たい月と瞼を閉じることのない星たちの下で、打ちひしがれて横たわっているように見えた（The dark world seemed to lie stricken beneath the cold moon and the lidless stars）」（CS 183）。『ウィリアム・フォークナーのガイドブック――短編小説編』（2004）におけるエドモンド・ヴォルピーの解説によれば、この一文はマニュスクリプトの段階では次のように書かれていた――「暗黒の世界とそこに住むすべてのものが、冷たい月と、狂気のようになって、瞼を閉じることのない星たちの下で、呪われて、打ちひしがれて横たわっていた（The dark world and all that dwelt in it lay cursed and stricken beneath *the cold moon* and the insane and lidless stars）」（Volpe 123、傍点部は原文イタリクス）。マニュスクリプトに記されているこの一文の方が、われわれには理解しやすいであろう。まず「暗黒の世界」という表現であるが、それは、ジム・クロウ時代の、恫喝と暴力によってカラー・ラインを厳格に維持しようとする、ジェファソンの同質的な共同体を暗示しているように思われる。「呪われて、打ちひしがれている」その住人――特にマックレンドンとミニー――は、まるで神によって見切りをつけられてしまったかのような印象を与えている。そして、真夜中の激しい暑さのなかで、「冷たい」と形容される「月」と、「狂気のようになって」、「瞼を閉じることのない」つまり「眠ることのない」と形容される「星たち」は、彼らの様子をただひたすら、じっと見つめている自然のありさまの例であろう。この物語には天から恵みの「雨」が降ってくる空気さえ、「乾いた草のなかを燃え移ってゆく炎」の如きものが消し止められる気配さえ感じられないのだ。

概して、人物の会話と自然風景の記述によって、スピーディーなテンポで展開されている「乾いた九月」。この短編にはフォークナー自身の心情の直接的、明示的な記述が極力差し控えられ、その代わりにシンボルやメタファーが頻用されている感があるが、それによって緊迫感と恐怖感が大いに高められていることはあらためて指摘するまでもないだろう。ヴォルピーは先の研究書のなかで、この短編が比較的短い字数（約四〇〇〇語）で構成されている点を重視し、それが「アメリカ文学において永久的な地位を占めるであろう、苦悩と悲痛と恐怖と同情の叫び声、物語形式のみごとなポエムである」（Volpe 126）と断ずることを憚らない。

日ごろ筆者がこのケース・スタディのような一面を併せ持つこの「乾いた九月」を読んでいて、つくづく感じるのは、あえて救いの手を差し伸べようとしない、フォークナーの、徹底的に突き放すような、だが決して監視を止めようとしない、冷徹な目である。彼独自のそのたじろがない「凝視《ゲィズ》」(8)が、「緑のカーテン」のなかでラーキン夫人を最後までやさしく、愛情深く見守っているウェルティの、あの穏やかで温かい目を思い起こさせないわけにはいかない。


【注】
（1）バルトもクリステヴァも「影響」の概念と「間テクスト性」のそれを、完全な二項対立として考えていたと言われる。しかしながら、厳密に言うと、この考え方には大きな問題がある。スーザン・スタンフォード・フリ

ードマンの論考が明らかにしているように（Friedman 146-61）、意味の「起源」を否定する「間テクスト性」は、「影響」のまさにその影響を認めないことで、自ら意味の「起源」になるという論理上の矛盾を犯してしまっているからである。

（2）なお、自然を彼女の探究心の対象（目的）としてではなく、その手段としてとらえる見方もある。園芸《ガーデニング》を書く行為《ライティング》と同一視し、その行為がメランコリアの状態からの脱却につながるという主旨の論考のなかで、エリザベス・クルーズは以下のように述べている――「……ラーキン夫人が理解したいと思っているのは自然そのものでない。……むしろ、彼女は自然を介して芸術的な方法で自らを表現しようとしているのである」（Crews 30、傍点部は筆者）

（3）実際のところ、ジェイミーは気づいていたのだが、背後に強い殺気を感じ、まるで金縛りにでもあったかのように振り返ることができなかったことが、物語の結末で示唆されている（*CSEW* 112）。

（4）ミシシッピ州の土地固有の自然条件、その独特な気候風土が住民の「生《ライフ》」を形作っている主体であるという見方は、この短編が『スクリブナーズ』に掲載される、わずか三ヶ月前に出版された中編『死の床に横たわりて』（1930）における、老医師ピーボディーの次の発言によってすでに示唆されている――「この地方のトラブルは、あらゆるものが、天候も何もかもが、ねばりすぎることなんだ。わしらの河もそうなら、わしらの陸地もそうである。どんよりとして、緩慢で、暴力的な感じがあり、人間の生を、なだめがたい、むっつりとした姿になぞらえて形作っているのだ」（*AILD* 40-41）。

（5）歴史的に見るならば、一九三〇年代においては、貧困と暴力の間にも因果関係が指摘できる――「白人たちが自分たちの経済的苦悩の罪を負ってくれるスケープゴートを捜し求めたとき、大恐慌はアフリカ系アメリカ人にたいする暴力をさらに助長することになった」(Brown and Webb 245)。だが、一九二九年の秋に書かれた(Crane 411)、あるいは経済不況のはじまる前――一九二六、二七年の可能性さえある(Jones 169-70)――にすでに書かれていた、この短編にはその因果関係への言及は見られない。

(6)「どん底」という用語を最初に使ったのは、歴史家レイフォード・W・ローガンであると言われている。彼が一九五四年に出版した研究書の副題によると、「どん底」の期間は一八七七年から一九〇一年までとされる。

(7)こうした「神話」に基づく――そして、それをアメリカ全土に普及させた――有名なテクストが、トマス・ディクソン・ジュニアのKKK賛美小説『クランズマン』(1905)である。フォークナーが、一〇〇万部以上売れたというこの本の内容にどれほど精通していたかは定かでないが、彼のローアン・オーク邸の書斎には、"Annie J. Chandler"(彼が小学校一年生のときの女教師)の署名の入ったその本が保管されていたこと(Blotner 27)と、彼がミシシッピ州オックスフォードのオペラハウスで弟たちと一緒に、その演劇版を観ていた可能性が非常に高いこと(Williamson 162)は、指摘しておく。

(8)筆者は、この「凝視《ゲイズ》」という用語を、そのなかに、黒人作家トニ・モリスンがフォークナーについて言っているような「……注意して見ることに似ている、睨みつけるようで、目をそらすことを拒絶するような小説の書き方……」(Morrison [1986] 297)の意味を込めて使っている。

第三部　神話・お伽噺／歴史・伝説

――両作家のテクストと外部コンテクストの関連性

「アメリカの魂は、人権と尊厳が黒人にまで完全に拡大されないかぎり、救済されることはない」

マルコムX『マルコムX自伝』

第八章　『行け、モーセ』と「旧南部神話」／「黒い野獣の神話」

「名誉」と「尊厳」――家父長的物語の枠組みと黒人の抵抗

一

はじめに、ケヴィン・レイリーのひそみに倣って、一九—二〇世紀にかけて南部において起こった、パターナリズムとリベラリズムという二つのイデオロギーの衝突に注目しよう（Railey 6-7）。パターナリストは人間の生まれながらの不平等性を信じ、安定不変の階層社会における己の場を強調し、家父長的大家族をモデルにする。彼らは模範的市民として、他者との関係では「名誉」を重視し、社会にたいして責任感を持っている。一方、リベラリストは民主主義の旗印の下で人類の平等を唱え、どの個人にも平等の機会を授ける社会のなかで階級秩序の流動性を認め、フリー・マーケットでの自己利益を最優先する。彼らの家族形態は核家族型へと向かう傾向があった。フォークナーの生まれた一八九七年は、パターナリズムが廃れ、リベラリズムが支配的になっている思想潮流のなかに位置づけられる。

本論では、こうした歴史的文脈のなかで、『行け、モーセ』（1942）におけるフォークナーの、黒人の登場人物の扱い方を考えてみたい。つまり、パターナリズムを軸とする家父長的物語の枠内で形成された「旧南部神話」と一九世紀末の家父長制の動揺と連鎖して形成された「黒い野獣の神話」の文脈のなかで、黒人たちが如何に描かれているかを考察することが本論のねらいである。具体的には、再建時代《リコンストラクション》以降しだいに全国レベルで大衆化していく「旧南部神話」の誇り高き貴族を真似るルーカス・ビーチャム、その神話の従順で忍耐強い黒人乳母の姿と重なるモリー・ビーチャム、「黒い野獣の神話」のなかに強引に押し込まれる「黒衣の道化師」のライダーと「行け、モーセ」のサミュエル・ワーシャム［ブッチ］・ビーチャム、の各々の物語を中心に取り上げてゆく。

二

まずは、リベラリズム以上にパターナリズムに強い関心を抱いていたフォークナーが、その主たる構成要素――特に「名誉（honor）」、「誇り（pride）」、「勇気（courage）」、「責任（responsibility）」といった用語――を小説内で如何に使用しているかを見ることからはじめたい。そしてそのうえで、従来から肯定的かつ英雄的に解釈されてきた「名誉」の観念を、ルーカス、ライダー、モリーなどの黒人たちに付与できる「尊厳（dignity）」の観念と明確に区別して、両観念の関係に光を投じたい。その関係から見えてくるのは、「名誉」の背後にある白人男性の脆さと弱さである。これは、「尊厳」を感じさせる黒人の存在形態によって映し出されることになる。

南部における「名誉」観念はどんなに強調しても強調しすぎることはない。エドワード・L・アイヤーズは、その重要性を次のように説明している――「多くの南部白人男性は、名誉の命ずるところを理解していた。その価値体系では他者からの評価が人の存在を規定することになる。女性、子供、奴隷には名誉がなく、白人の成人男性のみが名誉を保つ権利を持っていた」（Ayers 13）。このような文化の下では白人男性は自分の「名誉」が傷つけられた場合、その相手にたいして「決闘」を挑むことが要求された。(1) バートラム・ワイアット＝ブラウンによれば、「決闘」とは、もともと独立革命時代にアメリカに駐在していたイギリスとフランスの貴族を通して導入されたもので、それ以来紳士と自称する人たちの間で社会的地位と男らしさを証明する手段として用いられてきた因習である（Wyatt-Brown 354-55）。「決闘」によって守られ、あるいは回復される男たちの「名誉」。「名誉」を自ら感じ取ることが「誇り」であるとするなら、「名誉」を守るのに必要とされるのが「勇気」である。これらに女性、子供、黒人にたいする社会的「責任」が加えられる。白人男性にとってこうした一連の観念がひときわ重要であるのは、『行け、モーセ』において作者が「名誉」、「誇り」、「勇気」といった用語をアイザック〔アイク〕・マッキャスリンやロス・エドモンズの物語のなかで幾度となく使用していることから、あるいは、「キャス〔ロスの祖父〕には、土地とその恩恵と責任が与えられていた」（*GDM* 44）などと記述していることから、明らかであろう。

だがこの小説には、「名誉」、「誇り」、「勇気」、「責任」を自ら体現しようとする黒人がひとり登場する。ルーカスである。(2) 彼は、農園主ザッカリー〔ザック〕・エドモンズ（ロスの父）が彼の妻モリーを乳母として半年間専有したとき、自身の「名誉」が傷つけられたと感じ、ザックの寝室に剃刀を手にして単身乗り込み、「決闘」を挑むのだ。このとき両者の間に介在するレフリーはいない。しかし、ルーカスがザックに向かって、「おらは、お前さんに〔息子を取りにくる〕チャンスを〔一晩〕与えてやった。……するとお前さんは、ドアに鍵もかけずにここで眠って、おらにチャンスをくれた。それからおらは剃刀を投げ捨てて、チャンスをお返しした。すると今度はお前さんが、［ピストルをベッドの上に投げ捨てて］おらにそのチャンスを投げ返した。そのとおりだろ?」（*GDM* 55）と尋ねるとき、彼がザックの意志など無視して、「決闘」の手順に従って対決しようとしているのが分かる。南部において黒人が白人に反逆するという反社会的行為を、「決闘」という男たちの間でほぼ社会的認定を受けた因習を通して行おうとするルーカス。彼の「名誉」に固執する態度には、この死生を賭けた闘争場面においてでさえユーモアが感じられてしまう。

とはいえ、フォークナーはルーカスのこの軽妙なユーモアを相殺するかのごとく、彼に「尊厳」の資質を付与している。実際、『行け、モーセ』のコンコーダンスで調べてみると、「尊厳」に纏わる語は小説内で三度出てくる。作者は「尊厳」という名詞を二度、ルーカスとサム・ファーザーズを各々描写するときに（*GDM* 77, 164）、「尊厳のある（dignified）」という形容詞を一度、ルーカスの描写に（*GDM* 126）使用している。「名誉」、「誇り」、「勇気」、「責任」がほぼ白人男性を対象に使われているのにたいして、「尊厳」がルーカスやサムという黒人男性を対象に限定的に使われている点は見逃されるべきではない。なぜなら、この小説において「尊厳」は「名誉」の対立的観念として読者に提示されていると考えられるからだ。

さてここで、「名誉」という用語の歴史的変遷について少し触れておきたい。「名誉」観念が古典的な完成度に達したと考えられるのは一六世紀である。たとえば、古代ローマにおけるラテン語の"honos"の概念とは、同胞である公民によって与えられる、徳にたいする公の承認・報酬であり、それは最終目的とされる「尊厳」を獲得するための手段であった（川出 一二五）。つまり、「名誉」を積み重ねることによって、ひとたび確認された有能さの記憶が再度確認され、将来にわたる信望が獲得されるとき、実質的地位を伴う名声としての「尊厳」が与えられたのだ。それから数世紀にわたって「名誉」観念は、歴史的にも、また地域的にも、さまざまな変化を遂げながらアメリカへと移植されることになるのだが、そこにおいて「名誉」が「尊厳」と対比されるものとして規定し直される点は重要である。アイヤーズによれば、「一九世紀半ばまでにアメリカ北部は、名誉と対立的な文化の中核を生み出していた。この北部の文化は尊厳――どの個人も生まれながらに他のどの人たちとも、少なくとも理論上は同等の本質的価値を備えているという信念――を讃えた」（Ayers 19）。北部で発展するこの「尊厳礼賛」の文化では、規律・自己制御・自治の精神が強調され、他者の評価よりも個人の内面的な価値評価が優先される。しかしこのような文化では自己評価がそのまま己の存在を規定してしまうため、いったん個人が自己懐疑に陥ると、サムが「自らを自分自身の戦場、自分自身の克服の舞台、自分の敗北の霊廟にして」（*GDM* 162）もがき苦しんだと言われているように、自己の「尊厳」を守ろうとするエネルギーは他者との決闘ではなく、自己との格闘に費やされることになる。このことは、北部では一八六〇年以降南部よりはるかに多い自殺者を生んでいる事実を思い起こさせて興味深い。

大胆に憶測してみると、フォークナーは、アイク、ロス、ギャヴィン・スティーヴンスなどの白人男性のペルソナを通して他者である黒人を見つめたとき、自己の論理で、すなわち「名誉」観念で割り切れない不可解なものを「尊厳」という用語で表現しようとしたのではないだろうか。そうだとしたら、その用語には、南部において戦う武器を持たぬ黒人の頑強な抵抗を目の当たりにしたときの白人男性の当惑や驚愕、あるいは畏敬の念などが込められているはずだ。その結果、当時の南部では理解不能な黒人の価値体系は、同じく理解不能な北部の価値体系と少なからずオーヴァラップした形で描き出されることになる。

このように考えていくと、ルーカスの物語は「旧南部神話」の白人貴族の物語と同一化しているように見えるが、実際根底においてそれとは一致してはいない、という結論に達する。なぜならルーカスは「名誉」、「誇り」、「勇気」、「責任」をコミカルに体現しつつも、彼の人格上の根源的な強みは南部の価値体系とは別個の「尊厳」の価値体系から引き出されていると言えるからだ。ルーカスに「旧南部神話」のお先棒を担がせるにあたって、作者がおそらく懸念したことは、ルーカス個人をノスタルジックな白人共同体の物語の文脈に埋没させてしまうことであろう。その神話はあくまでも白人の想像力の産物であり、「奴隷制擁護のイデオロギー」(Oakes 51) となっていることを、われわれは忘れてはならない。黒人の視点に立つと、旧南部という表象空間は田園のユートピアどころか、奴隷制度のおぞましい現場でしかないからだ。だからこそ、フォークナーはルーカスにマッキャスリン家の縦軸の関係を維持させながらも、ある地点で彼をその家系軸から切り離すように配慮しなくてはならなかったのである。かくして、ルーシアスからルーカスへの名前の変更 (*GDM* 270) に象徴される南部的伝統との線引き、そしてそれを可能にさせる彼の自己生成能力、さらには彼の自己充足性が力説される (*GDM* 115) ことになる。

ルーカスは、二一歳の誕生日を迎えたあとは、いつでも永久に立ち去ることができるだけの資金を与えられていたにもかかわらず、物理的に農園の内部にとどまる。彼は精神的にも白人の神話内にとどまる。しかし、その内側から「尊厳」を持った「ひとりの男（a man）」（*GDM* 47）として南部の人種差別に抵抗する。かくして、マッキャスリン農園に偏在するルーカスの「尊厳」は、彼の存在によって自らの「名誉」の弱さを意識せざるをえない白人農園主ロスの心の棘であり続けるのだ。

三

次に、ライダーとブッチという二人の若者の物語に移ることにしよう。まず注目したいのは、フォークナーが両者の物語を直接的な形で描写せず、その代わりに枠物語の手法を使って、ライダーの物語を保安官補に、ブッチの物語をスティーヴンスに、それぞれ要約させている点である。ライダーを「野性のバッファロー」（*GDM* 150）と見なす保安官補、およびブッチを「人殺し……悪い父親から生まれた悪い息子」（*GDM* 359）と定義するスティーヴンス。彼らの意識には人種差別主義全盛時代の言説が深く刷り込まれている。黒人を動物のメタファーで描写する保安官補、および黒人をその血の故に劣等視すべきだという生物学的根拠をあげて説明するスティーヴンス。彼らの脳裏にはレイプの話題こそ欠けているものの「黒い野獣」としての野蛮な黒人のイメージが拭い去りがたく刻印されている。最終的に、ライダーとブッチの複雑微妙な内面の物語は、二人の白人による外面からとらえられた語りによって、一九世紀末から二〇世紀初頭にかけて南部一帯を席巻した「黒い野獣の神話」に書き換えられてしまうのである。

このように白人の観点から描かれる二人の黒人像を検証するとき、われわれは保安官補とスティーヴンスの間にある階級差を無視してはならないだろう。明らかにプア・ホワイトであり、社会的上昇を企む保安官補。上流貴族階級に属し、社会秩序の安定を願うスティーヴンス。両者の、この階級上の差異が彼らの語りを決定している。保安官補は黒人にたいする排除と分離の明快な論理で語る。彼にとって黒人は選挙票獲得という私利私欲のための踏み台にすぎないのだ。一方、スティーヴンスは、黒人にたいする「責任」という立場から彼らの物語に積極的に関与しながら語る。仮に保安官補とスティーヴンスの言動に、リベラリストとパターナリストの気風をそれぞれ読み取ったとしても、必ずしも的外れではないであろう。両者の唯一の共通点は、各々の黒人の物語を正確に把握することができずに、読者の嘲笑を誘っていることに他ならない。

だとすれば、ライダーとブッチの個人の物語とは一体どのようなものであったのだろうか。物語の時間的背景こそ一九四〇—四一年の設定になっているものの、この二四歳と二六歳の若者は、歴史的に見て、いわゆる「ニュー・ニグロ」の黒人像をわれわれに想い起こさせる。通常「ニュー・ニグロ」と言うと、一九二〇年代のハーレム・ルネッサンス時期の黒人たちを連想させるが、目下の文脈では、それに先立つ一九世紀末に成人に達した、奴隷制度をまったく経験したことのない新しい世代の黒人たちのことを意味している。彼らは親の世代と違ってサンボを装うのを嫌い、白人たちからの攻撃にたいしても場合によっては反撃することを躊躇しない新しいタイプの黒人たちであった。一八八〇年代後半から一八九〇年代にかけて、南部農村一帯が経済不況の波にのまれると、彼らは農地を追われ、都市に出ることを余儀なくされる。そして彼らは自分たちの自由とアイデンティティを賭博、飲酒、漁色といったアンダー・ワールドでの享楽のなかで追い求める。ジョエル・ウィリアムソンが白人の視点から「誰のものでもないニグロ（Nobody's Negro）」（Williamson 57-61）と呼んだこうした若者たちは、白人の管理から解き放たれた、きわめて攻撃的で危険な対象として受け止められた。他方、エリック・J・サンドクィストは黒人の視点から、当時のレイシズムの言説においてネガティブな意味を背負わされた「ニュー・ニグロ」にたいして、黒人たちは逆にポジティブな意味を付与して戦わなければならなかったと述べ、一八九〇年代にそのフレーズが社会政治面でブッカー・T・ワシントンをはじめとする多くの黒人指導者たちによって頻繁に使用された事情を審らかにしている（Sundquist 335-36）。このように、世紀転換期の南部における人種間の対立は「ニュー・ニグロ」の解釈をめぐって激化してゆく。

それではここで、裏の世界のカウンター・ヴァリューに終生心酔し続けたと推測されるブッチの物語とは異なり、たとえ一時的にせよ、表の世界で黒人の若者の奮闘努力する姿が肯定的に描き出されている、ライダーの物語を、さらに詳しく見てゆくことにする。ライダーは運命の女性マニーと結婚するや否や、以前のような不精な生活に終止符を打ち、持ち前の体力を生かした製材所の仕事に精進する。彼は妻の深い愛情に支えられて勤労・節制・節約の徳を自らすすんで実践する。エドモンズの金庫に預けた二人の貯金が来たるべき楽園を約束していた。しかし、その楽園実現の夢は妻の突然の死によって破れることになる。

ライダーがマニーの喪失にともない、ヴィクトリア朝的モデルにしたがった理想の家庭作りの機会も同時に奪われて悲嘆に暮れる物語は、再建時代《リコンストラクション》以降徐々に肥大化されるジム・クロウ政策のために白人主流文化とのインテグレーションの可能性を強奪されたときの「ニュー・ニグロ」の困惑と絶望の物語を反復・再現しているように思える。端的に言えば、その物語は白人社会への参加の権利とその価値体系にしたがう権利を一気に剥奪された悲劇である。ジョン・T・マシューズが指摘しているように、「黒衣の道化師」におけるマニーの役割は、「実現しない社会的経済的権利のイリュージョン」としてライダーにつきまとい、南部の黒人たちが「最初は延期され、次に否定された生活を象徴する」ことにある（Matthews 29）。この克服しがたい悲嘆に直面したライダーは、一転して独身時代の生活に逆戻りするかのように、ウイスキーに泥酔し、サイコロ賭博に走ることになる。

しかし、だからといって、彼の絶望と表裏一体をなす彼の憤激の矛先が、他者に向けられることはない。仮にライダーの想定できる他者が、彼の幸福な未来を阻んだ神や運命、あるいはジム・クロウ体制であったとするなら、それらはどれも、顔を持たぬ敵である。そのような相手にたいし彼は「名誉」を守るための「決闘」を挑むことなどできないのである。その結果、倒すべき敵を見失った彼の激しい怒りは、自己へと向け返されてゆく。一例をあげるならば、作者がライダーを「武器も持たずに長い一騎打ちを続けている人のようだ」（*GDM* 138）と記述するとき、われわれは彼の戦いの相手が、彼自身の強靭な肉体になっていると考えないわけにはゆかない。小説内の言葉を使って繰り返すならば、われわれは彼の敵が、彼の、「生命を求めるあまりに強く、無敵な血と骨と肉」（*GDM* 136）、そして「彼の心臓の力強い不屈な鼓動」（*GDM* 136）であることを察知しないわけにはゆかないのだ。

要するに、ライダーが白人の夜警を殺害する最大の動機は、彼自身の自殺願望であったのではないだろうか。そうだとしたら、自らリンチを誘発するかに見える彼の言動は、「黒い野獣」である黒人が人間の行為である自殺をすることはない、という白人全般の認識を根底から覆すことになる。フォークナーは、ライダーに言い知れぬ悲しみを感じさせたあと、己の肉体との激しい格闘を経験させ、最終的に自殺のような死に方をさせた。そうすることによって、彼の人間としての「尊厳」を読者に証明している。ただ、「黒衣の道化師」では「どんな白人にも読み取ることのできぬ深い意味を持つ」（*GDM* 131）ライダーの悲劇を解読する任務は、あくまでも保安官補に託されており、ここでは、ライダーの言動に「尊厳」の資質を見出しうるパターナリスティックな白人男性が、作者のペルソナとして登場することはない。

四

最後に、モリーについて考えてみたい。その前に、黒人乳母、つまり「マミー」が、奴隷解放後の南部白人にたいして演じてきた社会的文化的役割に触れておく必要があるだろう。白人の子供たちを無条件に愛し、守り、育てるマミー。彼女は、白人の屋敷で女性にはレディーになるための、男性には「ミスター」という敬称を付けて呼ばれるにふさわしい紳士になるための、道徳的規範も教示した。しかし、その道徳的規範が旧南部的価値観を直接反映したものである点に、われわれは注意を払わなくてはならない。グレース・エリザベス・ヘールによると、マミー像は旧南部と新南部との連続性を支えるフィクションを具体化したものであるという（Hale 101）。つまり、白人の視点から構築されたマミーは、一九世紀末に新興する白人中産階級を、ロマンス化された南北戦争以前の農園の世界につなぎ止める錨のような役割を演じたと考えられるのだ。マミーが白人文化の産物の一つであるということ、すなわち、それが旧南部世界にたいする白人のノスタルジアに応えるものであったということは確認しておく必要がある。

たとえば、フォークナー家のマミーであったキャロライン・バーという人物とて、そうしたノスタルジアの表象から免れていない。『行け、モーセ』の冒頭に記されたフォークナーの、バーへの献辞を見て、サディアス・ディヴィスが「ここでのキーワードは、忠節（fidelity）、献身（devotion）、愛（love）である」（Davis［1983］242）と揶揄しているように、それは南部人によるコンベンショナルなマミー賛美と何ら変わりない。これらの用語は、フォークナーが好んで使った「忍耐（endurance）」という用語と同様に、白人に仕える際の黒人女性の精神的特質であり、マミーの美徳として白人が歴史的に付与し続けてきたものである。このことは、「名誉」、「誇り」、「勇気」、「責任」といった用語が、ほとんど限定的に白人男性に付与されてきたことと好対照をなしている。フォークナーにとってバーが、南部の懐かしき伝統とのリンクになっていたことは想像に難くない。

しかし、バーをモデルにしたとおぼしきモリーは、ステレオタイプ的なマミーと同一視してはならない。確かに、モリーには「忠節」、「献身」、「愛」といった諸価値が付与されている。だが、彼女には同様に「尊厳」の資質も付与されているからだ。ダイアン・ロバーツは、モリーの「尊厳」が「正真正銘の母親(the authentic mother)」であることから生じている(Roberts 54)と解釈している。またミンローズ・グウィンは、それが『行け、モーセ』の小説空間を横切る「彼女の決然とした動き(her determined movement)」(Gwin 93)に由来すると考えている。とりわけ、黒人女性としての「尊厳」を読者に強く印象づける彼女の物語は、最終話「行け、モーセ」において、彼女が兄のハンプと一緒になって詠唱する黒人霊歌のなかに凝縮されている。このときスティーヴンスが息苦しくなって外へと飛び出す逃避的行為は、彼女の歌に託された個人の物語が、家父長的な枠組みでは封じ込むことができないことを暗示しているのであろう。かくして、モリーは白人男性作家のノスタルジアで埋め尽くされるカンバスになることを免れている。

以上、本論では、『行け、モーセ』において、歴史的に白人男性にのみ付与されてきた「名誉」にたいし、「尊厳」という対立的観念を想定し、ルーカス、ライダー、モリーといった黒人が如何に白人共同体の物語と拮抗して自分たちの物語を紡ごうとしてきたかを見てきた。他にも、アイクの家父長的な遺産管理にたいし「私は自由です」(GDM 269)と自己の「尊厳」を高らかに宣言するソフォンシバ[フォンシバ]・ビーチャム(3)。老キャロザーズの近親相姦行為により(4)、自己の「尊厳」が侵されたと感じ、本人個人の意思決定により入水自殺するユーニス・マッキャスリン。彼女たちにも「尊厳」の資質が付与されているように思える。(5)

ただし、「デルタの秋」において、赤ん坊を抱いて現れる無名の混血女性は例外的である。なぜなら、彼女はアイクに向かって次のように言うとき、批判と皮肉を示しながらも、ロスの説く「名誉」の価値体系の文化を認め、彼の「名誉」を受け入れているように見えるからだ。

……私には自分のしていることが分かっていたわ。最初から分かっていたのよ、確か彼が名誉とか言っていたもののために、とうとう私にはっきり告げなくてはならないときがやって来る、ずっと前から、彼ならたぶん掟と呼ぶであろうもののために、永久に彼に禁じられていることが何であるのかをね。そして私たちは合意しました（*GDM* 343）。

だがそれでも、ロスを探して狩猟場——男たちだけのホモソーシャルな集団の場——のテントに乗り込んでくる彼女の大胆不敵な態度には、積極的な意味を読み込まなくてはならない。

この場面で問題とされるのは、黒人や女性を「決闘」の相手にしない白人男性の基本的な態度である。すなわち、このとき彼女はロスとの「決闘」を望んだのであるが、ロスはそそくさと逃げ去った。彼女は、ルーカスがザックの寝室に乗り込んでいったときのような、対決の場を作ることができなかったのだ。逃避という行動によって、危うく保たれているロスの「名誉」。彼の偽善と弱さが「名誉」

の背後に透視できることは言うまでもない。アイクがロスから頼まれたお金を手渡そうとするとき、彼女はさらに続けて「必要ないわ。……扶助料は貰っています。名誉と掟も。すべて取り決めたとおりに」（*GDM* 346）と返答することになるのだが、ロスとこの女性の関係が「名誉と掟」によって容易に清算されることはないであろう。明らかに、白人共同体擁護の論理と結合しているロスの「名誉と掟」。ビーチャム一族の系統の子孫である彼女がしぶしぶ認めながらその言葉を口にするとき、それに向かって作者の鋭い批判の矢が、黒人たちの多種多様な「尊厳」の物語から対極的に放たれているに違いない。

【注】

（1）フォークナーの数多くのテクストのなかで、その社会的要求の問題性を探究しているのが『征服されざる者たち』（1938）の最終章「ヴァビーナの香り」である。なお、この問題性については、本書第一章で詳しく論じている。

（2）リチャード・グレイは、ルーカスについて、「マッキャスリン家の誰よりもマッキャスリン家の一員のようで、白人たちよりも白人のようですらある」（Gray 280）と述べている。ルーカスがそう見えるのは、「名誉」、「誇り」、「勇気」、「責任」の観念を身をもって実現しようと努めているからに他ならない。

（3）アイクのパターナリズムを検討する際、われわれは、公民権運動時代の白人作家ジョン・ハワード・グリフィンの、反省と自戒の念が込められた以下の言葉を忘れるわけにはいかない——「私たち［白人］はパターナリスティックであることで……彼ら［黒人］の尊厳を軽んじているのです」（Griffin 131、傍点部は筆者）。
（4）この始祖たる人物は、自身の混血の娘であるトマシーナと交わり、息子をもうけている。こうした行為が可能となるのは、ディヴィスの巧みな表現を借りて言うと、「彼が所有される人間（the human beings possessed）のなかではなく、所有（possession）のなかに尊厳を見出している」（Davis［2003］180、傍点部は筆者）からである。
（5）なお、マッキャスリン家の黒人女性たちについての示唆に富む分析としては、『行け、モーセ』のテクストの深層に潜む、彼女たちの「悲嘆《グリーフ》」に光を照射している藤平育子の論文（藤平 三〇四―一八）がある。

「人間というのは大抵、幾層もの暴力と優しさとでできているからなのだろう――まるで球根のように、と彼女［ダブニー］はまじめに考えた……」

ユードラ・ウェルティ『デルタの結婚式』

第九章 『盗賊のおむこさん』とお伽噺／歴史

お伽噺的な読みの束縛からの脱却――二重性のテーマ再考

一

歴史小説か、それともお伽噺か。史実に忠実な中編か、それともファンタジーか。多くの読者がウェルティの『盗賊のおむこさん』（1942）を読んだあと、そう問いたがるであろう。だが、二項対立的な思考回路では複雑な現実世界のありようを正確に剔抉することができないという見方が、哲学や思想の領域のみならず、文学研究の領域にも深く浸透している現代、こうした問い自体がまったく無意味であるのかもしれない。さしあたり『盗賊のおむこさん』は一つのジャンルにすんなりと収まることを拒み、複数のジャンルに跨るような形で存在しているとでも言っておこう。

ジャンル横断的な性格。もしくは、対立的な項目を難なく接続する二重性。それが『盗賊のおむこさん』のアイデンティティであり、最大のテーマであるというのはかねて定説化してきている。なるほど、この小説にはさまざまな種類の二重性が散見する。なにもそれは、タイトルの「盗賊」と「花むこ」に示唆される、ジェイミー・ロックハートの外面のありさまにかぎったことではない。その他の登場人物のアイデンティティをめぐる議論においても、相反する二つの資質を「と」という等位接続詞で結びつける考え方が多少なりとも必要になってくる。

さらに言えば、登場人物同士が織り成す関係についての議論においてもそうである。たとえば、ジェイミーは最終的にロザモンド・マスグローヴと結婚し、商人として生きる道を選び取る。つまり、彼は義父クレメントと同一の社会的アイデンティティを持つことになる。そうなる前の彼の内密のアイデンティティは、言わずもがな「盗賊」である。その裏の顔をのぞかせるとき、彼のモットー――「まず奪い、尋ねるのはそのあとだ（Take first and ask afterward）」（*RB* 69）――はサロメ（クレメントの後妻）のそれときわめて近くなる。とはいえ、物語のなかで彼の「盗賊」のアイデンティティの象徴的意義を担わされているのは、リトル・ハープである。このようにジェイミーが他の登場人物とさまざまな形で結びつくことは、アイデンティティそのものが確たる実体ではなく、一時的な社会的構築物にすぎないという認識にもつながってくることであろう。

『盗賊のおむこさん』を縦横無尽に横断している二重性なるもの。今後の議論をおもんぱかって言うなら、この概念について重要なのは、それが古典的な哲学上の二項対立に堕しやすい点である。すなわち、われわれが二つのものを水平的に並べるとき、その双方をまさしく等位の関係に位置づけるのではなく、無意識のうちに秩序的な位階制を想定してしまい、どちらか一方に重点（優位）を置き、それを前景化するような結果を招きやすい点である。

再度、ジェイミーの例を引くことにしよう。彼の本性は「紳士」で、「盗賊」の身振りをしているだけなのか。あるいは真実はその逆で、彼はそもそも一八世紀後葉のミシシッピ州ナチェズ街道に横行していた「盗賊」のひとりにすぎず、「紳士」に変装しているだけなのか。つまり、われわれは、「紳士」と「盗賊」のどちらの方に重点を置いて彼の物語を読んだらいいのか。やっかいなのはその重点を変えることにより、全体としての解釈ががらりと変わってしまうことである。これから取り上げる従来のお伽噺的な読みは、言うまでもなく、彼の「紳士」の一面を重視するものである。逆に言えば、それは彼の「盗賊」の一面を背景に追いやり見えにくくするように働くものである。

本論の主たる目的は『盗賊のおむこさん』のお伽噺的な読みが前提にしている二項対立を脱構築し、この小説においてつねに重点の変化を意識しながら読まれるべき二重性の、不安定で揺れ動く、パラドクシカルなあり方を示すことである。以下、ジェイミー、クレメント、リトル・ハープ、サロメ、ロザモンドといった代表的な人物の、アイデンティティの二重性の問題に焦点を絞って話をすすめていく。

二

ウェルティは、「ナチェズ街道のお伽噺」と題された、ミシシッピ歴史協会での講演（1975）で、ひとまず『盗賊のおむこさん』を「私の歴史小説」と定義したあと、それが「史実のなかにどっぷりと埋もれる代わりに、まるでカッコウのように飛び上がり、ファンタジーという借りものの巣のなかに降りて止まった」（*ES* 311）と、その執筆の経緯について雄弁に語っている。この講演のなかで、彼女が自身の中編を「歴史的な歴史小説ではない（not a *historical* historical novel）」（*ES* 302、傍点部は原文イタリクス）と呼んでいる点は見逃せない。

「歴史的でない歴史小説である」と言い換えられる、この矛盾的な表現が示唆しているのは、『盗賊のおむこさん』が史実を題材にしているにもかかわらず、必ずしもそれに忠実に基づいているわけではないことである。となると、いったい何に基づく歴史小説であると考えたらいいのか。

おそらく、作者の個人的な想像力に基づくのであろう。ミシシッピ歴史協会での講演に先立つ、一九六五年のインタビューの席で、ウェルティは『盗賊のおむこさん』に関して、「私はリサーチによって小説を書く作家ではありません。でも、……第一次史料を読むことは私の想像力に火をつけてくれました」（*CEW* 24）と言っている。こうした創作態度についての発言の裏には、作家は自身の思いや意図を表現するために、場合によっては客観的な事実までも捻じ曲げるべきだという、つまり主観や虚構を付け加えて書いてもよいという、彼女の信念があるように感じられる。

それはともあれ、今われわれが注意を払っておきたいのは、ウェルティが『盗賊のおむこさん』を創作するにあたって、多種多様なものをふんだんに借用しているのを率直に認めていることである。彼女は別のインタビューの席で、「私は、ありとあらゆる種類のミシシッピの歴史、物語の話術の伝統、お伽噺、神話を勝手気ままに使いました」（*CEW* 275）と言っているが、あえてその発言をここで持ち出すまでもなく、この小説は彼女のマスターピースである『黄金の林檎』（1949）と同様――より正確に言えば、それに先んじて――複数無限の先行テクストから織り成されているのを大きな特徴にしている。(1)

ミシシッピの歴史に関する代表的な先行テクストを一冊あげるとするならば、ロバート・M・コーツの『無法者の時代』（1930）であろう。ウェルティがこの本を読んでナチェズ街道に纏わる歴史を勉強したというのはつとに知られている。スーザン・マースによれば、ウェルティがジェイミーとリトル・ハープ、そしてマイク・フィンク（物語の冒頭の場面ではジェイミーとクレメントの黄金を強奪しようとするミシシッピ河の船頭として、終わりの場面ではロザモンドをジェイミーの手に戻す手助けをする郵便配達人として登場する脇役）を創り上げることができたのは、何よりも彼女がコーツの本を読んだからであるという（Marrs 46）。神話であれば、ローマ時代の風刺作家ルキウス・アプレイウスの小説『黄金のロバ』であろう。ウェルティが自身の素顔を決して見せようとしないジェイミーとそれを何とかして見ようとするロザモンドの、微妙な恋の駆け引きの様子を、その小説内の挿話「愛《クピド》と魂《プシュケ》の物語」に基づいて描き出していることも、比較的よく知られている。

だが、歴史書や神話以上に注目すべきは、ウェルティが若い時分に熱心に読んだという、ヨーロッパのお伽噺の数々である。それらこそ『盗賊のおむこさん』が装っている外面であると考えていい。なかでも重要なのが、ドイツのグリム童話「盗賊のおむこさん」である。ウェルティはそこから自身の小説のタイトルを取っているからだ。

むろん、この短い童話からの借用は、タイトルだけでなく、物語の内容面においても明白である。たとえば、ジェイミーの飼っているカラスが、幾度となく繰り返す以下のセリフである――「お帰りなさい、私の可愛い子ちゃんよ、お家に帰りなさい（Turn back, my bonny, Turn away home）」（*RB* 6, 19, 78, 89, 128、なお 11, 79 にも類似文）。それが、グリム童話「盗賊のおむこさん」において、籠に入れられた一羽の鳥が発する警告の一文――「お帰りなさい、お帰りなさい、若いお嫁さんよ（Turn back, turn back, young bride）」（Grimm 188, 190）――から引いてきたものであることは一目瞭然である。さらに言えば、リトル・ハープが大樽のうしろに隠れたロザモンドの前でインディアンの少女を殺害する場面の描写などにも、この童話の筋の影響をはっきりと読み取ることができる。

これ以外のグリム童話の物語――たとえば、「ヘンゼルとグレーテル」、「白雪姫」、「猟師とおかみ」、「ルンペルシュティルツキン」など――や、フランスの童話作家シャルル・ペローの物語――「シンデレラ」や「妖精たち」など――のモチーフも、ウェルティの『盗賊のおむこさん』には周到に織り込まれている。

ただし、こうした個々のお伽噺の具体的な内容のなかに『盗賊のおむこさん』の出所や源泉を追及するという、旧来の比較型の研究を続けることは控えることにして、ここではお伽噺の類型にしたがうことの結果・効果について一考してみたい。それにしたがうということは、たとえば次のような、子供にも分かりやすい、シンプルな人物像を設定することを意味している。主人公ジェイミーは、普段は顔中にイチゴの汁を塗りたくり「森の盗賊」に扮しているが、本当は「紳士」で、正義を守る英雄。ロザモンドは、日常家に閉じ込められて、ロマンチックなバラードを歌っている純真無垢な美少女。クレメントは、娘を宝物のようにかわいがっている、新大陸の清廉潔白な開拓者。サロメは、その名の由来どおり[2]、欲張りで意地の悪い継母。フロンティアの伝説的悪漢であるハープ兄弟の弟がモデルとなっているリトル・ハープは、森の洞穴に隠れて住む冷酷な殺し屋。

こうなると、物語の展開も容易になる。悪人が最終的に滅び、善人が生き栄えるというお決まりのパターンを、良くも悪くも物語の骨格として想定することが可能になるからだ。リトル・ハープはジエイミーとの一晩中続く激闘の末、敗れて死ぬ。サロメはインディアンの捕虜にされたあと、太陽を侮辱した咎で、彼らの円陣《サークル》のなかで死ぬまで踊らされる。他方、インディアンの追跡を危うく逃れた、ジェイミーとロザモンドはやがて再会し、正式に結婚する。そして、二人は子宝――二重性のテーマに合致する「双子《ツイン》」――に恵まれ、ニューオーリンズで裕福に暮らすことになる。互いに死んだものと思い込んでいた親子が劇的に再会するのは、翌年の春、ロドニーからニューオーリンズにやって来たクレメントが、あてどなく辺りをぶらぶらと散歩しているときのことである。彼は、偶然そこで娘と再会し、彼女が幸せをえて、喜びに胸をふくらませている様子を見て、顔に安堵の色を浮かべる。めでたしめでたし。

三

ジェイミーとロザモンドのカップルを主人公として設定し、彼らの奇妙で愉快な冒険物語に焦点を当てる解釈は、このような読みを多かれ少なかれ引きずることになるだろう。しかし、われわれはこの小説にアメリカ南部における開拓時代のお伽噺というレッテルを貼って安心し、満足してはならない。今われわれに必要なのは、そのレッテルにあえて逆らってみること、すなわち、お伽噺として読むことが隠蔽している、別の読みの可能性を探ることである。

はたして、ジェイミーは本当に「紳士」であるのか。財産目当てでクレメントに接近するこの黄色い髪の男は、森のなかでロザモンドと最初に出逢ったとき、彼女が身に着けているもののすべてを剥ぎ取るばかりか、二度目に出逢ったときには、彼女の操も奪い取る。そののち家出をした彼女が彼と一緒に暮らすようになっても、追いはぎの仕事は日々続いている。リトル・ハープについて言えば、インディアンの少女の殺害場面が直接描かれているが、ジェイミーの場合、彼の具体的な仕事場面が省かれているため、その暴力性や残虐性が読者にストレートに伝わってこない。だが、彼の戦利品――「きれいな服や多数の美しいドレスやペチコート」（*RB* 118）――はすべて、ナチェズ街道の通行人から強奪したものである。彼は、罪悪感にとらわれることなしに、毎晩それらを盗賊団の住みかに持ち帰り、ロザモンドにプレゼントしているのだ。

『盗賊のおむこさん』がアメリカ文学においてよく見られる、いわゆる「イニシエーション物語」のジャンルに属するものであると考えれば、話はそれほどむずかしくならないだろう。彼はロザモンドとの恋愛体験を通じて精神的な成長を遂げる。別言すれば、彼は自身の悪行の数々を自覚すると、強く反省し、やがて真の英雄として生まれ変わるべく、新たな人生の第一歩を踏み出す。当然、このような話の展開が期待できるからである。以下の作者の発言はその展開を保証しているかのようである――「ジェイミー・ロックハートが、自身と恋人ロザモンドの各々の未来のために、自身の邪悪に相当する存在であるリトル・ハープを殺すことは必要なのです。というのも、小説が終盤に向かうにつれて、……その英雄はもはや盗賊ではなくなっているからです」（*ES* 312）。

しかしながら、この小説をジェイミーの、悪から善へと向かう直線的な変化・成長の物語として読むことにはいささか無理がある。というのも、彼の性格（内面）は終始変わっていないように思われるからだ。物語の末尾において、彼の外面は「盗賊」からニューオーリンズの「大商人」に移り変わっており、「彼は昔と同様の成功を享受していた」と記されている（*RB* 184-85）。だが、この外面の変化は彼のアウトロウ的な一面の完全な喪失を意味しているのではない。それどころか、そのような一面の存在が、彼の商業的成功に一役買っていることを意味しているのである。彼には「両面を見せる力」（*RB* 185）――「盗賊」と「紳士」という二つの顔を同時に見せる能力――や、「物事をあらゆる面から見る力」（*RB* 185）――「盗賊」の視点や「紳士」のそれを取る能力――がそなわっているからこそ、彼は富を手に入れることができ、自分が英雄であると思い続けることができるのである。

では、商業的成功を収めるという点において、ジェイミーの先達となっているクレメントの場合はどうか。彼の性格づけについて従来から問題視されているのが、彼のイノセンスである。それにクエスチョンマークを付ける批評家は多い(3)。彼は繰り返し"innocent"という形容詞で修飾されているけれども、経済的に成功し、奴隷を所有している点において、あるいは家長として、つまり権力保持者として、君臨している点において、結果的にそうではありえないというのがその大きな理由である。

彼が一農園主、もしくは一商人にすぎないというのも、彼が妻と娘を心底大事にしている「平穏な男」（*RB* 11）であるというのもよく分かる。だが、彼が一九世紀以降、南部全土で一般的になる家父長制のイデオロギーの内側にいる白人男性であることに何ら変わりはなく、そのようなイデオロギーに少しでも染まっているかぎり、彼がイノセンスとはほど遠い性格の持ち主であると見なされてしまうのはいたしかたないだろう。彼は、物語の序盤におけるジェイミーとの対話のなかで、富の蓄積をすべてサロメの際限ない物欲と野心の結果であるような言い方をしているが、農園の維持・発展に関する最終的な決定権が彼女の手中にあったとは考えにくい。それは間違いなく彼が持っていたはずである。皮肉な言い方をすれば、彼が自身の内に宿る物欲と野心に無自覚であるという意味においては、イノセンスという用語がよく当てはまるのかもしれない。

別の一例として、彼が「紳士」に扮しているジェイミーにたいし、もしジェイミーがロザモンドを盗賊の手から救い出すことができたら、そのお礼として彼女を進ぜると提案するときのことを考えてみよう。ある歴史家の研究調査によれば、南北戦争以前の南部における貴族階級の白人女性の結婚は、一四、一五歳が一般的であった（Scott 25）。しかも、それはロマンチックな恋愛の結果というよりも、「実利的な配慮（pragmatic considerations）」から取り決められていたという（Scott 23-24）。実際、このときの彼の申し出も――彼自身がどれほど意識的であったかどうかは定かでないが――ジェイミーの経済力や将来性を見積もったうえでされていたと想定しても、あながち的外れではないだろう。このように、われわれは“clement”という用語が暗示する「温和さ」や「寛大さ」の下に、彼の商人としての計算高さを見通すことができるのである。一見イノセントな彼にも表と裏の両面がそなわっているのである。

ただし、われわれは、クレメントが読者の共感や同情を誘う、人間的深みのある人物として造形されていることを忘れてなるまい。それというのも、彼がジェイミーとロザモンドの恋の進展を外から観察し、知的に理解する役だけでなく、物語の舞台となっているロドニー（一八七六年以降は廃墟となっている町）や、白人の開拓者たちとの諍いが絶えないインディアン（一七三〇年までにフランス軍によって絶滅へと追いやられるナチェズ族）と同様、「狡猾な時代（the time of cunning）」（*RB* 142）の波に乗れず、過去に取り残されてゆく役も任されているからであろう。マイケル・クレイリングが正しく述べているように、「彼はその中編の開始から終了まで、変化と《進歩》に抗い、それらを疑っている……」（Kreyling［1980］42）。つまり、彼は「ロドニーの町やインディアンのように、《過去》に繋ぎ止められている」（Kreyling［1980］44）存在であるのだ。敏感な読者であれば、作者が彼の哀切な姿を「現在」、「変化」、「進歩」などを難なく受け入れている、ジェイミーとロザモンドのカップルの背後からぼんやりと炙り出そうとしているのに気づくことであろう。

意義深いことに、『盗賊のおむこさん』は、そのような人物として設定されているクレメントがニュー・オーリンズから「袋一杯の黄金とたくさんのみやげ」（*RB* 1）を持ってロドニーの船着場に到着する場面ではじまり、彼がニューオーリンズの波止場を黄金の袋を握って離れるところで終わっている。すなわち、ニューオーリンズを一つの起点にする円環性が、[4]物語の骨組みを形成しているのである。

この円環性について少し補足しておこう。主人公が物語の冒頭で、ある任務を完遂するために家を出て行くが、最後には首尾よく帰宅するという円環のパターンは、グリム童話においてよく見られるものであるという（Randisi 36）。ちなみに、ウェルティは次の小説『デルタの結婚式』（1946）においても円環性を読者に想起させる物語構成を使っている。[5]この長編は、視点人物のひとりである少女ローラがジャクソンからデルタ地方の大農園にやって来るが、最終的に出発地点（ジャクソン）へ戻っていくという、まさしくグリム童話的な円環のパターンを大きな特徴にしているからだ。

『デルタの結婚式』の登場人物との関連性についても、ここでひとこと述べておくなら、ローラとクレメントは、ともに外野の、観察者の視点を失わないでいるという意味において――性別と年齢の違いがあるにもかかわらず――似通っているとさえ言える。とはいえ、物事を深く考え、物語全体を統括することができるという意味では、クレメントはローラよりも、フェアチャイルド家の主婦エレンにより近い人物である。彼女は、その一家に生じている多種多様な問題を纏め上げ、統一性をもたらすようなヴィジョンを付与されているからだ。[6]『泥棒のおむこさん』では同様のヴィジョンを有する役が、クレメントに期待されていると言ったら言い過ぎであろうか。

以下の引用は、結婚の相手が盗賊であることを自白した娘にたいする、クレメントの返答である。このなかで提示される二重性のヴィジョンが、『泥棒のおむこさん』全体のテーマを浮き彫りにしていることは言うまでもない。

……どんなものにも二つの面がある。[7]だからこそ、みかけの世界を無思慮に扱って、物事をさっさと片づけたりしてはならないのだ。すべてのものが二つに分かれている――夜と昼、心と体、悲しみと喜び、若さと老い。わたしはときどきこんなことを思う。わたしの妻でさえも、一面だけの人間ではなかったのではないかと。当初わたしは妻の美しさをひどく愛した。だから今になって、醜さの方が突き出てきて、わたしを狂気のように苦しめているのだ（*RB* 126）。

クレメントがここで喝破している視点にわれわれも立つことにしよう。そのような視点から『盗賊のおむこさん』の登場人物を取り上げて見るとき、その一人ひとりが——見様によっては一定の特徴だけがステレオタイプ的に誇張されている感があるけれども——思いもよらぬ二面性を持って立ち現れてくる。そうなると、われわれはもはやジェイミーとロザモンドのハッピーエンドを手放しで喜ぶことが、クレメントのイノセンスを留保なしで受け入れることが、さらにはリトル・ハープやサロメを一刀両断に断罪することが、できなくなるに違いない。

本論の冒頭でも述べたように、ジェイミーのアウトロウ的な一面と結びつく人物がリトル・ハープである。とすれば、ジェイミーが二度ほどこの悪漢を殺す機会があったにもかかわらず、それに躊躇していた理由もはっきりしてくる。おそらくジェイミーは自身と彼がどこかで通じ合っていることを直感的に理解していたのではないか。すなわち、ジェイミーは自身のなかに彼に共鳴するものを見出していたのではないか。両者の長時間の激闘は、比喩的に言うならば、ジェイミーの内にある盗賊的一面と紳士的一面の衝突を映し出している。

従来、批評家たちはリトル・ハープを、ジェイミーとの関係において、次のような言葉で的確に表現してきた——「ドッペルゲンガー」(Kreyling [1999] 48)、「シャドウ・セルフ」(Carson 57, 61)、「邪悪なダブル」(Binding 101)。このようにジェイミーとのひそかな接点が明らかにされるとき、彼はもはや唾棄すべき悪者として容易に切り捨てられる人物ではなくなる。確かに、彼は血も涙もない、非人間的な、醜い生き物のように描かれている。彼にも人並みの感情がそなわっているのを感じさせる場面を探してもほとんど見当たらない。ただし、そのような場面が少なくとも一つはこの小説に存在している。それは彼がジェイミーとの決闘に敗れて死ぬ間際である。このときだけは特別だ。彼は深いため息をつくと、片目から涙を一粒こぼし、命を失うことを嘆き悲しんでいるように思われるからである。わずか一粒の涙によって、一瞬だけあらわにされる人間的な、感情的な一面。彼の日常のアイデンティティにおいては、その一面が背景に追いやられ見えにくくなっているだけなのかもしれない。

リトル・ハープに比肩する悪役、サロメの場合もしかりである。「醜すぎて、インディアンたちが恐れるほどであった」(*RB* 23)とクレメントが言っている、ケンタッキー州出身のこの女は、「トリ」、「クマ」、「ヤマアラシ」、「ネコ」などといった動物の比喩で描かれており、あらゆる点で、彼の先妻エイマリー(ヴァージニアの美女)やロザモンドと正反対の印象を読者に与えている。ロザモンドを敵視し続ける彼女が、『白雪姫』の邪悪な義母のイメージで造形されていることに間違いはないだろう。しかしながら、彼女の場合、先天的に「優しさ」が欠けているのではない。彼女の人生における最大の悲劇――インディアンに捕まり、夫を目の前で殺されたこと――がきっかけで、彼女はそれを表現することができなくなっているだけなのだ。クレメントはこうも言っている――「もはや彼女の打ち砕かれた心のなかには、野心しか残ってなかった。……彼女が優しかった日々のことを、私は知らない。そんなものはケンタッキーに置いてきちまったのでしょう」(*RB* 24)。このセリフは彼女にも優しい心がそなわっていたことを意味している。少なくとも、その可能性・潜在性を読者に伝えている。

実際、サロメを好意的に評価しようとする批評家は少なくない。たとえば、チャールズ・C・クラークは、早くも一九七〇年代に、インディアン・キャンプにおける彼女の死の場面を『盗賊のおむこさん』のもっとも重要な箇所の一つであると見なし、太陽を支配することを熱望する、グリム童話の漁師の妻や、太陽を打ち砕くと豪語するメルヴィルのエイハブ船長にも似て、「彼女は自然にたいするファウスト的な態度を表現している」と論じている（Clark 634-35）。近年では、彼女を「確立された家父長制のナラティヴとの闘争」に敗れて破滅する女性としてとらえる批評家（Harrison 65）から、彼女が「言葉の力」を頑なまでに信じ、それにしたがって死ぬまで行動する「英雄」であると論じる批評家（Thornton 58）までいる。

ロザモンドの「ダブル」は、リトル・ハープのもとに生贄のごとく差し出される、ゴート（サロメの手先として働く愚鈍な少年）の無力で哀れな姉であるという見方があるが（Binding 102）、その役は、近年再評価されつつあるサロメが演じていると考えた方が妥当であろう。バーバラ・ハレル・カーソンも言っているように、サロメこそロザモンドの「シャドウ・セルフ」（Carson 61）である。両者が表裏一体の関係にあることは、二重性をテーマにしているこの小説の次のような箇所によって裏づけられている――「……もしロザモンドが昼のように美しかったとするなら、サロメは夜のように醜くかった……」（*RB* 33）。

ただし、この両者はつねに正反対の存在として描かれているわけではない。ロザモンドが両親に「盗賊」の男と結婚したことを告げると、そのことを聞いたサロメはロザモンドに「お前もまた汚い方法で夫をつかめえたのだな、と言わんばかりの深い友情の眼差し」（*RB* 122）を投げつける。そして、ロザモンドの夫の顔からイチゴの汁をぬぐい落とす秘密の方法をそっと耳打ちして教えるのであるが、泉のそばに座っている、そのときの両者の様子は、まるで「血のつながった母と娘」（*RB* 122）であるかのように描かれている。このあとサロメはロザモンドの方にさらに身体を近づけ、二人で泉のなかをのぞき込むのであるが、そこには「一つの影（one shadow）」（*RB* 123）しか見えなかったと記されている。この「一つの影」という表現が暗示していることは何か。それは、二人がひそやかな盟を結び、心身ともに一体化していることである。すなわち、二人の距離は実は見かけほど大きなものではないのである。

であれば、当然、ロザモンドの人物像についても再考の余地が出てくる。われわれはサロメと共通の「影」――「昼」というよりも、「夜」や「闇」と結びつくイメージ――を隠し持つ彼女を純真無垢な女性と見なしていいのだろうか。一見、彼女はグレーテル、シンデレラ、白雪姫などといった、お伽噺のヒロインたちの美しい資質を充分にそなえている。だが、彼女らとの決定的な違いも見逃せない。まず彼女は非歴史的な――つまり、普遍的な――美の体現者になっているとは言えない。作者の見解によると、ロザモンドはお伽噺のヒロインたちに準拠しつつも、アイロニカルな修正が加えられている（*ES* 306）。すなわち、彼女は、ミシシッピ州における「彼女の時代の申し子（the child of her times）」、「率直な年少の開拓者（a straightforward little pioneer）」として造形されているのだ（*ES* 307）。なるほど、彼女には確かに逆境や困難を乗り越え、自身の未来を切り開いていく能力がそなわっている。

お伽噺のヒロインたちとロザモンドの間に見られるユーモラスな相違点の一つとして、彼女が大嘘つきであることに注意を払っておくことも必要であろう。彼女の嘘のつきようと言えば、クレメントもサロメも彼女の言うことなどまったく信じられなくなっているほどである。「ダイヤモンドと真珠」(*RB* 39)といった高価なジュエリーに喩えられる彼女の嘘。それは彼女の口から自動発生的に発せられる癖であり、悪意や私利とは基本的に無縁のものとして描かれている。だが、彼女が保身のために、相手を騙す目的でそれを使っているところが一つだけある。物語終盤のインディアン・キャンプの場面で、彼女は捕虜として小屋に閉じ込められているのであるが、そのとき彼女はゴートの協力をえてそこから脱出するために、彼に向かって、彼と結婚してもいいという真っ赤な嘘をついているのである。

ロザモンドが自身のセクシュアリティにうっすらと目覚めていることも、彼女とお伽噺のヒロインたちを分かつ点であろう。赤い馬にまたがった盗賊のジェイミーが彼女を誘拐し、彼女の操を奪う一連の場面は、彼女が暴行の被害者であるように見えながらも現実はそうでないような、曖昧な雰囲気に包まれている。そのように描かれているのも、彼女が彼のことを心身ともに受け入れているからである(現に、彼女は辱めを受けたときから、彼にたいし大きな哀れみの気持ちが育ってくるのを感じている(8)(*RB* 76))。本来なら忌むべきレイプの場面。作者はそれを朝明けの森のヴィヴィッドな描写のなかに組み入れ、あたかも両者の愛の営みが自然の流れの一部であるかのように提示している。

四

一見すると、『盗賊のおむこさん』は伝統的な勧善懲悪のテーマに沿って物語が展開し、完結しているように思われる。しかしながら、この小説の軸になっているのは、善と悪の意味の不確定さや反転性を示す二重性のテーマである。本論においてこれまで見てきたように、ウェルティは各々の登場人物をお伽噺の類型の両極端の資質を併せ持つように、つまり両立しがたい矛盾対立を生きるように造形している。しかも、彼女はそのような矛盾対立を二重性という高次の概念の下でまとめ上げて、物語の活力に発展させている、というより、その本質的な生命力にしている。

かくして、登場人物の一方の資質に重点を置くことを暗黙の前提とする、お伽噺的な読みの限界が露呈する。『盗賊のおむこさん』において、ウェルティはあくまでもお伽噺の外面の装いで、陰影に富む人間存在のあり方を物語ることを目指している。その結果でき上がったのが、シンプルさと複雑さ、もしくは分かりやすさと難解さが表裏一体化している、実体のつかみにくい、謎めいた小説である。すでに本論の冒頭において端的に示唆したように、この小説は子供向けのお伽噺のような顔をしている――つまり、お伽噺にうまく扮しているのである――が、実際のところ、反お伽噺であるのだ。このように考えないと、その本来のまがまがしい魅力が失われてしまうおそれがある。

あるいは、逆に、先に引用したウェルティの矛盾的な表現――「歴史的な歴史小説ではない」――に呼応させてこう言うこともできるだろう。『盗賊のおむこさん』は「お伽噺的なお伽噺ではない」と。要するに、それは二重の否定性（歴史的でもなければ、お伽噺的でもない）と二重の肯定性（歴史小説であり、お伽噺でもある）をまさしく二重に帯びている小説であるのだ。

【注】

（1）したがって、この小説は、ロラン・バルトが言っているような「間テクスト性」の概念の好例となるだろう——「無からは何も生じない。この有機的自然の法則は、一抹の疑念も差しはさまれることなく、文学的創作物に転じられる……」（Barthes 168、傍点部は原文イタリクス）。

（2）新約聖書において、サロメ（Salome）は、母親ヘロデア（Herodias）とともに、残忍で邪悪の極致を示す女性として描かれている。

（3）たとえば、French 125-26 や Wilson 64。

（4）リーサ・K・ミラーによれば、「円環（circle）がこの本における支配的なイメージである」（Miller 21）。

（5）もちろん、『デルタの結婚式』と『盗賊のおむこさん』の類似点はそれだけではない。たとえば、スーザン・ハリソンは、フェミニストの視点から両小説が共有しているテーマとして、「ジェンダーの想定、女性のイニシエーション、書き手としての女性、現実についての牧歌的な見方に固有の問題」の探究をあげている（Harrison 57）。

（6）なお、エレンの人物像については、本書第一〇章第三節の議論において取り上げているので、参照されたい。

（7）こう断言することによって、彼が自身の二重性をも保証してしまっている点は強調に値する。

（8）さらに、テクストのなかには「……もしジェイミーがロザモンドの愛をねらった泥棒であったなら、彼女はその仕事の第一のアシスタントであったし、彼の成功は同様に彼女の喜びでもあった」という記述もある（*RB* 84）。なお、フロイド・C・ワトキンズは、ジェイミーの、ロザモンドにたいする性的暴行が通常のレイプとは異なる性質のものである点に注目し、「それが冒険的体験（an adventurous experience）、かつ愉快な出来事（a fun event）になっている」（Watkins 722）とさえ述べている。

第一〇章　『デルタの結婚式』と旧南部の伝説

自足的なお伽の世界の魅力と限界――内外の眼差しの交差と非交差

「つるはしのような強い光がすべての天井や通路の屋根から降りそそぎ、家をまるごと切り離すと、それを今や暗い大地のうえで、夜の闇のなかに浮かばせながら、自分たちしかいない、何処とも知れぬ一つの孤島にした」

ユードラ・ウェルティ『負け戦』

一

ウェルティは最初の長編である『デルタの結婚式』（1946）について、一九七二年のインタビューでこう言っている——「私は旧南部の小説を書こうとしたつもりはありません。私自身何らかの特定の伝統から書いているつもりはありません……」（*CEW* 82）。彼女がこう言わざるをえなかったのは、出版当時からこの長編には現実逃避の幻想というレッテルが貼られていたからである。一九二三年のミシシッピ・デルタのノスタルジックな描写にすぎず、社会的リアリズムや政治的意識が欠如していると批判されていたからである。

たとえば、ジョン・クロウ・ランサムは、一九四六年に雑誌『ケニヨン・レヴュー』に載せたエッセイのなかで、それを「旧南部の伝統の最後の小説の一つ」（Ransom 74-75）であると見なしている。ちょうどその五年前に、ウィルバー・J・キャッシュは『南部の精神』（1941）において、テネシー州ヴァンダービルト大学英文学科を核とする一二人の農本主義者たちによる、一九三〇年のマニフェスト『私の立場』が「旧南部の伝説の正当性を再主張している」点を批判しているが（Cash 390）、マニフェストの執筆者のひとりであったランサムがウェルティにたいして自分たちが受けたのと同じような内容の批判を加えているのは興味深いことである。[1]「旧南部」へのノスタルジア。もしくは、その「伝説」の再主張。こうした批判が『デルタの結婚式』には——先述の作者の弁明にもかかわらず——近年まで根強く付きまとっていた。

本論は、『デルタの結婚式』をめぐる批評の動向の大きな変化を視野に入れながら、従来の批評家たちの盲点を意識しつつ、それを補うことによって、この長編の本質を明らかにすることを目指している。まずは議論の出発点として、ローラ・マクレイヴンの物語に注目し、彼女の視点からとらえられるフェアチャイルド家の「伝説」が如何なるものであるのかを明らかにする。次に、その「伝説」の両義性と限界が示唆されていることを例証するために、物語内部の幾つかのエピソードのなかから「イエロー・ドッグ（the Yellow Dog）」の事件を取り上げる。(2) そして最後に、作者が自足的な内的世界とそれを取り囲む外的世界の連結の問題を提起していることを確認したうえで、筆者が本論で主張したい点は、まさにその問題がこの小説と外部の社会的文脈――それが執筆されたときの時代背景（第二次世界大戦の最中）――との関係においても認められることである。

二

『デルタの結婚式』は、従姉ダブニーの結婚式に参列するために、ローラがジャクソンの町からひとりで母の実家である、デルタ地方のシェルマウンド農園へやって来る場面ではじまり、その結婚式が終了後、再びジャクソンへと戻って行くのを暗示する場面で終わっている。こうした構成の意味を重視するとき、われわれは、ローラが最重要登場人物であり、(3) 彼女の物語が小説全体の枠組みになっているのではないかという推測を立てることができる。もちろん、この推測はいいかげんなものでない。というのも、ウェルティが彼女のエージェントであるダイアムイド・ラッセルに未発表短編「デルタのいとこたち」の原稿（一九四三年一一月完成）を送ったところ、彼から「これが小説の第二章になる」という返事をえたという有名な裏話からも明らかなように、ローラを主人公にしたその短篇に質的量的な拡充をして長編化したものが『デルタの結婚式』（一九四五年九月完成）になっているからである。(4)いわば、ローラの物語はこの長編の原型・母体であると考えられるのだ。

単純化をおそれずに彼女の物語を要約すれば、おそらくこう言えるだろう。母親アニー・ローリーを失ったばかりの過敏な少女が、フェアチャイルド家の一員として認めてもらうための奮闘努力であると。ジャクソン出身でデルタの風土、習慣、特性をよく知らないローラにとって、この単独旅行はエキゾチシズムの興奮が混じった異文化体験になっている。小説の序盤において、彼女と視点をともにする読者も、同じような体験をすることが求められている。

ここで気になるのはローラが九歳という年齢に設定されている意義である。ウェルティは一九七四年のエッセイ「ウィラ・キャザーの家」のなかで、九歳というのが「幼年期においてもっとも繊細で、もっとも傷つきやすい年齢であろう」と言っている（*ES* 47）。なるほど、確かに二〇世紀前半から中盤にかけての南部の優れた小説の多くには九歳の少年や少女の姿がよく見られる。たとえば、キャサリン・アン・ポーターの短編「墓穴」(1935)におけるミランダや、フラナリー・オコナーの短編「森の景色」(1957)におけるメアリーなどである。そういえば、フォークナーの有名な短編「あの夕陽」

(1931)で黒人女性ナンシーを凝視するクエンティンも九歳に設定されている。[5] この物語において、知的に成熟していない、「繊細で」、「傷つきやすい」白人少年の感覚的な視点はナンシーを他者として描き、彼女の死の恐怖を鮮明に浮き掘りにするうえで非常に効果的であった。これとほぼ同様の執筆上の戦略が『デルタの結婚式』にもうかがわれる。大野真が主張しているように、ウェルティは観察者(外部からやって来たよそ者ローラ)の認識能力を限定することにより、逆に対象(フェアチャイルド家の生活内部)の持つ秘密／記号的魅力を高めているのである(大野 一八二)。

ローラはフェアチャイルド家を画一化──「デルタのフェアチャイルド家の人たちは皆同じように見えた」──し、驚異的な存在として心に留めている(*DW* 14)。彼女にとってこの一族が好奇心・憧れの的になっていることに疑いの余地はない。では、彼らの魅力はいったいどこにあるのだろうか。その一つは、「幸福(happiness)」の「伝説(legend)」の所有にある(*DW* 222)。南部の特権的な貴族階級にのみ許された物質的な豊かさ。そしてそれが生じさせる「幸福」の感覚。「幸福」の独占的享受。この感覚や享受が代々ロマンチックに語り継がれ、一つの「伝説」と化し、やがて一つの壮大な世界──「シェルマウンドのお伽の世界(the fairy Shellmound world)」(*DW* 149)──が誕生するにいたったと考えられる。ローラがひそかに求めているのは、その「お伽の世界」に参加し、皆に仲間のひとりとして認められることである。幸運にも、物語の閉幕のピクニックの場面では、彼女がいとこたちの生活の一部を感じ取ることに成功したことが、そして家族のなかにうまく溶け込めたことが暗示されている。

このローラの物語に欠落しているのは何か。それはフェアチャイルド家を造り上げ、統一化させている「伝説」を批判・解体する視点である。確かに、彼女は一族の「伝説」の束縛に直感的に気づいている。たとえば、彼女はいとこたちの姿を見て、「熱帯性の鳥で一杯になった巨大な東屋ふうの檻の絵」を思い起こし、「彼らは自由なのだろうか」と自問することができる（*DW* 15）。また別の場面においても、彼女は「いとこたちは皆いろいろなことを言い、お互いにキスをしあっているけれど、幸福をこっそりと軽蔑する方途をえている」と考察することができる（*DW* 74）。しかしながら、いずれの場合も一時的な洞察にすぎない。「伝説」のネガティヴな面に着目する視点が、彼女の物語において確立されることはないのである。

三

スーザン・マースは、「デルタのいとこたち」の原稿が本格的な長編となるプロセスにおいて、ウェルティがデルタ人、ナンシー・マックドゥガル・ロビンソン——彼女が本小説を献じている親友ジョン・ロビンソンの大おばに当たる人物——のダイアリーを読んだ経験が物語の拡充化に勢いをつけたと考証している（Marrs［1993］86-87,［2002］84）。おそらく執筆に勢いがついたのは、一九世紀前半におけるデルタでの生活の厳しさを綴ったそのダイアリーが、フェアチャイルド家を文化の異なる他者的存在として外側から描くだけでなく、彼らを内側から描くのに充分な知識や生気をウェルティに与えたからであろう。

そのプロセスにおいて、ウェルティはローラの他に、フェアチャイルド家の主婦エレン、長女シェリー、次女ダブニー、ジョージ叔父の妻ロビーらの視点・見解を積極的に取り入れ、各々の物語を新たに書き加えるのであるが、その結果として、少なくとも次の二つのことが言える。一つは、ローラの視点が必然的に導くフェアチャイルド家の画一的なイメージがかき消され、個々の人物の多様性が鮮明化されたことである。そしてもう一つは、この家族の「伝説」の抑圧的、隠蔽的機能が一層明らかにされ、「幸福」の裏側には暴力や死などが半ば強引に覆い隠されているのが露呈されたことである。

以下、「イエロー・ドッグ」の事件のエピソードに焦点を当てて、その二つのことを確認したい。平穏なシェルマウンド農園に鋭く切り込んでくるこの事件は、小説内で一〇回以上言及されている。すなわち、それは、『デルタの結婚式』のライトモチーフになっており、フェアチャイルド家が多様な個性から成立していることのみならず、一族の「伝説」が絶対的な真実ではない、一つの価値・慣行にすぎないことも、読者に強烈に印象づける重要な働きをしている。それでは、フェアチャイルド家の人たちがそれをどのような立場や角度から、どのように見て語っているかを概観することにしよう。

まず注目すべきは、フェアチャイルド家の人たちの多くが「イエロー・ドッグ」の事件を自分たちの家族史におけるコミカルな一部として記憶することを望んでいる点である。読者が最初にこの事件を知るのは一四歳の長男オリンの語りを通してである。彼は農園に到着したばかりのローラに向かってこう語る。

パパとママを除いた家族全員が、一〇人か二〇人くらいの黒人たちと一緒に、ドゥラウニング湖へ魚釣りに行ったんだ。二週間前の日曜日のことさ。帰りは線路づたいに歩いてきたわけ。ぼくたちは疲れていたけれど、歌を歌ってたんだ。で、モリーンが鉄橋のうえでダンスをしたら、足がはさまってしまって。ぼくだってはさまったことがあるんだけれど、ぼくは抜き方を知っているから。ジョージ叔父さんが膝をついて、モリーンの足を抜こうとしたんだけれど、そこへ列車がやって来たんだ。叔父さんはモリーンの足を抜いていないので、飛び降りられない。ぼくたちは皆飛び降りたけれど。そして、イエロー・ドッグは二人をこなごなに轢き殺す寸前でストップしたんだ（*DW* 19）。

その次が九歳の三女インディア。メソジスト派の伝道師ロンドが家にやって来ると、彼女は得意の芝居がかった話し方でこの事件を伝えて、皆を楽しませる。(6) さらに、目を輝かせながらテンプ叔母に事件の報告をする八歳の次男ロイがいる。

全体として言えるのは、こうした子供たちの語りが深刻さ・重大さを欠いていることである。その語りの連続的な効果として、ドゥーリットル機関士、ジョージ、モリーン（ジョージの兄デニスの子）、ロビーは皆、予期せぬアクシデントに巻き込まれた悲劇的な人物というよりも、「トール・テール」（Messerli 116）、または、「ユーモア豊かなファミリー・フォークロア」（Fabricant 58）に登場する滑稽な人物として固定化される。この種の物語は、外的世界の危険や暴力から子供たちをできるかぎり隔離し保護することを望む家主バトルによって促され称えられたもので、フェアチャイルド家のグループ・アイデンティティの形成に貢献している。

オリンにせよ、インディアにせよ、ロイにせよ、いずれの語りも純粋で無邪気である。しかしその純粋さ・無邪気さは、事件の含蓄を理解する、彼らの能力がまだ充分に発達していないことを示唆している。物語の終盤において、結婚式の写真を撮りにきたプロのカメラマンが、シェルマウンド農園の近くで列車に轢かれて死んだ少女の話をする場面が組み込まれているが、そのとき読者は、エレンとともに、トール・テールには決して還元することのできない、現実の悲劇的な物語の潜在性をあらためて思い知らされることになるのである。

かりに鉄橋のうえのジョージとモリーンの二人の姿に向けられた幼少の子供たちの視線が、フェアチャイルド家の「伝説」に拘束されていたと考えたらどうだろうか。この一族の子供たちは外界との直の接触を「愛情一杯の堅固な壁」（*DW* 47）によって遮断されてきた。"Shellmound"という用語の「殻《シェル》」が暗示するその壁に守られて、安穏無事に暮らしてきた彼らが「イエロー・ドッグ」の突進によって象徴される現実世界の危険性や暴力性を知覚するのは困難であったに違いない。ダブニーによれば、フェアチャイルド家の人たちは「どんなに凄いものを見る場合だって、ほんの表面だけしか見ない」（*DW* 47）という。この性癖は、「巨大な東屋ふうの檻」のなかで飼われている子供たちによく当てはまっている。彼らは列車が止まるという絶対的な確信を持ってこの場面を見ていたのではないか。

自分たちはあらゆるものから守られているという強い自信を持って見ていたのではないか。そのような確信や自信が結果的に視野を狭め、彼らに「ほんの表面だけしか」見せなかったのである。つまり、それらが彼らに皮相な解釈をさせたのだ。保護された生活の様式が創り出した価値観に照らせば、両手を線路のうえに伸べて列車を止めることができるというモリーンの考えでさえ、必ずしも馬鹿げたものではないのである。シェリーが省みているように、それはそれなりに「筋が通っている」のである（*DW* 88）。

次に、ダブニーの夫となるトロイとロビーが「イエロー・ドッグ」の事件をどのように見たのか考えたい。この両者には明白な共通点が一つある。それは、フェアチャイルド家にとって身分違いのアウトサイダー——結婚の儀式を通して一族に入り込んでくる他者——として描かれている点である。ドロシー・G・グリフィンの指摘にもあるように、外部との隔絶の意識が強い、閉鎖的なシェルマウンド農園において、内部の人間が家の敷居をまたぐところはほとんど描かれないのであるが、トロイとロビーにかぎって言うと、外の世界への通路となるドアから家に入ってくる様子が実際に描き出されている（Griffin 101）。トロイが、彼のことを観察しようと窓際に集まった人々の好奇の視線を浴びながら家へ近づき、ダブニーに迎えられる場面や、ロビーが結婚式のリハーサルの日、ドアを続けざまに激しくノックして、家に入れてもらう場面などは、その好例であろう。こうした描写は、読者に部外者・侵入者のイメージを植えつける効果を持っている。

もちろん両者の相違点も見逃せない。トロイは普段から口数が少なく、他の男性の登場人物と同様、語り手によって内面があまり描写されることがない。つまり、彼は外面から見られる客体のような存在になっている。他方、ロビーは語り手によって行動や心理が詳細に描写されている。つまり、彼女は重要な視点人物のひとりに設定されているのである。

では、事件現場における両者の視線を対比してみよう。まずは、トロイがロビーとの対話のなかで何気なく言っていることに注目したい。「あの日かい。ぼくは一つのことしか覚えていないよ。あそこで婚約をしたということだけさ」(*DW* 141)。山岳地帯出身でプラグマティカルな性格の彼は、結婚を通じて貴族階級の一員となる絶好の機会を見出したことしか記憶していない。他方、ロビーの場合はどうか。彼女がメンフィスの家を出たのは鉄橋のうえでのジョージのふるまいが直接の引き金となっているように、この事件はきわめて悲劇的な意味を含んでいる。興味深いことに、トロイとダブニーは「イエロー・ドッグ」の事件の文脈から結婚(内部と外部の結合)の物語を読み取るが、ロビーはそこから破局(内部と外部の分離)の物語を読み取ることになる。前者の物語はさておき、後者のそれとフェアチャイルド家の喜劇的な語りは真っ向から対立する関係にあるのだ。

そこで、ロビーの視点から問題の事件をもう少し詳しく見ることにする。彼女は、「純粋で、動物的な愛し方」を渇望し、「言葉」よりも「感情」で生きるタイプの女性である(*DW* 148, 158)。ダニエル・フラーが的確に指摘しているように、彼女は「『デルタの結婚式』のすべての女性たちのなかで、自身のセクシュアルな感覚を、そしてそれを結婚の場《アリーナ》で示すことを、もっとも気にかけている」(Fuller 303)。そのような彼女は、日ごろ、フェアチャイルド家の人たちとジョージの熾烈な奪い合いをしていた。

この奪い合いが事件現場で可視化する。彼女は夫の身が白痴であるモリーンのために危険にさらされるのを容認することができない。だから、彼女は鉄橋の手前のところで飛び上がりながら彼に戻ってくるように訴える（ちなみに、彼女はこのとき自分が妊娠しているのではないかと懸念していた）。だが、彼はその必死の訴えを無視し、救出作業を続ける。彼女はそれを見て、彼が自分ではなくフェアチャイルド家の方を選択し、死を受け入れる覚悟をしたと考える。結局「イエロー・ドッグ」は危機一髪のところで停車するが、それは彼女の目に「奇跡」のように映った。妻としての自尊心が傷つけられた彼女が何度も思い出す瞬間は、その奇跡的な停車の直後のことである。たわいない話をはじめる彼とドゥーリットル。彼女はこの二人にたいして怒り狂う。特に、彼女の怒りは、「ドゥーリットル氏がぼくを轢き殺すことなどない」（*DW* 148）という彼の弁明的な発言に向けられている。なぜなら、フェアチャイルド家の「伝説」に拘束されていない彼女は、実際はそうではなかったことを、つまりドゥーリットルが彼を轢き殺していたかもしれない可能性を、はっきりと見て取ることができたからだ。この事件のあと、彼女は彼のもとを離れる。だが、「イエロー・ドッグ」の喜劇化された物語を絶対的に信じているフェアチャイルド家の人たちの多くは、彼女の家出の理由を理解することができないでいる。

そういうわけで、ロビーは結婚式のリハーサルの日、夫を探しながらひとりでシェルマウンド農園に乗り込んで行き、理解のないフェアチャイルド家に敢然と戦いを挑むのである。すなわち、彼女はこの一家に、自身のアウトサイダーとしての生の物語を突きつけるのである。もし『デルタの結婚式』のなかにクライマックスと呼べるところがあるとしたら、それはまさしくこの場面であろう。結婚式それ自体は「それから女たちは各自ハンカチを目に当てた。ロンド氏はダブニーとトロイを結婚させた」（*DW* 214）という短い二文で終わり、アンチ・クライマックスになっていると言わざるをえないからである。

それではここでもう一度、フェアチャイルド家の内部の人たちに話を戻したい。ことのほか重要であるのが、観察者の役割を担っているエレンとシェリーである。両者ともロビーの悲劇的な物語を察知しており――エレンはインディアの話をできるだけ簡単に済ませようとするし、シェリーはそれを聞いて人知れず青ざめている――この事件が一喜劇に終わらないことに気づいているからである。

ただし、エレンの観察態度とシェリーのそれには大きな相違が認められる。マイケル・クレイリングが指摘しているように、周囲の空気や雰囲気の変化を敏感に感じ取る能力があるエレンは、この小説に「統一性（unity）」をもたらしうるヴィジョンを作者から付与されている（Kreyling［1980］72）。たとえば、彼女は観察対象から一歩離れたところから事件の余波を鋭く見抜いている――「……彼女は、あの鉄橋のうえのほとんど大惨事を招いていたかもしれない事件が、今まで思っていた以上に、最近家族のなかで起こっている多くのことの核心にあるらしいと感じていたのである……」（*DW* 157）。「最近家族のなかで起こっている多くのこと」とは、ロビーがジョージの家を出て行ったこと、ダブニーがトロイとの結婚を決めたこと、そしてシェリーが意識的にある種のぐれた感じを出していることなどである。エレンはそれらすべてのことが最終的に「イエロー・ドッグ」の事件に収斂すると感じている。それだけではない。何とも驚くべきことに、彼女はロビーの立場から事件を透視することさえできる。すなわち、彼女は実際に事件を自分の目で見たのではないのだが、ジョージの命を奪ったかもしれないあの危険な場面を「フェアチャイルド家が彼に課している偽りのポジションの縮図」としてとらえ、それこそロビーを暗澹とした気持ちにさせた原因ではないかと、そしてそのときロビーが「奇跡」や「真のヴィジョン」に直面したのではないかと想像を働かせることができるのだ（*DW* 188）。

しかしながら、事件現場に居あわせたシェリーはそのような真相に到達することができない。現場での彼女は、妹たちや弟たちの視線を気にしていることからも明らかなように、自分が見る主体である以上に見られる客体であることを強く意識している。つまり、エレンのように主客分離の特権的な視点を持つことが許されていないのである。

ならばシェリーは事件をどのように見たのだろうか。その検討に入る前にシェリーの人物像を手短に説明しておく。彼女はフェアチャイルド家の文化的伝統を守る側に身を置きつつも、内部からそれを批判的に観察している。一家の相続財産である宝石を管理していることが暗示する彼女の保守的な一面は、ロビーやトロイがフェアチャイルド家の円内に侵入してくることに憤りを感じていることからも理解できる。その一方で、彼女はこっそりと日記をつけていて、家族の排他性や集団内での個の消滅といった問題について考え続けている。このようにシェリーは、家族にたいする守護と批判という相反する感情によって引き裂かれ、苦悩する人物として造形されている。

事件にたいする彼女の心境を巧みに表現しているのが次の箇所である──「あの鉄橋のうえの場面は、シェリーにとってほとんど消しがたいほど馴染み深いものになっていた。なぜなら、彼女の記憶はそのときの行動をしっかりととらえており、それをまるで教室に貼り出された絵のように生き生きした、暗雲の漂う色彩で、何度も見ることができたからである……」（*DW* 87）。シェリーは、「ジョージとモリーンが頭上でしっかりと抱き合っていて、残りの人たちが下で鉄橋の陰に染められている」（*DW* 87）鮮烈な画像を他人に話すことも、日記に記すこともできないでいる。つまり、彼女はそれを言語化できずに、自分の胸の奥底にしまいこみ、事実上処理不能の状態に陥っているのである。

なぜシェリーはこの「鉄橋のうえの場面」にこだわるか。それを払拭することができずにいるのか。明らかに、彼女は外界の凄まじい力と向き合って尻込みしてしまったことへの劣等感に苛まれている。彼女はいざというときには列車が止まると思っていた。にもかかわらず、他の子供たちと一緒に鉄橋のうえを歩くことができずに、己の臆病さ・勇気のなさをはからずもさらしてしまった。彼女が恥辱を受けるのを承知のうえで鉄橋のうえを歩こうとしなかったのは、そこに潜む暴力的な力を察知していたからであろう。だとすれば、この事件は一族の「伝説」にたいする彼女の懐疑心を不意に現出させたことになる。

シェリーの漠然たる不安はそれだけではない。彼女はジョージとロビーがお互いに深く傷つけあってしまったのではないかと、鉄橋のうえでの諍いこそロビーがジョージのもとを離れた理由ではないかと、心配している。さらに、彼女の内面では二人の関係の悪化をまったく顧慮する様子もなく、鉄橋のうえで高揚して婚約発表をしたダブニーにたいする嫉妬心もくすぶっている。これらの感情がすべてない交ぜになって、彼女は混乱に陥っているのである。概して、視覚的なものや感覚的なものを言語化するのは容易なことではない。シェリーの混乱は、「鉄橋のうえの場面」を言葉でとらえきる作業そのものの困難さを示しているとも言える。

最後に、結婚式の主役であるダブニーについても簡単に触れておきたい。おそらく彼女と年少の子供たちとの間には一線を引かねばなるまい。というのも彼女がフェアチャイルド家の「伝説」に抗して、自己の生の意味やその充足を追求しようとする年齢（一七歳）に達しており、「イエロー・ドッグ」の事件のなかに「巨大な東屋ふうの檻」から飛び出す契機、自立への第一歩を見出しているからである。

ダブニーが自身の生の飛翔を待ち望んでいたことには、もちろんはっきりとした理由がある。彼女は「人生におけるとても正しいことやとても悪いこと」（*DW* 122）を肌で感じ取ることを欲しているのである。彼女は安全と無知のなかに永久にとどまるより、傷つきながらも生きることを望んでいるのである。「甘美さは計り知れぬ深さの、目に見える表面にすぎない。それは私をこわがらせる、あらゆる暗黒の表面にすぎない」（*DW* 37）。こう考える彼女は、日常の事物の「表面」を突破して生きることの危険性とその意義を深く理解しており、必要とあれば、「暗黒」に身を投じる覚悟を決めている。たとえば、ロビーが激しく非難しているように、ダブニーはあのとき列車がやって来るのを知っていた可能性がある。つまり、列車の危険性や暴力性を感じるのを楽しんでいた可能性さえあるのだ。

過保護な両親からの独立を願い、何とも言えない不安や孤独と戦いながら自らの生きる途を突きすすもうとするダブニーの思いは、結婚式のリハーサルの日における彼女の行動にもっともよく反映されている。彼女は早朝にひとりで馬に乗り、今は廃屋となっているがやがて彼女とトロイの新居となる、お城のように豪華なマーミオン邸が、「死の河（River of Death）」（*DW* 194）の異名をとるヤズー河の水面に映し出されるのを見に行き、その帰り道で「私は絶対に何もあきらめない。トロイをあきらめることもしないし、トロイのために何かをあきらめることもしない」と決意を新たにする（*DW* 122）。そしてその大胆な決意のあと、彼女はヤズー河の暗い渦巻きのなかをのぞき込み、己の恐怖心を満足させながら、非日常的世界のカオスやエロスが投影された、その河の実体を探究するのである。思索的な姉シェリーとは対照的に、彼女は行動力に富み、冒険的である。そう言えるのは、彼女が内部の保護された世界のなかで蓄えた、猛々しい生の活力を糧にして、外部の「暗黒」の世界に大胆に挑んでいるからである。

四

以上、「イエロー・ドッグ」の事件が、フェアチャイルド家の「伝説」を疑問視するための重要なエピソードの一つとして機能しているのを見てきた。この事件の文脈では当然のことながらローラの出番はない。彼女は舞台の陰に引っ込んでおり、聴衆のひとりに成り下がっている。

もし『デルタの結婚式』においてローラの物語がその骨格となっているとすれば、「イエロー・ドッグ」の事件に関して繰り広げられる語りのなかで徐々に明らかにされる、その他の人物の、互いに犇めき合う物語の群れは、その肉付けの役を果たしている。おそらく、ウェルティはフェアチャイルド家への憧憬と一時的参与によって特徴づけられるローラの視点だけでは、この家系の全貌を立体的に表現することができないと考えたに違いない。そこで、ローラの視点の物理的・心理的限界を補うべく、ロビー、エレン、シェリー、ダブニーらの別の視点が必要とされたのであろう。

結果として言えば、個々のさまざまな視点からの物語を互いに共振・摩擦させることで、ウェルティは、フェアチャイルド家の「伝説」の概念について探究し、その両義性と限界を示唆している。彼らの「伝説」が両義的であると考えられるのは、それが一方で愛情や「幸福」をふんだんに与えつつも、他方で保護や絆などという言葉のもとで剥奪、束縛、排斥をしているからだ。家族の保護や絆などは、内部の人間にとっては自由の剥奪や精神的成長の束縛に、外部の人間にとっては排斥になりうるのである。そしてこの「伝説」に限界があると言えるのは、フェアチャイルド家の人たちは暴力や死を見ないように強いられているのであって、必ずしもそれから免れているのではないからだ。平和で豊かな「幸福」の生活を維持するためには、外部の現実を見ないという逃避の姿勢が不可欠とされるのである。

ジェームズ・C・カッブは、ミシシッピ・デルタが「地球上でもっとも南部的な場」であったと考え(7)(Cobb vii)、それをタイトルにした研究書を世に出しているが、もしデルタという土地が歴史上そのように表象されてきたとすると、そこに住むフェアチャイルド家が「もっとも南部的な」性格を持つように造形されるにいたったとしても何ら不思議ではない。彼らの多くに見られる現実逃避の心理は、南部社会に生きる白人一般にも共通するものである。事実、リリアン・スミスは『夢を殺した人びと』（1949）のなかでこう言っている——「私たちの地域の人たちは、自分たちの人生、精神、心、良心を閉ざすことによって、つまり、物事をあるがままに感じたり、見たりしないことによって、トラブルをうまく処理するのです」（Smith 67）。

現実からの逃避は、現実を削除する行為でもある。ウェルティより一二歳年下の、ミシシッピ州生まれの作家エレン・ダグラスは、不適切・不快なものを削除したり、何か別のものに変えてしまったりする、彼女と同世代またはそれより古い世代の南部白人——特に女性——の一般的特質に興味がある、とかつてインタビューで述べたことがある（Douglass 115）。このような特質がフェアチャイルド家の人たちによく当てはまることは言うまでもない。たとえば、前節ですでに確認したように、彼らは「イエロー・ドッグ」の事件において、その危険性や暴力性のみならず、ロビーの悲劇的な物語までもうまく削除している。

同様の削除の機能が、ジョージに向ける視線についても働いている。彼はデニスの死後、家族の中心的人物となっており、子供たちを狭い血縁の関係を超えて、外界へと導く重要な役を担っている。ダブニーが九歳のとき彼が黒人とナイフで争う場面を見てほとんど直感的に理解したように、彼の愛情は身内のみならず、人間の生きる世界そのものに注がれている。ところが、彼を一族の理想として偶像化し、頼り切っている女たちや子供たちの多くは、「自身の放縦のランプ（the lamp of their own indulgence）」（*DW* 191）でしか彼を見ようとしない。否、そのようなランプでしか彼を照らし出すことができないのだ。つまり、彼らは、自分らにとって不適切・不快となりうる彼のアウトサイダー的一面を削除しているのである。

さらに付け加えるなら、農園外部への依存性も削除されている。フェアチャイルド家にたいする、ロビーの苦言――「あなた方は全員、甘やかされた、高慢な家族なのよ。世間には自分たちの他に誰もいないと思っているでしょう！　ところが、いるんです！」（*DW* 163）――にあるように、内外という二項対立の見方（優劣の価値判断）に縛られている彼らは、劣等なる外部（その実体化がロビーとトロイ）との繋がりを公然と認めることができない。だが、農園の自足性、そこでの生活の基盤は外部からのさまざまな供給品に依存している。結婚式の文脈で言うなら、メンフィスから運ばれてくる花やケーキや杖などである。実際、これらの品物の到着の遅れが式の挙行を危うくしている。

さて、これまで本論では、アウトサイダーという言葉を階級面での他者という意味でもっぱら使ってきた（ただし、ローラやエレンも、さらにはジョージもそれとは別の意味で、アウトサイダー的一面を有していることは付記しておく）。だが、この言葉は、フェアチャイルド家にとって人種面での他者である黒人の登場人物にたいしても適合する。彼らはシェルマウンド農園の内部にいながらも、発言権や決定権を有するインサイダーとして表象されることがないからだ。

概して、フェアチャイルド家の黒人たちは、女中ロクシーに代表されるように、物語の舞台の背景で日々の細かな仕事に従事している。[8] 小説の冒頭のローラの到着場面において、執拗に続いている「綿の圧搾機の振動」(*DW* 17)。敏感な読者であれば、それが黒人の絶え間ない労働を、その過酷さを表現していることに、すぐに気づくであろう。結婚式の設営も、黒人たちの重要な仕事の一つである。そのためにあくせく働く裏方の姿は印象的である。にもかかわらず、パトリシア・イェガーが鋭く指摘しているように、フェアチャイルド家の人たちは、自分たちの裕福な生活を陰で支える黒人たちの過酷な労働を――この場合は意識的にというよりも、非自覚的にではあるが――看過している(Yaeger 98-99, 184-85)。つまり、彼らは、黒人たちへの依存性を考慮に入れることができずに削除しているのだ。

要するに、フェアチャイルド家の多くの人たちが削除する対象は、自分たちの「幸福」の概念に当てはまらぬ、ありとあらゆる異質な要素である。しかしながら、作者も同じように、シェルマウンド農園を囲繞し、その内部にひそかに侵入してくる、外部の世界のさまざまな動きにたいして眼を閉じていると考えてはならない。この小説にはいたるところ、光の当てられぬ、暗闇の不確かな要素が散りばめられているからである。それは、いわば内部をすっと横切る影のようにかすかに感知されるものとして書き添えられている。

ここで本章の冒頭に掲げているエピグラフ(長編『負け戦』(1970)からの引用部分)に着目してほしい。それは日が暮れて明かりが灯された瞬間のレンフロー家(フェアチャイルド家のように裕福ではないが、彼らと同様、血族意識がきわめて強い南部の大家族)の様相を「光」と「闇」の鮮やかな対比的イメージで浮き彫りにしている。本論においてそれが意義深いのは、デルタにおけるフェアチャイルド家の存在形態が如実に示されているからである。つまり、ウェルティは、光で照らされた、「孤島」の内部の世界を賛美し、祝福しているだけではない。彼女は、外部の暗い、より大きな広い世界の存在をつねに意識し、それを複眼的に視野に入れて、フェアチャイルド家の人間関係を物語化しているのである。

五

『デルタの結婚式』においてきわめて抽象的な、漠然とした形でしか表現されえない、外部の暗闇の世界とは、いったい何であるのか。あえて言うまでもなく、それは未知で不可解な、デルタの未開拓の地である。ただ、われわれが今問わねばならないのは、それが何らかのメタファーとして機能している可能性である。その可能性を問うとき、作者が「イエロー・ドッグ」——先に述べたように、その突進は現実世界の危険性や暴力性を象徴している——の機関士の名前をドゥーリットルに設定しているという事実が非常に重要な意味を帯びてくる。(9) ドゥーリットルとは、知る人ぞ知る、一九四二年に最初の東京空襲を指揮したとされる米国の軍人 (James Harold Doolittle) である。つまり、この名前はわれわれに第二次世界大戦の暗い世相を強く意識させるのである。

ウェルティはデルタについての物語を書くにあたって、年鑑を見ながら、男たちが皆家にいて戦争や洪水といった外的影響をあまり受けずに人物に集中できる平穏無事な年を選んだと説明している (*CEW* 49-50)。ところが、彼女が選んだ一九二三年というのはそのような年では決してなかった。第一次世界大戦後からはじまった、黒人の南部から北部への大移動が一九二〇年代においても尽きることなく続いていたからである[10]（Doyle 303）。一九二三年とてその例外ではなく、何千もの黒人がデルタを離れ北部の工場へと向かって行くのを目の当たりにした、プランター兼ビジネスマンたちは、ありとあらゆる方法を使って——時には力ずくで——黒人の流出を防ごうとした（Gretlund 105）。彼女は意図的にデルタのこうした社会政治的な歴史の一片を削除したかのように見える。

近年、『デルタの結婚式』と一九四〇年代初期の歴史的文脈の関係が論じられるようになり、その先鞭をつけたアルバート・J・デブリンによれば、第二次世界大戦中に執筆されたこの長編は、当時の社会情況から完全に遮断されているように思われるが、実は時代にたいする「ウェルティの、熟慮のうえでの応答」を反映している（Devlin［1996］252）。つまり、デルタの世界の創造によってウェルティが確保したのは、歴史的現在からの「距離」であり、戦争という「人類の精神にたいする暴力」（ラッセル宛ての手紙のなかで、ウェルティが真珠湾攻撃に言及して使っている言葉）を「安全なところからもう一度よく見ること」である（Devlin［1996］259）。さらに、デブリンはエレンがロビーにたいして発するセリフ——「すでに私たちの内部に闘争があると思うのです——この地球上の人々の内部にそれはあり、私たちの間にあるのではないのです……」（*DW* 163）——を取り上げ、闘争を「世界のステージ」から矯正の期待できる唯一の場である「孤独な人間の心」に移し変えるエレンの、「合理的に解釈する存在」としての役割を重視し、彼女のヴィジョンのなかに作家のオプティミズムを読み取っている（Devlin［1996］252, 260）。

また、マースもデブリンの解釈におおむね同意し、戦争にたいするウェルティの応答を、この小説のなかで彼女が以下のような特性を追求する姿勢のなかに見出している——（一）死と喪失の切迫感に勇敢に立ち向かうこと、（二）生のはかなさがわれわれの生活にもたらしうる緊急性を認識すること、（三）愛情の連続性と他者の人間性を発見すること、（四）生の多くの恐怖にもかかわらず、その美しさを知覚すること。ウェルティはこうした特性が当時の全体主義政権によって脅かされながらも、戦時を生き抜いてほしいと強く思っていたに違いない、とマースは結論づけている（Marrs [2002] 76）。

デブリンもマースも『デルタの結婚式』が、ウェルティにとって、戦時中の荒々しい世界と折り合いをつけ、それとの関係を築き上げてゆくうえで不可欠なものであった点を示唆している。すなわち、両批評家とも戦争にたいする彼女の肯定的な信念について論じていると言っていい。ウェルティは『ウエルティ短編集』（1980）の序文のところで、概して自分の物語が時代への応答から生まれたものであると主張しているが（CSEW xxvii）、その主張をここで持ち出すまでもないだろう。『デルタの結婚式』が時代（戦争）にたいするウェルティの応答から生まれたことに否定の余地はないように思われる。

ただし、それにたいするウェルティの信念が、デブリンやマースが言うほど小説内で全面的に描き出されているかについては再考の余地がある。というのも彼女は戦争のような不適切・不快なものの痕跡や空気を物語世界から排除し、できるかぎり見ないようにしたからである。ややもすれば彼女のこのようなふるまいは、ダグラスが言うところの、南部白人女性の古い特質の一例として、あるいはフェアチャイルド家的な性格の一面として解釈されるおそれがある。

しかし、これまで見てきたように、『デルタの結婚式』は内部と外部の連結の不可避性を証明している。換言すれば、この小説は一方で自足的なお伽の世界を謳歌しつつも、他方でその世界の限界と盲目さを暗示しているのである。だとすると、ウェルティはこの時期、戦争（外部）にたいして関心を持たずにはいられなかったのであるが、[11]それにたいする個人的応答が小説（内部）に書き込まれてしまう必然性にも気づいていたのではないだろうか。この小説の戦争（外部）への応答は、そのような隠微な形においてのみ認められるべきである。かくして、歴史そのものからの乖離を主張しているかのように見える『デルタの結婚式』の芸術主義的自律性の宿命は、シェルマウンド農園の自足性のそれとまさに重ね合わせて理解されることができるのである。

自律性・自足性を肯んじることができないという宿命の認識。ウェルティはこの長編を、夜の闇のなかに浮かぶ「孤島」の世界で幸せに生きる盲目たちの群れをすっと横切って流れ落ちる「大きな金色の星」（*DW* 247）の描写の場面で締めくくっている。その流星は言わずもがな、外部の広大無辺なる世界から解き放たれており、それは内外をつなぐ、一瞬の美しい自然現象として提示されている。[12]それを二度目撃したローラが皆の方に向きなおり、「光り輝く夜空」（*DW* 247）に両腕を差しのべている姿を、「孤島」の世界の外部へと向けられた彼女の視線を、われわれは忘れるわけにはいかない。

【注】

（1）ランサムのこの態度は一見矛盾しているように見えるが、必ずしもそうではない。彼は一九三七年にオハイオ州のケニヨン・カレッジに移ったあと、一九四五年に自らの農本主義を公然と放棄している（King 111）。

（2）ちなみに、「イエロー・ドッグ」というのは、ヤズー・シティとデルタ地方を往復する列車「ヤズー・デルタ」のニックネームである。中村紘一の解説によれば、それは、「ヤズー」（Yazoo）とデルタ（Delta）の頭文字を取って作られている（中村 五〇）。

（3）ジョン・エドワード・ハーディは、ローラが小説内の他の誰よりも、ウェルティのスタンドインに近い存在であると述べている（Hardy 42）。近年では、ジュリア・アイケルバーガーが同様の指摘をしている（Eichelberger 48）。

（4）「デルタのいとこたち」が『デルタの結婚式』として仕上がるプロセスについては、クレイリングの最初の著書（第四章）、デブリンの一九八九年の論文、マースの一九九三年の論文を参照。

（5）さらに言えば、『行け、モーセ』（1942）の冒頭の章をなす短編「昔あった話」において、その物語の体験者も九歳のキャスに設定されている。

（6）クレイリングが言うように、オリンの事実に即した、率直な語りは「ヒストリカル・ナラティヴ」に、インディアの聴衆の感情に訴えかけるような語りは「メロドラマ」にそれぞれ擬えることができるだろう（Kreyling [1999] 88-89）。

（7）「もっとも南部的な場」というのは、農園制度がもっとも活発に機能している地域であると言い換えられる。実際、一九一〇年の農業センサス（the 1910 Census of Agriculture）は、デルタがおそらく南部の他のどの地域よりも農園制度をしっかりと定着させている、との結論を下している（Cobb 98）。

（8）とはいえ、彼らが皆、主人に忠実な召使いとして描き出されているわけではない。たとえば、農園の事務所で監督者トロイに向かって、アイスピックを持って襲いかかろうとする作男ルート・マフークのような反逆的な黒人も、この小説には書き込まれている（*DW* 195）。

（9）デブリンによると、タイプ原稿の段階での「イエロー・ドッグ」の機関士の名前は、平凡な「マシューズ氏（Mr. Matthews）」であったという（Devlin 253）。

（10）ドン・H・ドイルの研究書では言及されていないが、ある社会学的データによると、一九二〇年代に、ミシシッピ州は働き盛りの黒人男性（一五―三四歳）の全体の一四・二パーセントを流出している（Davis 113）。

（11）当時彼女の弟や友人の多くが兵役に服していたことや、「デルタのいとこたち」に大幅な改変を施していた二年弱の期間、彼女がジョージ・ビドルやウィリアム・サンソムらの戦争小説の書評を書いており、小説以外の形で戦争と密接にかかわっていたことをここで思い出してもいいだろう。

（12）ローラの物語の文脈との関連で、この流星についてひとこと付け加えておくなら、「それは、まさにその落下の瞬間、彼ら「フェアチャイルド家の人たちとアウトサイダーであったローラ」を一つにしている」（Hardy 43）。

あとがき

「深遠」と評判の、フォークナーの小説にはじめて触れたのは、大学四年生のときである。当時、留学先のミシシッピ大学で言語学《リングィスティックス》を専門的に勉強していた私は、アメリカ文学の主要作家のマスターピースを読むという授業のなかで『響きと怒り』を精読し、討論する機会をえた。そのときは、アメリカのモダニズム小説の最高峰と称されるこのテクストの、複雑で難解きわまる意味の解明にひどく苦しめられ、物語の面白さを味わうどころではなかった。にもかかわらず、辞書を片手に何とか読み終えたあと、「いつか時間のあるときに再度チャレンジしたい」というような不可思議な願望にとらわれたことはぼんやりと覚えている。おそらくこのテクストのなかに潜在している何か――その正体はいまだに不明なままであるが――に心を打たれていたのであろう。

学部時代における有意義な一年間の留学体験に関して言えば、よりはっきりと記憶しているのが、「南部研究《サザン・スタディーズ》」の授業である。主たる担当教員は、南部史家として名高いテッド・M・オウンヴィ先生（ちなみに、ミシシッピ大学「南部文化研究所」のウェブサイトの情報によると、オウンヴィ先生は二〇〇八年から同研究所の所長を務めているようである）。歴史学、社会学、政治学、文学などの多様な視角から「南部」

という地域の本質を明らかにしようとする、この授業は非常に新鮮で刺激的であった。いまだに忘れがたい授業の一つである。

帰国後、大学院に進学し、アメリカ文学（二〇世紀アメリカ南部小説）を専攻することにしたのも、フォークナーのテクストをはじめて読んだときの苦々しい、だが神秘的で強烈な、体験が生きていたからだけでなく、「南部研究《サザン・スタディーズ》」なるものにたいする興味・関心が根強く続いていたからでもある。

大学院では、幸運なことに、亡き吉田廸子先生から指導と鞭撻を賜ることができた。真の意味で私の研究人生はここからはじまったと言っていい。吉田先生の授業では、何よりも、文学テクストの不可解な箇所を素どおりすることなく、緻密に丁寧に読むことの難しさと大切さを厳しく教えられた。大学院時代（修士・博士課程の期間）にクラスルームで知性と教養を兼ねそなえた優秀な先輩たちと一緒に読んだ、フォークナーの長編として特に思い出深く残っているのが、『アブサロム、アブサロム！』、『村』、『行け、モーセ』の三編である。このいずれのテクストも本書で取り上げており、その各々の論考は、私が大学院時代に考究したことを土壌にしており、そこからゆっくりと時間をかけて花開いたものである。

序章の場合と同様、またしても話がフォークナー文学の方に一方的に傾いてしまったが、ウェルティのテクストとの出会いについても、ここでごく簡単に触れておきたい。彼女の長編小説を本格的に読みはじめたのは、私が大学院博士課程を満期修了してからのこと、つまりフォークナーの代表的なテクストをひととおり読み終えてからのことである。研究の視野を広めるためにフォークナー以外の作家のテクストも渉猟するようにとの助言を下さったのは吉田先生だ。その貴重な助言があったからこそ、私はウェルティの一連の小説群と向き合い、それらを楽しむ気持ちになれたのだと思う。

最初に読んだのは『デルタの結婚式』である。ミシシッピ州デルタの地域と言えば、フォークナー文学の研究者であれば、誰でもすぐに『行け、モーセ』に収められた短編「デルタの秋」の文脈を思い浮かべるに違いない。ところが、『デルタの結婚式』には、荒野の大森林の意義や狩猟のマナーについての記述はおろか、土地と人間（黒人）を所有し、それらを一族の財産として相続することの意味や、先祖の罪悪にたいする羞恥心などがあらわにされる箇所さえない。こうした事柄は家父長制社会における白人男性ならではの関心事であるからなのだろう。

フォークナーの小説とは明らかに異なり、『デルタの結婚式』がスポットを当てているのは、デルタに住む裕福な大家族の女性たちの日常の姿である。そして、その小説が探究しているのは、彼女たちの内省と記憶の世界である。興味深いことに、ウェルティのデルタにおいては、先祖代々土地を受け継いでいるのは女性たちであり、男性たちはそれを持たせてもらっているだけであるとさえ記されている。

このような女性たちの伝統的な世界は――たとえそれが男性たちの社会的、経済的権力構造を確証づける、農園の言説のなかに結果的に組み込まれているものであったにせよ――フォークナーが自身のヨクナパトーファ小説のなかで積極的に描こうとしなかった（あるいは、想像の力が及ばず描けなかった）領域の一つである。私が『デルタの結婚式』を一読したときにえたのは、『響きと怒り』において沈黙を強いられているキャディの内面の声と質的に重なりうる、貴族階級の女性の生の声をじかに聞き取ることができたかのような強い衝撃である。

アメリカ南部文学の中核に絶対的な神のごとく君臨する大作家フォークナー。彼ほど才能のある書き手でさえ、表象の一般的原則――如何なる表象も完全なものではありえず、不完全さがその本質である（表象とはその意味で、すべて誤表象であると考えていい）――から免れえていないという事実。ウェルティのテクストは、彼の「南部」表象の盲点や問題点を露呈しつつ、それを好意的に――場合によっては、批判的に――補っているように思われる。彼女のヴィジョンに触れてからというもの、私は私の知っていた「南部」が彼の言説によって構築されていたものであったことを実感し、彼の眼から、つまり彼の男性中心主義的な経験を通じて、「南部」を見ることの限界を意識するようになった。もちろん、彼はそのような限界を隠蔽することなく、自らすすんで、好んで書いてさらけ出すタイプの作家であるのだけれども、学生時代から彼をひたすら神格化し続けてきた読者のひとりであった私は、それを意識のレヴェルで把捉することができなかったのだ。そのことができるようになっただけでも、彼の「南部」を外からの目線で考えることとの重要性を感得しえただけでも、彼女のテクストが私の研究に及ぼした影響は甚大である、と言わなければならない。

ウェルティのテクストをよく読むことで、フォークナーの特質がさらに分かってくる。逆に、フォークナーのテクストを咀嚼することで、ウェルティにたいする理解が一層深まる。こうした体験が実際に読者の身に起こりうるのだ。ミシシッピ州生まれのこの二人の作家は各々のテクストにおいてそれほどまでに密接な関係を築き上げているのではないかと、私は思う。
さて、すでに序章で示唆したように、本書が形作られるにあたっては、多くの既発表の論文がもとになっている。しかし、そのほとんどすべての論文において大幅な加筆と修正をほどこしているため、結果的にかなり印象の異なるものになっている。極端なケースにおいては、元の形をとどめていないものさえある。以下、本書のもとになった論文、もしくは学会での口頭発表を示しておく。

序　章　書き下ろし
第一章　"Faulkner's Portrayal of the Sartoris Males and Southern Masculinity in *Flags in the Dust* and *The Unvanquished*." *The Journal of American Literature Society of Japan*, No.1（2003）, 85-97.
第二章　「暴力の正当化と権力の正統性――『アブサロム、アブサロム！』と「ウォッシュ」における階級闘争の表象」『紀要』第一一九号、関東学院大学文学部、二〇一〇年七月、二五一－六四。
第三章　「「白い血」という檻――*Go Down, Moses* におけるアイク・マッキャスリンの人種的思考」日本アメリカ文学会北海道支部第一五五回研究談話会（北海学園大学）、二〇一一年一一月。（口頭発表）
第四章　「三つのミンク・スノープス像とフォークナーの変化」『文学部紀要』第四〇号、青山学院大学文学部、一九九九年一月、一八三－九六。
第五章　「サザン・レディのアイデンティティの問題をめぐって――Eudora Welty の *The Optimist's Daughter*」『北海道アメリカ文学』第二五号、日本アメリカ文学会北海道支部、二〇〇九年三月、六三－七八。

第六章　「ウェルティのクェンティン――『響きと怒り』第二章と『黄金の林檎』第五章」『国家・イデオロギー・レトリック――アメリカ文学再読』（根本治監修、松崎博・米山正文編著）、南雲堂フェニックス、二〇〇九年三月、二三一―五一。
第七章　「"A Curtain of Green" の「雨」と "Dry September" の「土埃」――Welty というレンズを通して Faulkner を読むことの一例」『北海道アメリカ文学』第二二号、日本アメリカ文学会北海道支部、二〇〇六年四月、五一―六二。
第八章　「名誉と尊厳――『行け、モーセ』における家父長的物語の枠組みと黒人の抵抗」『フォークナー』第三号、松柏社、二〇〇一年四月、一〇九―一一六。
第九章　「お伽噺的な読みの束縛からの脱却――『盗賊花婿』における二重性のテーマについて」『紀要』第一〇四号、関東学院大学文学部、二〇〇五年七月、一八三―九六。
第一〇章　「自足的なお伽の世界の魅力と限界――ユードラ・ウェルティの『デルタの結婚式』論」『他者・眼差し・語り――アメリカ文学再読』（吉田廸子編著）、南雲堂フェニックス、二〇〇五年四月、二五二―七九。

これらの既刊論文のなかには、学会での口頭発表の原稿をもとにしているものがある。第四章の論文は日本アメリカ文学会全国大会で、第五章と第一〇章の論文は日本アメリカ文学会北海道支部研究談話会で、第六章と第八章の論文は日本ウィリアム・フォークナー協会全国大会で、第七章の論文は日本アメリカ文学会北海道支部大会で、それぞれ発表させていただいたものを下敷きにしている。こここでお名前を列挙することは控えるが、発表の機会を与えてくださった幹事の先生方、有益なフィードバックをくださった参加者の方々に、まずはお礼を言いたいと思う。

私は今、自身の研究人生の一つの大きな区切りとして本書を世に出すことができる喜びに浸っている。その喜びは言葉で言い表せないほどである。とはいえ、今後この本がたどることになる運命に思いをはせると、それが読者や批評家によって如何に受け止められるのかを考えると、緊張と不安の波が急にどっと押し寄せてくる。しばらくの間、そのような複雑な思いを持ち続ける他はないのであろう。

本書の刊行にあたっては、幸いにして、関東学院大学文学部人文科学研究所の出版助成を受けることができた。助成をお認めくださった人文科学研究所所長の大越公平教授、および同研究所所員の先生方、そして煩雑な事務作業を一手に引き受けてくれた文学部庶務課の畠山定子さんには、衷心より感謝申し上げる。

他にも心からの謝意を伝えたい方は大勢いる。先述の吉田廸子先生は言うまでもなく、大学院時代からお世話になっているもう一人の恩師である根本治先生と、村山瑞穂、細谷等、松崎博、西本あづさ、中村亨、米山正文の諸先輩（特に、米山先輩からは長年にわたって研究面での助言と励ましの言葉を賜っている）、本書の原稿を読んで貴重なコメントをしてくださった関東学院大学文学部の仙葉豊と山邊省太の両先生、さらには本書の出版を快く引き受けてくださった論創社の森下紀夫社長をはじめ、的確な編集と校正を行ってくれた松永裕衣子さんと社員の方々にも、ここであらためて厚くお礼申し上げたい。

最後にまことに私的なことではあるが、私の個人的な研究をいつも身近で支え続けてくれた妻の万喜子にも感謝のひとことを添えたい。

二〇一三年春　葉山にて

本村　浩二

《人名項目索引》

人名は、アメリカ英語の標準的な発音にしたがって、カタカナで表記している。ただし、日本語での表記がすでに定着しているものについては、それを優先している。

【あ行】

アーゴー、ジョーゼフ・R　Joseph R. Urgo　30, 31, 65, 71, 105
アーレント、ハンナ　Hannah Arendt　69, 70
アイケルバーガー、ジュリア　Julia Eichelberger　258
アイヤーズ、エドワード・L　Edward L. Ayers　195, 198
アプレイウス、ルキウス　Lucius Apuleius　216
イェイツ、ウィリアム・バトラー　William Butler Yeats　21
イェガー、パトリシア(・S)　Patricia (S.) Yaeger　21, 253
ヴァンド・キーフト、ルース・M　Ruth M. Vande Kieft　146
ウィリアムソン、ジョエル　Joel Williamson　189, 202
ウィルソン、エドマンド　Edmund Wilson　150, 168
ウェインライト、マイケル　Michael Wainwright　118
ウェストリング、ルイーズ　Louise Westling　168
ウェルティ、クリスチャン[クリス]・ウェブ　Christian (Chris) Web Welty　128, 179
ウェルティ、チェスティーナ・アンドリューズ　Chestina Andrews Welty　126-128, 131, 137, 179
ウェルティ、ユードラ　Eudora Welty
　『ある作家のはじまり』*One Writer's Beginnings* (*OWB*)　127, 128, 130, 148
　「ウィラ・キャザーの家」"The House of Willa Cather"　236
　『ウィリアム・フォークナーに関して』*On William Faukner* (*OWF*)　97, 150
　『ウェルティ短編集』*The Collected Stories of Eudora Welty* (*CSEW*)　132, 133, 176, 177, 181, 182, 188, 256
　『ウェルティとの語らい』*Conversations with Eudora Welty* (*CEW*)　21, 22, 137, 144, 146, 151, 215, 234, 254
　『ウェルティとのさらなる語らい』*More Conversations with Eudora Welty* (*MCEW*)　139, 142
　「ウサギさん」"Sir Rabbit"　158
　「黄金の雨」"Shower of Gold"　158
　『黄金の林檎』*The Golden Apples* (*GA*)　20, 21, 139, 146, 149, 152, 154, 157, 159, 161-166, 168-170, 215
　「記憶」"Memory"　127, 131, 133, 134, 136, 143, 146
　「作家は改革運動に参加すべきか?」"Must the Novelist Crusade?"　150
　「小説の時間に関する覚え書き」"Some Notes on Time in Fiction"　150
　「スペインからの音楽」"Music from Spain"　159

「その声はどこから？」"Where Is the Voice Coming From?"　175, 176
「誰もが知っている」"The Whole World Knows"　157, 158, 160-164
「デルタのいとこたち」"The Delta Cousins"　236, 238, 258, 259
『デルタの結婚式』*Delta Wedding* (*DW*)　50, 131, 146, 211, 222, 223, 230, 233-250, 252-259
『盗賊のおむこさん』*The Robber Bridegroom* (*RB*)　20, 147, 211-217, 219, 220, 222-231
「ナチェズ街道のお伽噺」"Fairy Tale of the Natchez Trace"　214
「放浪者たち」"The Wanderers"　166, 167
『ポンダー家の心』*The Ponder Heart* (*PH*)　131, 146
『負け戦』*Losing Battles* (*LB*)　233, 253
「緑のカーテン」"A Curtain of Green"　171, 172, 175-181, 185, 187
『緑のカーテン、その他の短編』*A Curtain of Green and Other Stories*　131, 175
「ムーン・レイク」"Moon Lake"　162
『物語の眼』*The Eye of the Story: Selected Essays and Reviews* (*ES*)　150, 214, 219, 227, 236
『楽天家の娘』*The Optimist's Daughter* (*OD*)　125-131, 134, 140, 142-147
ウォーカー、アリス　Alice Walker　128, 129, 146
ウォートン、イーディス　Edith Wharton　126
ヴォルピー、エドモンド・L　Edmund L. Volpe　62, 186, 187
エヴァンズ、デイヴィッド・H　David H. Evans　85
エバーズ、メドガー　Medgar Evers　175
エリオット、T・S　T.S. Eliot　13, 174
オウミィ、マイケル　Michael Omi　92
オークリー、ヘレン　Helen Oakley　17, 20
大野真　237
大橋健三郎　114
オコナー、フラナリー　Flannery O'Connor　236
越智博美　95
オドーネル、ジョージ・マリオン　George Marion O'Donnell　30

【か行】

カッブ、ジェームズ・C　James C. Cobb　50, 119, 250, 258
カーソン、バーバラ・ハレル　Barbara Harrell Carson　138, 224, 226
カイク、ダーク、ジュニア　Dirk Kuyk, Jr.　58, 59
加藤典洋　18, 19
カラー、ジョナサン　Jonathan Culler　14
キニー、アーサー・F　Arthur F. Kinney　79, 80, 96
キャザー、ウィラ　Willa Cather　126, 236
キャッシュ、W・J　W. J. Cash　32, 234
キャロザーズ、ジェイムズ・B　James B. Carothers　55
キュセ、フランソワ　François Cusset　14, 25

キリスト、イエス　Christ, Jesus　93, 164
キング、リチャード・H　Richard H. King　71, 154
キング、マーティン・ルサー、ジュニア　Martin Luther King, Jr.　182
グウィン、ミンローズ　Minrose Gwin　206
クック、シルヴィア・ジェンキンズ　Sylvia Jenkins Cook　60
クラーク、デボラ　Deborah Clarke　155, 156
クライスワース、マーティン　Martin Kreiswirth　101
クライトン、ジョアン・V　Joanne V. Creighton　60, 119
グラスゴー、エレン　Ellen Glasgow　126
クリステヴァ、ジュリア　Julia Kristeva　12, 173, 187
グリフィン、ジョン・ハワード　John Howard Griffin　208, 209
グリフィン、ドロシー・G　Dorothy G. Griffin　242
クルーズ、エリザベス　Elizabeth Crews　188
グレイ、リチャード　Richard Gray　21, 84, 120, 208
クレイリング、マイケル　Michael Kreyling　167, 169, 222, 224, 245, 258
グレッセ、ミシェル　Michel Gresset　39
ゲブハード、キャロライン　Caroline Gebhard　40
コーツ、ロバート・M　Robert M. Coates　215, 216
コール、ハンター　Hunter Cole　22
ゴビノー、ジョゼフ・アルテュール・ド　Joseph Arthur Comte de Gobineau　80, 96
小山敏夫　119
コロンブス、クリストファー　Christopher Columbus　93
コンパニョン、アントワーヌ　Antoine Compagnon　13, 18, 20

【さ】

サイード、エドワード・W　Edward W. Said　16, 17, 25
サンソム、ウィリアム　William Sansom　259
サンドクィスト、エリック・J　Eric J. Sandquist　202
シェイ、ハンス・H　Hans H. Skei　54
シェイクスピア、ウィリアム　William Shakespeare　174
シェリー、メアリー　Mary Shelly　24
ジェンキンズ、リー　Lee Jenkins　87
ジャクソン、アンドリュー　Andrew Jackson　33
シュミット、ピーター　Peter Schmidt　169
シュライバー、イヴリン・ジャフェ　Evelyn Jaffe Schreiber　88
ジョーンズ、アン・グドウィン　Anne Goodwyn Jones　139
ジョーンズ、ジョン・グリフィン　John Griffin Jones　144
ジョンソン、ウォルター　Walter Johnson　72, 73
スコット、アン・フィーロー　Anne Firor Scott　125, 145, 221
スタイロン、ウィリアム　William Styron　161
スタインベック、ジョン　John Steinbeck　76, 77, 111, 112, 120,
スニード、ジェームズ・A　James A. Snead　86, 87,

スミス、リリアン　Lillian Smith　180, 251
諏訪部浩一　72
セジウィック、イブ・コゾフスキー　Eve Kosofsky Sedgwick　40
ゼンダー、カール・F　Karl F. Zender　120
ソーントン不破直子　Naoko Fuwa Thornton　169, 226

【た・な行】

ダグラス、エレン　Ellen Douglas　149, 251
田中敬子　50
田中久男　23, 96
チェスナット、メアリー・ボイキン　Mary Boykin Chesnut　160, 161
土田知則　23, 173-175
ディヴィス、サディアス・M　Thadious M. Davis　77, 80, 82, 96, 205, 209
ディキンソン、エミリー　Emily Dickinson　126
ディクソン、トマス、ジュニア　Thomas Dixon, Jr.　75, 189
テイラー、ウォルター　Walter Taylor　97
テイラー、ナンシー・デュー　Nancy Dew Taylor　93, 94
デュヴァル、ジョン・N　John N. Duvall　97
デブリン、アルバート・J　Albert J. Devlin　81, 255, 256, 258, 259
寺沢みづほ　155
デリダ、ジャック　Jacques Derrida　9, 12, 17
ドイル、ドン・H　Don H. Doyle　38, 255, 259
ドゥーリットル、ジェームズ・ハロルド　James Harold Doolittle　254
ドーソン、ウィリアム・P　William P. Dawson　84, 91
ドナルドソン、スーザン・V　Susan V. Donaldson　44, 45
トレーバー、ダニエル・S　Daniel S. Traber　147
中村紘一　258

【は行】

バー、キャロライン　Caroline Barr　205, 206
バーク、ショーン　Seán Burke　18, 25
ハーディ、ジョン・エドワード　Hardy, John Edward　138, 258, 259
バセット、ジョン・E　John E. Bassett　100
パドック、リーサ　Lisa Paddock　59
花岡秀　96
林文代　71
ハリソン、スーザン　Suzan Harrison　138, 226, 230
バルト、ロラン　Roland Barthes　9, 12, 25, 174, 230
ピタヴィ、フランソワ　François Pitavy　96
ヒットラー、アドルフ　Adolf Hitler　78, 79, 80
ビドル、ジョージ　George Biddle　259

『フォークナー未収録短編集』*UnCollected Stories of William Faulkner* (*US*)　104, 107
『フォークナー・リーダー』*Faulkner Reader*　54
『ポータブル・フォークナー』*The Portable Faulkner* (*PF*)　54, 156, 167
『墓地への侵入者』*Intruder in the Dust*　46, 150
『町』*The Town* (*T*)　102, 112, 113
「待ち伏せ」"Amubuscade"　45
「昔あった話」"Was"　258
「昔の民族」"The Old People"　75, 77, 83, 89, 94
『村』*Hamlet* (*H*)　54, 101-109, 112-119, 121
『館』*Mansion* (*M*)　53, 102, 103, 112-120
『行け、モーセ』*Go Down Moses* (*GDM*)　76, 77, 79, 81, 84, 85, 87, 89-92, 95, 97, 120, 193, 194, 196-200, 203-209, 258
「行け、モーセ」"Go Down, Moses"　195, 206
「猟犬」"The Hound"　54, 99, 103, 104, 106-108, 110, 112, 116, 117, 119
藤平育子　209
フック、アンドリュー　Andrew Hook　119
フラー、ダニエル　Danielle Fuller　147, 243
ブラウン、ジョン　John Brown　93
プラス、シルヴィア　Sylvia Plath　126
フラワー、ディーン　Dean Flower　168
フリードマン、スーザン・スタンフォード　Susan Stanford Friedman　14, 15, 187, 188
ブルーム、ハロルド　Harold Bloom　14, 15, 17, 173, 174
ブルックス、クリアンス　Cleanth Brooks　37, 62, 107, 108, 168
フレーザー、ジェームズ・G　James G. Frazer　184
プレンショウ、ペギー・ホイットマン　Peggy Whitman Prenshaw　139
ヘール、グレース・エリザベス　Grace Elizabeth Hale　205
ベック、ウォレン　Warren Beck　117
ペロー、シャルル　Charles Perrault　217
ポーク、ノエル　Noel Polk　22, 26, 65, 71, 82, 121, 147
ポーター、キャサリン・アン　Katherine Anne Porter　156, 157, 236
ホームズ、エドワード・M　Edward M. Holmes　119
ホームズ、キャサリン・D　Catherine D. Holmes　104, 119

【ま・や行】

マーク、レベッカ　Rebecca Mark　20, 158,
マース、スーザン　Suzanne Marrs　128, 131, 132, 157, 180, 215, 216, 238, 256, 258
マイケルズ、ウォルター・ベン　Walter Benn Michaels　67, 77
マクヘニー、トマス・L　Thomas L. McHaney　84, 167,
マクローリン、ティム　Tim MacLaurin　119
マシューズ、ジョン・T　John T. Matthews　203
マッケサン、ルーシンダ・ハードウィック　Lucinda Hardwick MacKethan　50, 147

マルコムX　Malcolm X　95, 193
ミラー、ナンシー・K　Nancy K. Miller　16, 17
ミラー、リーサ・K　Lisa K. Miller　230
ミルゲイト、マイケル　Michael Millgate　42, 96
メルヴィル、ハーマン　Herman Melville　226
モアランド、リチャード・C　Richard C. Moreland　107
モーティマー、ゲイル・L　Gail L. Mortimer　152, 163
モリス、ウェズリー　Wesley Morris　60
モリス、バーバラ・アルヴァーソン　Barbara Alverson Morris　60
モリスン、トニ　Toni Morrison　10, 11, 126, 171, 189
山下昇　119, 120
ヤング、ロバート・J・C　Robert J.C. Young　96
吉田廸子　134

【ら・わ行】

ラッセル、ダイアムイド　Diarmuid Russell　236
ランサム、ジョン・クロウ　John Crowe Ransom　234, 257
リー、ロバート・E　Robert E. Lee　32
リン、ケニス・S　Kenneth S. Lynn　109
ルカート、ウィリアム・H　William H. Rueckert　96
レイリー、ケヴィン　Kevin Railey　68, 72, 156, 194
レーガン、デイヴィド・ポール　David Paul Ragan　57
ローガン、レイフォード・W　Rayford W. Logan　189
ロス、フィリップ　Philip Roth　75
ロッジ、ディヴィッド　David Lodge　174
ロッドン、ジョン　Rodden, John　72
ロバーツ、ダイアン　Diane Roberts　206
ロビンソン、ジョン　John Robinson　157, 238
ロビンソン、ナンシー・マックドゥガル　Nancy McDougall Robinson　238
ロングストリート、オーガスタス・ボールドウィン　Augustus Baldwin Longstreet　109
ワイアット＝ブラウン、バートラム　Bertram Wyatt-Brown　46, 196
ワインスタイン、フィリップ・M　Philip M. Weinstein　8, 9, 10, 11, 20, 60, 72, 118
ワシントン、ブッカー・T　Booker T. Washington　202
ワトキンズ、フロイド・C　Floyd C. Watkins　231
ワトソン、リッチー・デボン、ジュニア　Ritchie Devon Watson, Jr.　32-34

《一般項目索引》

《翻訳参考文献》

本書におけるフォークナー小説およびウェルティ小説の和訳文の作成においては、以下の訳書を参考にさせていただいた。深い感謝の意を込めて、ここに記しておく。

ウィリアム・フォークナーのテクスト

『アブサロム、アブサロム！（上・下）』高橋正雄（訳）、講談社、1998年。

『アブサロム、アブサロム！（上・下）』藤平育子（訳）、岩波文庫、2011-12年。

『サートリス』林信行（訳）、白水社、1965年。

『死の床に横たわりて』佐伯彰一（訳）、講談社、2000年。

『征服されざる人々』西川正身（訳）（『フォークナー』世界の文学セレクション36）、中央公論社、1994年。

『八月の光』加島祥造（訳）、新潮文庫、1967年。

『八月の光』須山静夫（訳）、冨山房、1968年。

『響きと怒り』大橋健三郎（訳）（『フォークナー』Ⅰ）、新潮社、1993年。

『響きと怒り（上・下）』平石貴樹・新納卓也（訳）、岩波書店、2007年。

『フォークナー全集』16『行け、モーセ』大橋健三郎（訳）、冨山房、1973年。

『フォークナー全集』21『町』速川浩（訳）、冨山房、1969年。

『フォークナー全集』15『村』田中久男（訳）、冨山房、1983年。

『フォークナー全集』22『館』高橋正雄（訳）、冨山房、1967年。

『フォークナー短編集』龍口直太郎（訳）、新潮社、1955年。

ユードラ・ウェルティのテクスト

『黄金の林檎』杉山直人（訳）、晶文社、1990年。

『黄金の林檎』ソーントン不破直子（訳）、こびあん書房、1991年。

『大いなる大地』海外純文学シリーズ6、深町真理子（訳）、角川書店、1973年。

『大泥棒と結婚すれば』文学のおくりもの22、青山南（訳）、晶文社、1979年。

『デルタの結婚式』丸谷才一（訳）（『ベロー、ウェルティ』世界の文学51）、

中央公論社、1967年。

『ハーヴァード講演—— 一作家の生いたち』大杉博昭（訳）、りん書房、1993年。

『ポンダー家殺人事件——言葉で人を殺せるか？』ソーントン不破直子（訳）、リーベル出版、1994年。

『マッケルヴァ家の娘』須山静夫（訳）、新潮社、1974年。

《引用文献》

同一の文献でも、引用された章が異なる場合は、重ねて立項してある。

序章　二重の権威——作者とテクスト

Allen, Graham. *Intertextuality*. London: Routledge, 2000. 邦訳は、『文学・文化研究の新展開——「間テクスト性」』森田孟（訳）、研究社、2002 年を参照。

Barthes, Roland. *The Pleasure of the Text*. Tr. Richard Howard. London: Cape, 1976. 邦訳は、『テクストの快楽』沢崎浩平（訳）、みすず書房、1977 年を参照。

——. *Sade Fourier Loyola*. Tr. Richard Miller. London: Cape, 1977. 邦訳は『サド、フーリエ、ロヨラ』篠田浩一郎（訳）、みすず書房、2002 年を参照。

——. "Theory of the Text." *Untying the Text: A Post-Structuralist Reader*. Ed. Robert Young. London: Routledge, 1981. 31-47.

Bloom, Harold. *A Map of Misreading*. Oxford: Oxford UP, 1975.

Burke, Seán. *The Death and Return of the Author: Criticism and Subjectivity in Barthes, Foucault and Derrida*. 3rd ed. Edinburgh: Edinburgh UP, 2008.

Cole, Hunter. Foreword. *On William Faulkner*. By Eudora Welty. Jackson: UP of Mississippi, 2003. 9-17.

Compagnon, Antoine. *Literature, Theory, and Common Sense*. 1998. Tr. Carol Cosman. Princeton: Princeton UP, 2004. 邦訳は、『文学をめぐる理論と常識』中地義和／吉川一義（訳）、岩波書店、2007 年を参照。

Cowley, Malcolm. *The Faulkner-Cowley File: Letters and Memories, 1944-1962*. London: Chatto & Windus, 1966.

Cusset, François. *French Theory: How Foucault, Derrida, Deleuze, & Co. Transformed the Intellectual Life of the United States*. Tr. Jeff Fort with Josephine Berganza and Marlon Jones. Minneapolis: U of Minnesota P, 2008. 邦訳は、『フレンチ・セオリー——アメリカにおけるフランス現代思想』桑田光平

／鈴木哲平／畠山達／本田貴久（訳）、ＮＴＴ出版、2010年を参照。

Eliot, T. S. *Selected Prose of T. S. Elilot.* Ed. Frank Kermode. London: Faber, 1975.

Faulkner, William. "Interview with Jean Stein vanden Heuvel (1956)." *Lion in the Garden: Interviews with William Faulkner, 1926-62.* 1968. Eds. James B. Meriwether and Michael Millgate. Lincoln: U of Nebraska P, 1980. 237-56.

——. *Mosquitoes.* 1927. New York: Boni and Liveright, 1927.

Friedman, Susan Stanford. *Mapping: Feminism and the Cultural Geographies of Encounter.* Princeton: Princeton UP, 1998.

——. "Weavings: Intertextuality and the (Re) Birth of the Author." *Influence and Intertexuality in Literary History.* Eds. Jay Clayton and Eric Rothstein. Wisconsin: Wisconsin UP, 1991. 146-80.

Gray, Richard. *A Web of Words: The Great Dialogue of Southern Literature.* Athens: U of Georgia P, 2007.

Gresset, Michel and Noel Polk, eds. *Intertextuality in Faulkner.* Jackson: UP of Mississippi, 1985.

Mark, Rebecca. *The Dragon's Blood: Feminist Intertextuality in Eudora Welty's* The Golden Apples. Jackson: UP of Mississippi, 1994.

Miller, Nancy K. *Subject to Change: Reading Feminist Writing.* New York: Columbia UP, 1988.

Oakley, Helen. *The Recontextualization of William Faulkner in Latin American Fiction and Culture.* Lewiston: Edwin Mellen, 2002.

Polk, Noel. *Faulkner and Welty and Southern Literary Tradition.* Jackson: UP of Mississippi. 2008.

——. "Water, Wanderers, and Weddings: Love in Eudora Welty." *Eudora Welty: A Form of Thanks.* Eds. Louis Dollarhide and Ann J. Abadie. Jackson: UP of Mississippi, 1979. 95-122.

Said, Edward W. *Orientalism.* New York: Vintage, 1979. 邦訳は『オリエンタリズム（上・下）』板垣雄三／杉田英明（監修）、今沢紀子（訳）、平凡社、

1993 年を参照。

Shelly, Mary. "Introduction to *Frankenstein,* Third Edition (1831)." *Frankenstein.* Ed. J. Paul Hunter. New York: Norton, 1996. 169-73.

Weinstein, Philip M. *Becoming Faulkner: The Art and Life of William Faulkner.* Oxford: Oxford UP, 2010.

—. *Faulkner's Subject: A Cosmos No One Owns.* Cambridge: Cambridge UP, 1992.

—. *What Else But Love?: The Ordeal of Race in Faulkner and Morrison.* New York: Columbia UP, 1996.

Welty, Eudora. "Eudora Welty." *Conversations with Eudora Welty.* Ed. Peggy Whitman Prenshaw. Jackson: UP of Mississippi, 1984. 35-39.

Yaeger, Patricia S. "'Because a Fire Was in My Head': Eudora Welty and the Dialogic Imagination." *PMLA* 99.5 (Oct. 1984): 955-73.

加藤典洋『テクストから遠く離れて』講談社、2004 年。

田中久男『ウィリアム・フォークナーの世界——自己増殖のタペストリー』南雲堂、1997 年。

土田知則『間テクスト性の戦略』夏目書房、2000 年。

第一章 『土埃にまみれた旗』と『征服されざる者たち』

Brooks, Cleanth. *William Faulkner: The Yoknapatawpha County.* Baton Rouge: Louisiana State UP, 1963.

Cash, W. J. *The Mind of the South.* New York: Vintage, 1941.

Cobb, James C. *Away Down South: A History of Southern Identity.* Oxford: Oxford UP, 2005.

Donaldson, Susan V. "Dismantling the *Saturday Evening Post* Reader: *The Unvanquished* and Changing 'Horizons of Expectations'." *Faulkner and Popular Culture: Faulkner and Yoknapatawpha, 1988.* Eds. Doreen Fowler and Ann J. Abadie. Jackson: UP of Mississippi, 1990. 179-95.

Doyle, Don H. *Faulkner's County: The Historical Roots of Yoknapatawpha.*

Chapel Hill: U of North Carolina, 2001.

Faulkner, William. *Absalom, Absalom!* 1936. New York: Vintage International, 1990.

——. *Faulkner in the University.* Eds. Frederic L. Gwynn and Joseph L. Blotner. 1959. Charlottesville: UP of Virginia, 1995.

——. *Flags in the Dust.* 1973. New York: Vintage, 1974.

——. "Interview with Jean Stein vanden Heuvel（1956）." *Lion in the Garden: Interviews with William Faulkner, 1926-62.* 1968. Eds. James B. Meriwether and Michael Millgate. Lincoln: U of Nebraska P, 1980. 237-56.

——. *Light in August.* 1932. London: Vintage International, 1990.

——. "On the Composition of *Sartoris*." *Critical Essays on William Faulkner: The Sartoris Family.* Ed. Arthur F. Kinney. Boston: G.K. Hall, 1985. 118-20.

——. *The Unvanquished.* 1938. New York: Vintage International, 1991.

Faust, Drew Gilpin. *Mothers of Invention: Women of the Slaveholding South in the American Civil War.* 1996. New York: Vintage, 1997.

Gebhard, Caroline. "Reconstructing Southern Manhood: Race, Sentimentality, and Camp in the Plantation Myth." *Haunted Bodies: Gender and Southern Texts.* Eds. Anne Goodwyn Jones and Susan V. Donaldson. Charlottesville: UP of Virginia, 1997. 132-55.

Gresset, Michel. *Fascination: Faulkner's Fiction, 1919-1936.* Adapted from the French by Thomas West. Durham: Duke UP, 1989.

Jones, Anne Goodwyn. "Male Fantasies?: Faulkner's War Stories and the Construction of Gender." *Faulkner and Psychology: Faulkner and Yoknapatawpha, 1991.* Eds. Donald M. Kartiganer and Ann J. Abadie. Jackson: UP of Mississippi, 1994. 21-55.

MacKethan, Lucinda Hardwick. *The Dream of Arcady: Place and Time in Southern Literature.* Baton Rouge: Louisiana State UP, 1980.

Millgate, Michael. *The Achievement of William Faulkner.* New York: Random, 1966.

O'Donnell, Geroge Marion. "Faulkner's Mythology." *William Faulkner: Two Decades of Criticism.* Eds. Frederick J. Hoffman and Olga W. Vickery. East Lansing: Michigan State College P, 1954. 49-62.

Urgo, Joseph R. *Faulkner's Apocrypha:* A Fable, Snopes, *and the Spirit of Human Rebellion.* Jackson: UP of Mississippi, 1989.

Watson, Ritchie Devon Jr. "Cavalier." *The Companion to Southern Literature.* Eds. Joseph M. Flora and Lucinda H. Mackethan. Baton Rouge: Louisiana State UP, 2002. 131-33.

—. *Yeoman Versus Cavalier: The Old Southwest's Fictional Road to Rebellion.* Baton Rouge: Louisiana State UP, 1993.

Welty, Eudora. *Delta Wedding.* 1946. London: Virago, 1982.

Wyatt-Brown, Bertram. *Southern Honor: Ethics and Behavior in the Old South.* New York: Oxford UP, 1982.

田中敬子『フォークナーの前期作品研究──身体と言語』開文社、2002 年。

平石貴樹『小説における作者のふるまい──フォークナー的方法の研究』松柏社、2003 年。

第二章 「ウォッシュ」と『アブサロム、アブサロム！』

Brooks, Cleanth. *William Faulkner: The Yoknapatawpha Country.* Baton Rouge: Louisiana State UP, 1963.

Carothers, James B. *William Faulkner's Short Stories.* Ann Arbor: UMI Research P, 1985.

Carr, Duane. *A Question of Class: The Redneck Stereotype in Southern Fiction.* Bowling Green, OH: Bowling Green State U Popular P, 1996.

Creighton, Joanna V. *William Faulkner's Craft of Revision: The Snopes Trilogy, "The Unvanquished," and "Go Down, Moses."* Detroit: Wayne State UP, 1977.

Duck, Leigh Anne. "From Colony to Empire: Postmodern Faulkner." *Global Faulkner: Faulkner and Yoknapatawpha, 2006.* Eds. Annette Trefzer and Ann

J. Abadie. Jackson: UP of Mississippi, 2009. 24-42.

Faulkner, William. *Absalom, Absalom!* 1936. New York: Vintage International, 1990.

—. "Barn Buring." *Collected Stories of William Faulkner.* 1950. New York: Vintage, 1977. 3-25.

—. *The Mansion.* 1959. New York: Vintage, 1965.

—. "Wash." *Collected Stories.* 535-50.

Ferguson, James. *Faulkner's Short Fiction.* Knoxville: U of Tennessee P, 1991.

Johnson, Walter. *Soul by Soul: Life Inside the Antebellum Slave Market.* Cambridge, Mass.: Harvard UP, 1999.

King, Richard H. *A Southern Renaissance: The Cultural Awakening of the American South, 1930-1955.* Oxford: Oxford UP, 1980.

Kuyk, Dirk, Jr. *Sutpen's Design: Interpreting Faulkner's* Absalom, Absalom! Charlottesville: UP of Virginia, 1990.

Michaels, Walter Benn. "*Absalom, Absalom!*: The Difference between White Men and White Men." *Faulkner in the Twenty-First Century: Faulkner and Yoknapatawpha, 2000.* Eds. Robert W. Hamblin and Ann J. Abadie. Jackson: UP of Mississippi, 2003. 137-53.

Morris, Wesley, and Barbara Alverson Morris. *Reading Faulkner.* Madison: U of Wisconsin P, 1989.

Paddock, Lisa. *Contrapuntal in Integration: A Study of Three Faulkner Short Story Volumes.* Lanham, Maryland: International Scholars Publications, 2000.

Ragan, David Paul. *Annotations to William Faulkner's* Absalom, Absalom! New York: Garland, 1991.

Railey, Kevin. *Natural Aristocracy: History, Ideology, and the Production of William Faulkner.* Tuscaloosa: U of Alabama P, 1999.

Rodden, John. "'The Faithful Gravedigger': The Role of 'Innocent' Wash Jones and the Invisible 'White Trash' in Faulkner's *Absalom, Absalom!*" *Southern Literary Journal* 43.1 (Fall 2010): 23-38.

Skei, Hans H. *Reading Faulkner's Best Short Stories.* Columbia: U of South Carolina, 1999.

Urgo, Joseph R., and Noel Polk. *Reading Faulkner:* Absalom, Absalom! Jackson: UP of Mississippi, 2010.

Volpe, Edmund L. *A Reader's Guide to William Faulkner: The Short Stories.* New York: Syracuse UP, 2004.

Weinstein, Philip M. *Faulkner's Subject: A Cosmos No One Owns.* Cambridge: Cambridge UP, 1992.

——. *What Else But Love?: The Ordeal of Race in Faulkner and Morrison.* New York: Columbia UP, 1996.

諏訪部浩一『ウィリアム・フォークナーの詩学——1930-1936』松柏社、2008年。

林文代『迷宮としてのテクスト——フォークナー的エクリチュールへの誘い』東京大学出版会、2004年。

ハンナ・アーレント『暴力について』山田正行（訳）、みすず書房、2000年。

第三章　「昔の民族」と「熊」と「デルタの秋」

Berlin, Ira. *Many Thousands Gone: The First Two Centuries of Slavery in North America.* Cambridge, MA: Harvard UP, 1998.

Davis, Thadious M. *Games of Property: Law, Race, Gender, and Faulker's* Go, Down, Moses. Durham: Duke UP, 2003.

——. "The Race for Memory: Raced Property as Monument in *Go Down, Moses.*" *History and Memory in Faulkner's Novels.* Eds. Ikuko Fujihira, Noel Polk, and Hisao Tanaka. Tokyo: Shohakusha, 2005. 223-45.

Dawson, William P. "Fate and Freedom: The Classical Background of *Go Down, Moses.*" *Mississippi Quarterly* 43.3 (Summer 1990): 387-412.

Devlin, Albert J. "History, Sexuality, and the Wilderness in the McCaslin Family Chronicle." *Critical Essays on William Faulkner: The McCaslin Family.* Ed. Arthur F. Kinney. Boston: G.K. Hall, 1990. 189-98.

Dixon, Thomas, Jr. *The Clansman.* 1905. Gretna: Pelican, 2005.

Duvall, John N. *Race and White Identity in Southern Fiction: From Faulkner to Morrison.* New York: Palgrave Macmillan, 2008.

Evans, David H. "Taking the Place of Nature: 'The Bear' and the Incarnation of America." *Faulkner and the Natural World: Faulker and Yoknapatawpha, 1996.* Eds. Donald M. Kartiganer and Ann J. Abadie. Jackson: UP of Mississippi, 1999. 179-97.

Faulkner, William. *Go Down, Moses.* 1942. New York: Modern Library, 1995.

——. "Interview with Cynthia Grenier（1955）." *Lion in the Garden: Interviews with William Faulkner, 1926-62.* 1968. Eds. James B. Meriwether and Michael Millgate. Lincoln: U of Nebraska P, 1980. 215-27.

——. *Light in August.* 1932. London: Vintage International, 1990.

Gobineau, Joseph Arthur Comte de. *The Inequality of Human Races* [vol. 1]. Tr. Adrian Collins. 1915. New York: Nabu, 2010.

Gray, Richard. *The Life of William Faulkner: A Critical Biography.* Oxford: Blackwell, 1994.

Hamblin, Robert W. "Beyond the Edge of the Map: Faulkner, Turner, and the Frontier Line." *Faulkner in the Twenty-First Century: Faulkner and Yoknapatawpha, 2000.* Eds. Robert W. Hamblin and Ann J. Abadie. Jackson: UP of Mississippi, 2003. 154-71.

Jenkins, Lee. *Faulkner and Black-White Relations: A Psychoanalytic Approach.* New York: Columbia UP, 1981.

Kinney, Arthur F. Go Down, Moses*: The Miscegenation of Time.* New York: Twayne, 1996.

——. "Faulkner and the Possibilities for Heroism." *Bear, Man, and God: Eight Approaches to William Faulkner's "The Bear."* 2nd ed. Eds. Francis Lee Utley, Lynn Z. Bloom, and Arthur F. Kinney. New York: Random House, 1964. 235-51.

Latham, Sean. "An Impossible Resignation: William Faulkner's Post-Colonial

Imagination." *A Companion to William Faulkner.* Ed. Richard C. Moreland. Malden: Blackwell, 2007. 252-68.

Malcolm X with the assistance of Alex Haley. *The Autobiography of Malcolm X.* 1965. New York: Ballantine, 1973.

McHaney, Thomas L. "The Ecology of Uncle Ike: Teaching *Go Down, Moses* with Janisse Ray's *Ecology of a Cracker Childhood." Faulkner and the Ecology of the South: Faulkner and Yoknapatawpha, 2003.* Eds. Joseph R. Urgo and Ann J. Abadie. Jackson: UP of Mississippi, 2005. 98-114.

McLeod, John. *Beginning Postcolonialism.* Manchester: Manchester UP, 2000.

Michaels, Walter Benn. "*Absalom, Absalom!*: The Difference between White men and White Men." *Faulkner in the Twenty-First Century.* 137-53.

Millgate, Michael. "The Unity of *Go Down, Moses." Bear, Man, and God.* 222-35.

Omi, Michael and Howard Winant. *Racial Formation in the United States: from the 1960s to the 1990s.* 2nd ed. New York: Routledge, 1994.

Pitavy, François. "Is Faulkner Green? The Wilderness as Aporia." *Faulkner and the Ecology of the South.* 81-97.

Polk, Noel. *Faulkner and Welty and Southern Literary Tradition.* Jackson: UP of Mississippi. 2008.

Rieger, Christopher. *Clear-Cutting Eden: Ecology and the Pastoral in Southern Literature.* Tuscaloosa: U of Alabama P, 2009.

Roth, Philip. *The Human Stain.* 2000. London: Vintage, 2005.

Rueckert, William H. *Faulkner from Within: Destructive and Generative Being in the Novels of William Faulkner.* West Lafayette: Parlor, 2004.

Schreiber, Evelyn Jaffe. "Imagined Edens and Lacan's Lost Object: The Wilderness and Subjectivity in Faulkner's *Go Down, Moses.*" *Mississippi Quarterly* 50.3 (Summer 1997): 477-92.

Snead, James A. *Figures of Division: William Faulkner's Major Novels.* New York: Methuen. 1986.

Steinbeck, John. *America and Americans.* 1966. New York: Bantam, 1968.
Taylor, Nancy Dew. *Annotations to William Faulkner's* Go Down, Moses. New York: Garland. 1994.
Taylor, Walter. *Faulkner's Search for a South.* Urbana: U of Illinois P, 1983.
Young, Robert J.C. *Colonial Desire: Hybridity in Theory, Culture and Race.* London: Routledge, 1995.
Vickery, Olga W. "God's Moral Order and the Problem of Ike's Redemption." *Bear, Man, and God.* 209-12.
Welty, Eudora. "Faulkner's 'The Bear,' 1949." *On William Faulkner.* Jackson: UP of Mississippi, 2003. 32-38.
越智博美『モダニズムの南部的瞬間――アメリカ南部詩人と冷戦』研究社、2012 年。
田中久男『ウィリアム・フォークナーの世界――自己増殖のタペストリー』南雲堂、1997 年。
中條献『歴史のなかの人種――アメリカが創り出す差異と多様性』北樹出版、2004 年。
花岡秀『ウィリアム・フォークナー短編集――空間構造をめぐって』山口書店、1994 年。

第四章 「猟犬」と『村』と『館』

Bassett, John E. *Vision and Revisions.* West Cornwall, CT: Locust Hill, 1989.
Beck, Warren. *Faulkner.* Madison: U of Wisconsin P, 1976.
Brooks, Cleanth. *William Faulkner: The Yoknapatawpha Country.* Baton Rouge: Louisiana State UP, 1963.
Cobb, James C. *Away Down South: A History of Southern Identity*. Oxford: Oxford UP, 2005.
Creighton, Joanne V. *William Faulkner's Craft of Revision: The Snopes Trilogy, "The Unvanquished" and "Go Down, Moses."* Detroit: Wayne State UP, 1977.
Faulkner, William. *Faulkner in the University.* Eds. Frederic L. Gwynn and

Joseph L. Blotner. 1959. Charlottesville: UP of Virginia, 1995.

—. *Go Down, Moses.* 1942. New York: Modern Library, 1995.

—. *The Hamlet.* 1940. New York: Vintage International, 1991.

—. "The Hound." *Uncollected Stories of William Faulkner.* 1979. Ed. Joseph Blotner. New York: Random House, 1979. 152-64.

—. *The Mansion.* 1959. New York: Vintage, 1965.

—. *The Town.* 1957. New York: Vintage, 1961.

Friedman, Alan Warren. *William Faulkner.* New York: Frederick Ungar, 1984.

Gray, Richard. *The Life of William Faulkner: A Critical Biography.* Oxford: Blackwell, 1994.

Holmes, Catherine D. *Annotations to William Faulkner's* The Hamlet. New York: Garland, 1996.

Holmes, Edward M. *Faulkner's Twice-Told Tales: His Re-use of His Material.* Paris: Mouton, 1966.

Hook, Andrew. "The Snopes Trilogy." *William Faulkner: The Yoknapatawpha Fiction.* Ed. A. Robert Lee. London: Vision, 1990. 165-79.

Kartiganer, Donald M. *The Fragile Thread: The Meaning of Form in Faulkner's Novels.* Amherst: U of Massachusetts P, 1979.

Kreiswirth, Martin. *William Faulkner: The Making of a Novelist.* Athens: U of Georgia P, 1983.

Lynn, Kenneth S. *Mark Twain and Southwestern Humor.* Westport: Greenwood, 1959.

Moreland, Richard C. *Faulkner and Modernism: Rereading and Rewriting.* London: U of Wisconsin P, 1990.

Polk, Noel. "Idealism in *The Mansion.*" *Faulkner and Idealism: Perspectives from Paris.* Eds. Michel Gresset and Patrick Samway, S.J. Jackson: UP of Mississippi, 1983. 112-26.

Steinbeck, John. *The Grapes of Wrath.* 1939. New York: Penguin, 2006.

Urgo, Joseph R. *Faulkner's Apocrypha:* A Fable, Snopes, *and the Spirit of Human*

Rebellion. Jackson: UP of Mississippi, 1989.

Wainwright, Michael. "The Enemy Within: Faulkner's Snopes Trilogy." *Faulkner and the Ecology of the South: Faulkner and Yoknapatawpha, 2003.* Eds. Joseph R. Urgo and Ann J. Abadie. Jackson: UP of Mississippi, 2005. 61-80.

Weinstein, Philip M. *Becoming Faulkner: The Art and Life of William Faulkner.* Oxford: Oxford UP, 2010.

Zender, Karl F. *The Crossing of the Ways: William Faulkner, the South, and the Modern World.* New Brunswick: Rutgers UP, 1989.

大橋健三郎『フォークナー研究 3』南雲堂、1982 年。

小山敏夫『ウィリアム・フォークナーの短編の世界』山口書店、1988 年。

日本ウィリアム・フォークナー協会（編）『フォークナー事典』松柏社、2008 年。

山下昇『1930 年代のフォークナー——時代の認識と小説の構造』大阪教育図書、1997 年。

第五章　「記憶」と『楽天家の娘』

Byrne, Bev. "A Return to the Source: Eudora Welty's *The Robber Bridegroom* and *The Optimist's Daughter.*" *Southern Quarterly* 24.3 (1986): 74-85.

Carr, Duane. *A Question of Class: The Redneck Stereotype in Southern Fiction.* Bowling Green, OH: Bowling Green State U Popular P, 1996.

Carson, Barbara Harrell. *Eudora Welty: Two Pictures at Once in Her Frame.* New York: Whitston, 1992.

Davidson, Cathy N., and E. M. Broner, eds. *The Lost Tradition: Mothers and Daughters in Literature.* New York: Ungar, 1980.

Entzminger, Betina. *The Belle Gone Bad: White Southern Women Writers and the Dark Seductress.* Baton Rouge: Louisiana State UP, 2002.

Fuller, Danielle. "'Making a Scene': Some Thoughts on Female Sexuality and Marriage in Eudora Welty's *Delta Wedding and The Optimist's Daughter.*" *Mississippi Quarterly* 48.2 (Spring 1995): 291-318.

Gretlund, Jan Nordby. *Eudora Welty's Aesthetics of Place.* Columbia: U of South Carolina P, 1994.

Hardy, John Edward. "Marrying Down in Eudora Welty's Novels." *Eudora Welty's Critical Essays.* Ed. Peggy Whitman Prenshaw. Jackson: UP of Mississippi, 1979. 93-119.

Harrison, Suzan. *Eudora Welty and Virginia Woolf: Gender, Genre, and Influence.* Baton Rouge: Louisiana State UP, 1997.

Jones, Anne Goodwyn. *Tomorrow Is Another Day: The Woman Writer in the South, 1859-1936.* Baton Rouge: Louisiana State UP, 1981.

MacKethan, Lucinda Hardwick. *The Dream of Arcady: Place and Time in Southern Literature.* Baton Rouge: Louisiana State UP, 1980.

Marrs, Suzanne. *Eudora Welty: A Biography.* Orlando: Harcourt, 2005.

—. *One Writer's Imagination: The Fiction of Eudora Welty.* Baton Rouge: Louisiana State UP, 2002.

Polk, Noel. "Water, Wanderers, and Weddings: Love in Eudora Welty." *Eudora Welty: A Form of Thanks.* Eds. Louis Dollarhide and Ann J. Abadie. Jackson: UP of Mississippi, 1979.

Prenshaw, Peggy Whitman. "Southern Ladies and the Southern Literary Renaissance." *The Female Tradition in Southern Literature.* Ed. Carol S. Manning. Urbana: U of Illinois P, 1993. 73-88.

Scott, Anne Firor. *The Southern Lady: From Pedestal to Politics, 1830-1930.* 1970. Charlottesville: UP of Virginia, 1995.

Traber, Daniel S. "(Silenced) Transgression in Eudora Welty's *The Optimist's Daughter.*" *Critique* 48.2 (2007): 184-96.

Vande Kieft, Ruth M. *Eudora Welty.* Revised ed. Boston: Twayne, 1987.

Walker, Alice. *Meridian.* 1976. London: Phoenix, 2004.

Welty, Eudora. "Eudora Welty." *Conversations with Eudora Welty.* Ed. Peggy Whitman Prenshaw. Jackson: UP of Mississippi, 1984. 316-41.

—. "Eudora Welty: An Interview." *Conversations.* 131-40.

——. "Eudora Welty : Rose-Garden Realist, Storyteller of the South." *Conversations*. 64-73.

——. "An Interview with Eudora Welty." *Conversations*. 115-30.

——. "An Interview with Eudora Welty." *More Conversations with Eudora Welty*. Ed. Peggy Whitman Prenshaw. Jackson: UP of Mississippi, 1996. 231-42.

——. "A Memory." *The Collected Stories of Eudora Welty*. 1980. London: Virago, 1998. 75-80.

——. "My Visit with Eudora Welty." *More Conversations*. 87-99.

——. *One Writer's Beginnings*. Cambridge: Harvard UP, 1984.

——. *The Optimist's Daughter*. 1972. New York : Vintage International, 1990.

——. *The Ponder Heart*. 1954. London: Virago, 1983.

Weston, D. Ruth. *Gothic Traditions and Narrative Techniques in the Fiction of Eudora Welty*. Baton Rouge: Louisiana State UP, 1994.

吉田廸子「ユードラ・ウェルティ——生きることと書くこと」、『現在アメリカ女性作家の深層』渡辺和子・中道子（編著）、ミネルヴァ書房、1984年、91-118頁。

第六章　『響きと怒り』と『黄金の林檎』

Binding, Paul. *The Still Moment: Eudora Welty, Portrait of a Writer*. London: Virago, 1994.

Brooks, Cleanth. *William Faulkner: The Yoknapatawpha County*. New Haven: Yale UP, 1963.

Chesnut, Mary Boykin. *Mary Chesnut's Civil War*. Ed. C. Vann Woodward. New Haven: Yale UP, 1981.

Clarke, Deborah. *Robbing the Mother: Women in Faulkner*. Jackson: UP of Mississippi, 1994.

Douglas, Ellen. "An Interview with Ellen Douglas." *Conversations with Ellen Douglas*. Ed. Panthea Reid. Jackson: UP of Mississippi, 2000. 140-49.

Faulkner, William. *The Portable Faulkner*. Ed. Malcolm Cowley. Revised and

Expanded ed. New York: Penguin, 1977.

——. *The Sound and the Fury.* 1929. New York: Vintage, 1990.

Flower, Dean. "Eudora Welty and Racism." *The Hudson Review* 60.2 (Summer 2007): 325-32.

Givner, Joan. *Katherine Anne Porter: A Life.* Revised ed. Athens: U of Georgia P, 1991.

King, Richard H. *A Southern Renaissance: The Cultural Awakening of the American South, 1930-1955.* Oxford: Oxford UP, 1980.

Kreyling, Michael. *Author and Agent: Eudora Welty and Diarmuid Russell.* New York: Farrar, 1991.

——. *Inventing Southern Literature.* Jackson: UP of Mississippi, 1998.

McHaney, Thomas L. "Eudora Welty and Multitudinous Golden Apples." *Mississippi Quarterly* 26.4 (Fall 1973): 589-624.

Mark, Rebecca. *The Dragon's Blood: Feminist Intertextuality in Eudora Welty's* The Golden Apples. Jackson: UP of Mississippi, 1994.

Marrs, Suzanne. *Eudora Welty: A Biography.* Orlando: Harcourt, 2005.

Meese, Elizabeth A. *Crossing the Double-Cross: the Practice of Feminist Criticism.* Chapel Hill: U of North Carolina P, 1986.

Mortimer, Gail L. *Daughter of the Swan: Love and Knowledge in Eudora Welty's Fiction.* Athens: U of Georgia P, 1994.

Muhlenfeld, Elisabeth. "Mary Chesnut." *The History of Southern Women's Literature.* Eds. Carolyn Perry and Mary Louise Weaks. Baton Rouge: Louisiana State UP, 2002. 119-122.

Pitavy-Souques, Danièle. "Eudora Welty and the Merlin Principle: Aspects of Story-Telling in *The Golden Apples*—'The Whole World Knows' and 'Sir Rabbit.'" *Mississippi Quarterly* 62.3 (April 2009 Supplement): 101-23.

Railey, Kevin. *Natural Aristocracy: History, Ideology, and the Production of William Faulkner.* Tuscaloosa: U of Alabama P, 1999.

Schmidt, Peter. *The Heart of the Story: Eudora Welty's Short Fiction.* Jackson:

UP of Mississippi, 1991.

Welty, Eudora. "The Art of Fiction XL: Eudora Welty." *Conversations with Eudora Welty.* Ed. Peggy Whitman Prenshaw. Jackson: UP of Mississippi, 1984. 74-91.

—. "Caricature of William Faulkner." *On William Faulkner.* Jackson: UP of Mississippi, 2003. 18-19.

—. *The Golden Apples.* New York: Harcourt, 1949.

—. "Letter in Defense of Faulkner, 1949." *On William Faulkner.* 28-31.

—. "Must the Novelist Crusade?" *The Eye of the Story: Selected Essays and Reviews.* 1978. New York: Vintage, 1990. 146-58.

—. "Some Notes on Time in Fiction." *Eye.* 163-73.

—. "Struggling against the Plaid: An Interview with Eudora Welty." *Conversations.* 296-307.

Westling, Louise. *Eudora Welty.* Totowa: Barnes, 1989.

Wyatt-Brown, Bertram. *Southern Honor: Ethics and Behavior in the Old South.* Oxford: Oxford UP, 1982.

ソーントン不破直子『ユードラ・ウェルティの世界―饒舌と沈黙の神話』こびあん書房、1988 年。

寺沢みづほ『民族強姦と処女膜幻想―日本近代・アメリカ南部・フォークナー』御茶の水書房、1992 年。

平石貴樹『メランコリック デザイン―フォークナー初期作品の構想』南雲堂、1993 年。

第七章 「乾いた九月」と「緑のカーテン」

Blotner, Joseph L. *William Faulkner's Library: A Catalogue.* Charlottesville: UP of Virginia, 1964.

Brown, David, and Clive Webb. *Race in the American South: From Slavery to Civil Rights.* Edinburgh: Edinburgh UP, 2007.

Clerc, Charles. "Anatomy of Welty's 'Where is the Voice Coming From?'" *Studies*

in Short Fiction 23.4 (Fall 1986): 389-400.

Crane, John K. "But the Days Grow Short: A Reinterpretation of Faulkner's 'Dry September.'" *Twentieth Century Literature* 31.4 (Winter 1985): 410-20.

Crews, Elizabeth. "Eudora Welty's 'A Curtain of Green': Overcoming Melancholia through Writing." *Eudora Welty Review* 2 (Spring 2010): 21-33.

Faulkner, William. *As I Lay Dying.* 1930. New York: Vintage, 1987.

—. "Dry September." *Collected Stories of William Faulkner.* 1950. New York: Vintage, 1977. 169-83.

Ferguson, James. *Faulkner's Short Fiction.* Knoxville: U of Tennessee P, 1991.

Frazer, James G. *The Golden Bough: A Study in Magic and Religion.* London: Wordsworth, 1993.

Friedman, Susan Stanford. "Weavings: Intertextuality and the (Re)Birth of the Author." *Influence and Intertexuality in Literary History.* Eds. Jay Clayton and Eric Rothstein. Wisconsin: Wisconsin UP, 1991. 146-80.

Jones, Diane Brown. *A Reader's Guide to the Short Stories of William Faulkner.* New York: G. K. Hall, 1994.

King, Martin Luther, Jr. *I Have a Dream: Writings and Speeches That Changed the World.* Ed. James M. Washington. San Francisco: Harper San Francisco, 1992.

Logan, Rayford W. *The Negro in American Life and Thought: The Nadir, 1877-1901.* New York: Dial, 1954.

Marrs, Suzanne. *Eudora Welty: A Biography.* Orlando: Harcourt, 2005.

Morrison, Toni. *Song of Solomon.* 1977. London: Vintage, 1998.

—. "Faulkner and Women." *Faulkner and Women: Faulkner and Yoknapatawpha, 1985.* Eds. Doreen Fowler and Ann J. Abadie. Jackson: UP of Mississippi, 1986. 295-302.

Smith, Lillian. *Killers of the Dream.* 1949. New York: Norton, 1994.

Volpe, Edmond L. *A Reader's Guide to William Faulkner: The Short Stories.* Syracuse: Syracuse UP, 2004.

Welty, Eudora. "A Curtain of Green." *The Collected Stories of Eudora Welty.* 1980. London: Virago, 1998. 107-12.

——. "Where is the Voice Coming From?" *Collected Stories.* 603-7.

Williamson, Joel. *William Faulkner and Southern History.* New York: Oxford UP, 1993.

土田知則『間テクスト性の戦略』夏目書房、2000年。

第八章　『行け、モーセ』と「旧南部神話」／「黒い野獣の神話」

Ayers, Edward L. *Vengeance and Justice: Crime and Punishment in the 19th-Century American South.* New York: Oxford UP, 1984.

Davis, Thadious M. *Faulkner's "Negro": Art and the Southern Context.* Baton Rouge: Louisiana State UP, 1983.

——. *Games of Property: Law, Race, Gender, and Faulker's* Go, Down, Moses. Durham: Duke UP, 2003.

Faulkner, William. *Go Down, Moses.* 1942. New York: Modern Library, 1995.

Gray, Richard. *The Life of William Faulkner: A Critical Biography.* Oxford: Blackwell, 1994.

Griffin, John Howard. *Black Like Me.* 1960. London: Souvenir, 2009.

Gwin, Minrose. "Her Shape, His Hand: The Spaces of African American Women in *Go Down, Moses.*" *New Essays on Go Down, Moses.* Ed. Linda Wagner-Martin. Cambridge: Cambridge UP, 1996, 73-100.

Hale, Grace Elizabeth. *Making Whiteness: The Culture of Segregation in the South, 1890-1940.* New York: Vintage, 1998.

Malcolm X with the assistance of Alex Haley. *The Autobiography of Malcolm X.* 1965. New York: Ballantine, 1973.

Matthews, John T. "Touching Race in *Go Down, Moses.*" *New Essays on Go Down, Moses.* 21-47.

Oakes, James. *The Ruling Race: A History of American Slaveholders.* 1982. New York: Norton, 1998.

Railey, Kevin. *Natural Aristocracy: History, Ideology, and the Production of William Faulkner.* Tuscaloosa: U of Alabama P, 1999.

Roberts, Diane. *Faulkner and Southern Womanhood.* Athens: U of Georgia P, 1994.

Sundquist, Eric J. *To Wake the Nations: Race in the Making of American Literature.* Cambridge: Belknap P of Harvard UP, 1993.

Williamson, Joel. *A Rage For Order: Black-White Relations in the American South Since Emancipation.* New York: Oxford UP, 1986.

Wyatt-Brown, Bertram. *Southern Honor: Ethics and Behavior in the Old South.* New York: Oxford UP, 1982.

川出良枝「名誉と徳――フランス近代政治思想史の一段面」『思想』7 号、2000 年、113-34 頁。

藤平育子『フォークナーのアメリカ幻想――『アブサロム、アブサロム！』の真実』研究社、2008 年。

第九章 『盗賊のおむこさん』とお伽噺／歴史

Barthes, Roland. *On Racine.* Tr. Richard Howard. New York: Octagon, 1977. 邦訳は、『ラシーヌ論』渡辺守章（訳）、みすず書房、2006 年を参照。

Binding, Paul. *The Still Moment: Eudora Welty, Portrait of a Writer.* London: Virago, 1994.

Carson, Barbara Harrell. *Eudora Welty: Two Pictures at Once in Her Frame.* New York: Whitston, 1992.

Clark, Charles C. "*The Robber Bridegroom*: Realism and Fantasy on the Natchez Trace." *Mississippi Quarterly* 26.4 (Fall 1973): 625-38.

French, Warren. "'All Things Are Double': Eudora Welty as a Civilized Writer." *Eudora Welty: Thirteen Essays.* Jackson: UP of Mississippi, 1983.

Grimm, Jacob, and Wilhelm Grimm. "The Robber Bridegroom." *The Complete Fairy Tales of the Brothers Grimm.* 1987. Tr. Jack Zipes. London: Vintage, 2007. 187-91.

Harrison, Suzan. *Eudora Welty and Virginia Woolf: Gender, Genre, and Influence.* Baton Rouge: Louisiana State UP, 1997.

Kreyling, Michael. *Eudora Welty's Achievement of Order.* Baton Rouge: Louisiana State UP, 1980.

—. *Understanding Eudora Welty.* Columbia, South Carolina: U of South Carolina P, 1999.

Marrs, Suzanne. *One Writer's Imagination: The Fiction of Eudora Welty.* Baton Rouge: Louisiana State UP, 2002.

Miller, Lisa K. "The Dark Side of Our Frontier Heritage: Eudora Welty's Use of the Tuner Thesis in *The Robber Bridegroom*." *Notes on Mississippi Writers* XIV (1981): 18-25.

Randisi, Jennifer L. "Eudora Welty and the Fairy Tale." *Southern Literary Journal* 23.1 (Fall 1990): 30-44.

Scott, Anne Firor. *The Southern Lady: From Pedestal to Politics, 1830-1930.* 1970. Charlottesville: UP of Virginia, 1995.

Thornton, Naoko Fuwa. *Strange Felicity: Eudora Welty's Subtexts on Fiction and Society.* Westport, Connecticut: Praeger, 2003.

Watkins, Floyd C. "Eudora Welty's Natchez Trace in the New World." *The Southern Review* 22.4 (Autumn 1986): 708-26.

Welty, Eudora. "A Conversation with Eudora Welty." *Conversations with Eudora Welty.* Ed. Peggy Whitman Prenshaw. Jackson: UP of Mississippi, 1984. 268-86.

—. *Delta Wedding.* 1946. London: Virago, 1982.

—. "Fairy Tale of the Natchez Trace." *The Eye of the Story: The Selected Essays and Reviews.* 1978. New York: Vintage International, 1990. 300-14.

—. "An Interview with Eudora Welty." *Conversations.* 18-25.

—. *The Robber Bridegroom.* 1942. London: Virago, 1982.

Wilson. Deborah. "Altering/Alterity of History in Eudora Welty's *The Robber Bridegroom*." *Southern Quarterly* 32.1 (Fall 1993): 62-71.

第一〇章　『デルタの結婚式』と旧南部の伝説

Cash, Wilbur J. *The Mind of the South.* New York: Vintage, 1941.

Cobb, James C. *The Most Southern Place on Earth: The Mississippi Delta and the Roots of Regional Identity.* New York: Oxford UP, 1992.

Davis, John P., ed. *The American Negro Reference Book.* Englewood Cliffs: Prentice-Hall, 1966.

Devlin, Albert J. "The Making of *Delta Wedding,* or Doing 'Something Diarmuid Thought I Could Do.'" *Biographies of Books: The Compositional Histories of Notable American Writings.* Eds. James Barbour and Tom Quirk. Columbia: U of Missouri P, 1996. 226-61.

—. "Meeting the World in *Delta Wedding.*" *Critical Essays on Eudora Welty.* Eds. W. Craig Turner and Lee Emling Harding. Boston: G. K. Hall, 1989. 90-109.

Douglas, Ellen. "An Interview with Ellen Douglas." *Conversations with Ellen Douglas.* Ed. Panthea Reid. Jackson: UP of Mississippi, 2000. 105-20.

Doyle, Don H. *Faulkner's County: The Historical Roots of Yoknapatawpha.* Chapel Hill: U of North Carolina, 2001.

Eichelberger, Julia. "'The Way for Girls in the World': Laura's Escape from Drowning in *Delta Wedding.*" *Eudora Welty's* Delta Wedding. Ed. Reine Dugas Bouton. Amsterdam: Rodopi, 2008.

Fabricant, Dan. "Onions and Hyacinths: Unwrapping the Fairchilds in *Delta Wedding.*" *Southern Literary Journal* 18.1 (Fall 1985): 50-60.

Fuller, Danielle. "'Making a Scene': Some Thoughts on Female Sexuality and Marriage in Eudora Welty's *Delta Wedding* and *The Optimist's Daughter.*" *Mississippi Quarterly* 48.2 (Spring 1995): 291-318.

Gretlund, Jan Nordby. *Eudora Welty's Aesthetics of Place.* Columbia, South Carolina: U of South Carolina P, 1994.

Griffin, Dorothy G. "The House as Container: Architecture and Myth in *Delta*

Wedding." *Welty: A Life in Literature.* Ed. Albert J. Devlin. Jackson: UP of Mississippi, 1987. 96-112.

Hardy, John Edward. "*Delta Wedding* as Region and Symbol." *Modern Critical Views: Eudora Welty.* Ed. Harold Bloom. New York: Chelsea, 1986. 29-43.

King, Richard H. *A Southern Renaissance: The Cultural Awakening of the American South, 1930-1955.* Oxford: Oxford UP, 1980.

Kreyling, Michael. *Eudora Welty's Achievement of Order.* Baton Rouge: Louisiana State UP, 1980.

—. *Understanding Eudora Welty.* Columbia: U of South Carolina P, 1999.

Marrs, Suzanne. *One Writer's Imagination: The Fiction of Eudora Welty.* Baton Rouge: Louisiana State UP, 2002.

—. "'The Treasure Most Dearly Regarded': Memory and Imagination in *Delta Wedding.*" *Southern Literary Journal* 25.2 (1993): 79-91.

Messerli, Douglas. "The Problem of Time in Welty's *Delta Wedding.*" *The Critical Response to Eudora Welty's Fiction.* Ed. Laurie Champion. Westport: Greenwood P, 1994. 108-121.

Ransom, John Crowe. "Delta Fiction" From *Kenyon Review* 8.3 (Summer 1946): 503-7. *Critical Essays on Eudora Welty.* Eds. W. Craig Turner and Lee Emling Harding. Boston: G. K. Hall, 1989. 71-75.

Smith, Lillian. *Killers of the Dream.* 1949. New York: Norton, 1994.

Welty, Eudora. "The Art of Fiction XLVII: Eudora Welty." *Conversations with Eudora Welty.* Ed. Peggy Whitman Prenshaw. Jackson: UP of Mississippi, 1984. 74-91.

—. *The Collected Stories of Eudora Welty.* 1980. London: Virago, 1998.

—. *Delta Wedding.* 1946. London: Virago, 1982.

—. "The House of Willa Cather." *The Eye of the Story: The Selected Essays and Reviews.* 1978. New York: Vintage International, 1990. 41-60.

—. "'The Interior World': An Interview with Eudora Welty." *Conversations* 40-63.

—. *Losing Battles.* 1970. New York: Vintage International, 1990.

Yaeger, Patricia. *Dirt and Desire: Reconstructing Southern Women's Writing, 1930-1990.* Chicago: U of Chicago P, 2000.

大野真「限定された円の機能――『デルタの結婚式』再考」、『アメリカ文学ミレニアム［II］』南雲堂、2001年、180-95頁。

中村紘一『アメリカ南部小説を旅する』京都大学学術出版会、2008年。

10

《著者紹介》
本村 浩二（もとむら　こうじ）
1967年生まれ。現在、関東学院大学教授。明治学院大学卒業。青山学院大学大学院博士課程単位取得退学。専門はアメリカ文学。共著に『国家・イデオロギー・レトリック──アメリカ文学再読』（南雲堂フェニックス、2009年）、『英語のしくみとこころ──英語の世界を探る』（関東学院大学出版会、2009年）、『異文化そぞろ歩き──別離の語らい』（ほんのしろ、2006年）、『他者・眼差し・語り──アメリカ文学再読』（南雲堂フェニックス、2005年）など。

テクストの対話──フォークナーとウェルティの小説を読む

2013年3月20日　初版第1刷印刷
2013年3月30日　初版第1刷発行

著　者　本村浩二
発行者　森下紀夫
発行所　論 創 社
東京都千代田区神田神保町2-23　北井ビル
tel. 03（3264）5254　fax. 03（3264）5232
http://www.ronso.co.jp/
振替口座 00160-1-155266
装　幀　宗利淳一＋田中奈緒子
印刷･製本　中央精版印刷

ISBN978-4-8460-1231-1　C0095　Printed in Japan